21 श्रेष्ठ कहानियां

सहादत हसन मंटो

संकलन

रेनु सरन

डायमंड बुक्स

www.diamondbook.in

© प्रकाशकाधीन
प्रकाशक: डायमंड पॉकेट बुक्स (प्रा.) लि.
X-30, ओखला इंडस्ट्रियल एरिया, फेज-II
नई दिल्ली-110020
फोन : 011-40712200
ई-मेल : sales@dpb.in
वेबसाइट : www.diamondbook.in

21 Shreshtha Kahaniyan
by Shahadat Hasan Manto

विषय सूची

1.	टोबा टेकसिंह	5
2.	ऊपर, नीचे और दरमियांन	12
3.	ठंडा गोश्त	18
4.	बू	24
5.	साढ़े तीन आने	30
6.	बस स्टैंड	36
7.	बुड्ढा खूसट	41
8.	अनारकली	47
9.	तमाशा	52
10.	मैडम डीकॉस्टा	58
11.	मेरा नाम राधा है	66
12.	खाली बोतलें, खाली डिब्बे	85
13.	चुग़द	94
14.	गुरमुख सिंह की वसीयत	102
15.	देख कबीरा रोया	109
16.	किरचें और किरचियां	111
17.	बाजू की गली से	118
18.	एक ख़त	120
19.	महमूदा	129
20.	मम्मी	137
21.	ब्लाउज़	174

1

टोबा टेकसिंह

बंटवारे के दो-तीन साल बाद पाकिस्तान और हिंदुस्तान की सरकारों को ख़्याल आया कि साधारण क़ैदियों की तरह पागलों का भी तबादला होना चाहिए। यानी जो मुसलमान पागल हिंदुस्तान के पागलखानों में हैं, उन्हें पाकिस्तान पहुंचा दिया जाए और जो हिंदू पाकिस्तान के पागलखानों में हैं, उन्हें हिन्दुस्तान के हवाले कर दिया जाए।

मालूम नहीं यह बात ठीक थी या नहीं। बहरहाल, बुद्धिमानों के फैसले के अनुसार इधर-उधर ऊंचे स्तर की कांफ्रेंस हुई और आख़िर एक दिन पागलों के तबादले के लिए नियत हो गया। अच्छी तरह छानबीन की गई। वे मुसलमान पागल, जिनके अभिभावक हिंदुस्तान में थे, वहीं रहने दिए गए थे और जो बाकी थे, उन्हें सीमा पर रवाना कर दिया गया था। यहां पाकिस्तान से करीब-करीब सभी हिंदू और सिख जा चुके थे, इसलिए किसी को रखने-रखाने का सवाल ही न पैदा हुआ। जितने हिंदू-सिख पागल थे, सब-के-सब पुलिस के संरक्षण में सीमा पर पहुंचा दिए गए। उधर की मालूम नहीं, लेकिन इधर लाहौर के पागलखाने में जब इस तबादले की ख़बर पहुंची तो बड़ी दिलचस्प और कौतुकपूर्ण बातें होने लगीं। एक मुसलमान पागल, जो बारह बरस से रोज़ाना बाकयदगी के साथ ज़मींदार पढ़ता था, के दोस्त ने उससे पूछा, "मौलवी साहब, यह पाकिस्तान क्या होता है?"

इस पर तो उसने बड़े सोच-विचार कर जवाब दिया, "हिंदुस्तान में एक जगह है, जहां उस्तरे बनते हैं।"

यह जवाब सुनकर उसका मित्र संतुष्ट हो गया।

इसी तरह एक सिख पागल ने एक दूसरे सिख पागल से पूछा, "सरदार जी, हमें हिंदुस्तान क्यों भेजा जा रहा है? हमें तो वहां की बोली भी नहीं आती।"

दूसरा मुस्करा दिया, "मुझे तो हिंदुस्तान की बोली आती है। हिंदुस्तानी बड़े शैतानी आकड़-आकड़ फिरते हैं।"

एक मुसलमान पागल ने नहाते-नहाते 'पाकिस्तान ज़िंदाबाद' का नारा इतनी ज़ोर से बुलंद किया कि फ़र्श पर फिसलकर गिरा और अचेत हो गया। कुछ पागल ऐसे भी थे, जो पागल नहीं थे। इनमें अधिकतर ऐसे क़ातिल थे, जिनके रिश्तेदारों ने अफसरों को दे दिलाकर पागलखाने भिजवा दिया था कि वे फांसी के फंदे से बच जाएं।

ये कुछ-कुछ समझते थे कि हिंदुस्तान का क्यों विभाजन हुआ है और वह पाकिस्तान क्या है, लेकिन सभी घटनाओं से ये भी बेखबर थे। अख़बारों से कुछ पता नहीं चलता था और पहरेदार अनपढ़ ज़ाहिल थे। उनकी बातचीत से भी वे कोई नतीजा नहीं निकाल सकते थे। उनको सिर्फ़ इतना मालूम था कि एक आदमी मुहम्मद अली ज़िन्ना है, जिसको क़ायदे-आज़म कहते हैं। उसने मुसलमानों के लिए एक अलग मुल्क बनाया है, जिसका नाम पाकिस्तान है। यह कहां है? इसकी स्थिति क्या है? इसके विषय में वे कुछ नहीं जानते थे। यही कारण है कि पागलखाने में वे सब पागल, जिनका दिमाग़ पूरी तरह से खराब नहीं था, इस ऊहापोह में थे कि वे पाकिस्तान में हैं या हिंदुस्तान में। अगर हिंदुस्तान में हैं तो पाकिस्तान कहां है और अगर वे पाकिस्तान में है तो यह कैसे हो सकता है कि कुछ अरसा पहले यहां रहते हुए भी हिंदुस्तान में थे। एक पागल तो पाकिस्तान और हिंदुस्तान तथा हिंदुस्तान और पाकिस्तान के चक्कर में ऐसा पड़ा कि ज्यादा पागल हो गया। झाड़ू देते-देते एक दिन दरख्त पर चढ़ गया और एक टहनी पर बैठकर दो घंटे लगातार भाषण देता रहा, जो पाकिस्तान और हिंदुस्तान के नाजुक मामले पर था। सिपाहियों ने उसे नीचे उतरने के लिए कहा तो वह और ऊपर चढ़ गया। डराया-धमकाया गया तो उसने कहा, "मैं न हिंदुस्तान में रहना चाहता हूं, न पाकिस्तान में, मैं इस पेड़ पर ही रहूंगा।"

बड़ी मुश्किल के बाद जब उसका दौरा ठंडा पड़ गया, तो वह नीचे उतरा, और अपने हिंदू-सिख दोस्तों से गले मिल-मिलकर रोने लगा। इस ख्याल से उसका दिल भर आया कि वे उसे छोड़कर हिंदुस्तान चले जाएंगे।

एक एम.एस.सी. पास रेडियो इंजीनियर, जो मुसलमान था और दूसरे पागलों से बिलकुल अलग-थलग बाग की एक ख़ास रौ पर सारा दिन ख़ामोश टहलता रहता था, में यह तब्दीली प्रकट हुई कि उसने अपने तमाम कपड़े उतारकर दफेदार के हवाले कर दिए और नंग-धड़ंग सारे बाग में चलना शुरू कर दिया।

मंटो की इक्कीस कहानियां

एक मोटे मुसलमान पागल ने, जो मुस्लिम लीग का एक सक्रिय कार्यकर्ता रह चुका था और दिन में पंद्रह-सोलह बार नहाया करता था, एकदम नई आदत छोड़ दी। उसका नाम मुहम्मद अली ज़िन्ना है। उसकी देखा-देखी एक सिख पागल मास्टर तारासिंह बन गया। करीब था कि उस जंगल में खून-खराबा हो जाए, मगर दोनों को ख़तरनाक पागल करार देकर अलग-अलग बंद कर दिया गया।

लाहौर का एक नौजवान हिंदू वकील था, जो मुहब्बत में पड़कर पागल हो गया था। जब उसने सुना कि अमृतसर हिंदुस्तान में चला गया है तो उसे बहुत दुःख हुआ। उसी शहर की एक हिंदू लड़की से उसे प्रेम हो गया था। यद्यपि उसने उस वकील को ठुकरा दिया था, मगर दीवानगी की हालत में भी वह उसको भूला नहीं था। चुनांचे वह उन तमाम मुस्लिम लीडरों को गालियां देता था, जिन्होंने मिल-मिलाकर हिंदुस्तान के दो टुकड़े कर दिए थे। उसकी प्रेमिका हिंदुस्तानी बन गई थी और वह पाकिस्तानी।

जब तबादले की बात शुरू हुई तो वकील को पागलों ने समझाया कि वह दिल छोटा न करे। उसको हिंदुस्तान भेज दिया जाएगा – उस हिंदुस्तान में, जहां उसकी प्रेमिका रहती है, मगर वह लाहौर छोड़ना नहीं चाहता था। इस ख्याल से कि अमृतसर में उसकी प्रैक्टिस नहीं चलेगी। यूरोपियन वार्ड में दो एंग्लो-इण्डियन पागल थे। उनको जब मालूम हुआ कि हिंदुस्तान को आजाद करके अंग्रेज चले गए हैं तो उनको बड़ा दुःख हुआ। वे छिप-छिपकर घंटों इस समस्या पर बातचीत करते रहते कि पागलखाने में उनकी हैसियत किस तरह की होगी – यूरोपियन वार्ड रहेगा या जाएगा। ब्रेकफास्ट मिला करेगा या नहीं। कहीं उन्हें डबलरोटी के बज़ाय ब्लडी इण्डियन चपाती तो ज़हर मार नहीं करनी पड़ेगी?

एक सिख था, जिसको पागलखाने में दाखिल हुए पंद्रह वर्ष हो चुके थे। हर समय उसकी ज़बान से अजीब-गरीब शब्द सुनने में आते थे, 'ओपड़ दी गड़गड़ दी एनेक्स दी बेध्याना दी मुंग की दाल ऑफ़ दी लालटेन।' अलबत्ता कभी-कभी किसी दीवार के साथ टेक लगा लेता था। हर समय खड़े रहने से उसके पांव सूज गए थे। पिण्डलियां भी फैल गई थीं, मगर इस शारीरिक तकलीफ़ के बावजूद लेटकर आराम नहीं करता था। हिंदुस्तान-पाकिस्तान और पागलों के तबादले के विषय में जब कभी पागलों में चर्चा होती थी तो वह ध्यान से सुनता था। कोई उससे पूछता कि उसका क्या ख्याल है तो वह बड़ी गंभीरता से जवाब देता, 'ओपड़ दी गड़गड़ दी एनेक्स दी बेध्याना दी मुंग दी दाल ऑफ़ दी पाकिस्तान गवर्नमेंट।'

लेकिन बाद में 'ऑफ़ दी पाकिस्तान गवर्नमेंट' की जगह 'ऑफ़ दी टोबा टेकसिंह' ने ले ली। उसने दूसरे पागलों से पूछना शुरू किया कि टोबा टेकसिंह कहां है, कहां का रहने वाला है? लेकिन किसी को भी मालूम नहीं था कि वह पाकिस्तान में है या हिंदुस्तान में। जो बताने की कोशिश करते थे, खुद इस उलझन में फंस जाते थे कि स्यालकोट पहले हिंदुस्तान में होता था, पर अब सुना है कि पाकिस्तान में है। क्या पता है कि लाहौर, जो अब पाकिस्तान में है, कल हिंदुस्तान में चला जाएगा या सारा हिंदुस्तान ही पाकिस्तान बन जाए और यह भी कौन सीने पर हाथ रखकर कह सकता था कि हिंदुस्तान और पाकिस्तान दोनों किसी दिन सिरे से गायब न हो जाएंगे।

एक सिख पागल के केश छिदरे होकर बहुत थोड़े ही रह गए थे। चूंकि वह बहुत कम नहाता था, दाढ़ी और बाल आपस में जम गए थे, जिसके कारण उसकी शक़ल बड़ी भयानक हो गई थी। लेकिन वह आदमी किसी का नुकसान नहीं करता था। पंद्रह वर्षों में उसने किसी से झगड़ा-फसाद नहीं किया था। पागलखाने के जो पुराने नौकर थे, वे उसके बारे में इतना जानते थे कि टोबा टेकसिंह में उसकी कई जमीनें थीं। अच्छा खाता-पीता ज़मींदार था कि अचानक ही दिमाग़ उलट गया। उसके रिश्तेदार लोहे की मोटी-मोटी जंजीरों में उसे बांधकर लाए और पागलखाने में दाखिल करा गए।

महीने में एक बार मुलाकात के लिए ये लोग आते थे और उसकी राजी-खुशी मालूम करके चले जाते थे। एक मुद्दत तक यह क्रम चलता रहा, लेकिन जब पाकिस्तान-हिंदुस्तान की गड़बड़ शुरू हो गई तो उनका आना बंद हो गया।

उसका नाम बिशन सिंह था, मगर सब उसे टोबा टेकसिंह कहते थे। उसे बिलकुल यह मालूम न था कि दिन कौन-सा है, महीना कौन-सा है या कितने साल बीत चुके हैं? लेकिन हर महीने जब उसके स्वजन और संबंधी उससे मिलने आते तो उसे अपने आप पता चल जाता था। चुनांचे वह एक दफेदार से कहता कि उसकी मुलाकात आ रही है। उस दिन वह अच्छी तरह नहाता, बदन पर खूब साबुन घिसता और सिर में तेल लगाकर वह कंघी करता। अपने कपड़े, जो वह कभी इस्तेमाल नहीं करता था, निकलवाकर पहनता और यूं सज-बनकर मिलने वालों के पास जाता वे उससे कुछ पूछते तो वह चुप रहता या कभी-कभी 'ओपड़ दी गड़गड़ दी एनेक्स दी बेध्याना दी मुंग दी दाल ऑफ़ दी लालटेन' कह देता।

उसकी एक लड़की थी, जो हर महीने में एक अंगुल बढ़ती-बढ़ती पंद्रह वर्ष में जवान हो गई थी। बिशन सिंह उसे पहचानता ही न था। जब वह बच्ची थी, तब भी अपने बाप को देखकर रोती थी। जवान हुई तब भी उसकी आंखों से आंसू बहते थे।

पाकिस्तान और हिंदुस्तान का किस्सा शुरू हुआ तो उसने दूसरे पागलों से पूछना शुरू किया कि टोबा टेकसिंह कहां है? जब संतोषजनक उत्तर न मिला तो उसकी कुरेद दिन-ब-दिन बढ़ती गई। अब मुलाकात को भी नहीं आती। पहले तो उसे अपने आप पता चल जाता था कि मिलने वाले आ रहे हैं, पर अब जैसे उसके दिल की आवाज़ भी बंद हो गई थी, जो उसे उनके आने की ख़बर दिया करती थी।

उसकी बड़ी इच्छा थी कि वे लोग आएं, जो उससे सहानुभूति प्रकट करते थे और उसके लिए फल-मिठाइयां और कपड़े लाते थे। यदि वह उनसे पूछता कि टोबा टेकसिंह कहां है तो वे निश्चित बता देते कि पाकिस्तान में है या हिंदुस्तान में, क्योंकि उसका विचार था कि वे टोबा टेकसिंह ही से आते हैं, जहां उसकी जमीन है।

पागलखाने में एक पागल ऐसा भी था जो अपने को खुदा कहता था। उससे जब एक दिन बिशन सिंह ने पूछा कि टोबा टेकसिंह पाकिस्तान में है या हिंदुस्तान में, तो उसने अपनी आदत के मुताबिक कहकहा लगाया और कहा, ''वह न पाकिस्तान में है और न हिंदुस्तान में, इसलिए कि हमने अभी तक हुक्म नहीं दिया।''

बिशन सिंह ने खुदा से कई बार मिन्नत-खुशामद से कहा कि वह उसे हुक्म दे दे ताकि झंझट ख़तम हो, मगर वह बहुत व्यस्त था, क्योंकि उसे और भी अनगिनत हुक्म देने थे। एक दिन तंग आकर वह उस पर बरस पड़ा, ''ओपड़ दी गड़गड़ दी एनेक्स दी मुंग दी दाल ऑफ़ वाहे गुरुजी दा खालसा एण्ड वाहे गुरुजी दी फतह – जो बोले सो निहाल – सत्त श्री अकाल।''

उसका शायद यह मतलब था कि तुम मुसलमानों के खुदा हो – सिखों के खुदा होते तो ज़रूर मेरी सुनते।

तबादले के कुछ दिनों पहले टोबा टेकसिंह का एक मुसलमान, जो उसका दोस्त था, मुलाकात के लिए आया। पहले वह कभी नहीं आया था। जब बिशन सिंह ने उसे देखा तो एक तरफ हटा और वापिस जाने लगा। मगर सिपाहियों ने उसे रोका, "यह तुमसे मिलने आया है – तुम्हारा दोस्त फजलुद्दीन है।"

बिशन सिंह ने फजलुद्दीन को एक नज़र देखा और कुछ बड़बड़ाने लगा। फजलुद्दीन ने आगे बढ़कर उसके कंधे पर हाथ रखा, "मैं बहुत दिनों से

सोच रहा था कि तुमसे मिलूं, लेकिन फुरसत ही न मिली। तुम्हारे सब आदमी राजी-खुशी हिंदुस्तान चले गए थे। मुझसे जितनी मदद हो सकी, मैंने की। तुम्हारी बेटी रूप कौर...।"

वह कुछ कहते-कहते रुक गया। बिशन सिंह कुछ याद करने लगा, "बेटी रूप कौर?"

फजलुद्दीन ने रुककर कहा, "हां... वह... भी ठीक-ठाक है... उनके साथ ही चली गई थी।"

बिशन सिंह चुप रहा। फजलुद्दीन ने कहना शुरू किया, "उन्होंने मुझसे कहा था कि तुम्हारी राजी-खुशी पूछता रहूं। अब मैंने सुना है कि तुम हिंदुस्तान जा रहे हो। भाई बलबीर सिंह और भाई बधवा सिंह से मेरा सलाम कहना... और बहन अमृत कौर से भी। भाई बलबीर सिंह से कहना कि फजलुद्दीन राजी-खुशी है। दो भूरी भैंसें, जो वे छोड़ गए थे, उनमें से एक ने कटड़ा दिया है, दूसरे के कटड़ी हुई थी, पर वह छः दिन की होकर मर गई... और... और मेरे लायक जो खिदमत हो, कहना। हर वक्त तैयार हूं... और यह तुम्हारे लिए थोड़े से भरूण्डे लाया हूं।"

बिशन सिंह ने भरूण्डों की पोटली लेकर पास खड़े सिपाही के हवाले कर दी और फजलुद्दीन से पूछा, "टोबा टेकसिंह कहां है?"

"टोबा टेकसिंह!" उसने तनिक आश्चर्य से कहा, "कहां है? वहीं है जहां था।"

बिशन सिंह ने पूछा, "पाकिस्तान में या हिंदुस्तान में?"

"हिंदुस्तान में, नहीं-नहीं पाकिस्तान में।" फजलुद्दीन बौखला-सा गया। बिशन सिंह बड़बड़ाता हुआ चला गया, "ओपड़ दी गड़गड़ दी एनेक्स दी बेध्याना दी मुंग दी दाल ऑफ़ दी पाकिस्तान एण्ड हिंदुस्तान ऑफ़ दी दुर फिट्टे मुंह।" तबादले की तैयारियां पूरी हो चुकी थीं। इधर-से-उधर और उधर-से-इधर आने वाले पागलों की सूचियां पहुंच गई थीं और तबादले की तारीख भी निश्चित हो चुकी थी। सख्त सर्दियां थीं। लाहौर के पागलखाने से हिंदू-सिख पागलों से भरी लारियां पुलिस के दस्ते के साथ रवाना हुईं। संबंधित अफसर भी उनके साथ थे। वाघा के बॉर्डर पर दोनों ओर के सुपरिटेंडेंट एक-दूसरे से मिले और प्रारंभिक कार्यवाही ख़तम होने के बाद तबादला शुरू हो गया, जो रात-भर जारी रहा।

पागलों को लारियों से निकालना और उनको दूसरे अफसरों के हवाले करना बड़ा कठिन काम था। कुछ तो बाहर निकलते ही नहीं थे, जो निकलने को तैयार होते, उनको संभालना होता, क्योंकि इधर-उधर भाग

मंटो की इक्कीस कहानियां

उठते थे। जो नंगे थे, उनको कपड़े पहनाए जाते थे तो वे फाड़कर अपने शरीर से अलग कर देते। कोई गालियां बक रहा है। कान पड़ी आवाज़ सुनाई नहीं देती थी। पागल स्त्रियों का शोरगुल अलग था और सर्दी इतने कड़ाके की थी कि दांत-से-दांत बज रहे थे।

अधिकतर पागल इस तबादले को नहीं चाहते थे। इसलिए कि उनकी समझ में नहीं आता था कि उन्हें अपनी जगह से उखाड़कर कहां फेंका जा रहा है? थोड़े से वे, जो सोच-समझ सकते थे, 'पाकिस्तान ज़िंदाबाद' के नारे लगा रहे थे? दो-तीन बार झगड़ा होते-होते बचा, क्योंकि कुछ हिंदुओं और सिखों को भी नारे सुनकर तैश आ गया था।

जब बिशन सिंह की बारी आई और जब उसको दूसरी ओर भेजने के संबंध में अधिकारी लिखत-पढ़त करने लगे तो उसने पूछा, "टोबा टेकसिंह कहां है? पाकिस्तान में या हिंदुस्तान में?"

संबंधित अधिकारी हंसा और बोला, "पाकिस्तान में।"

यह सुनकर बिशन सिंह उछलकर एक तरफ हटा और दौड़कर अपने शेष साथियों के पास पहुंच गया। पाकिस्तानी सिपाहियों ने उसे पकड़ लिया और दूसरी तरफ ले जाने लगे, किंतु उसने चलने से इनकार कर दिया, "टोबा टेकसिंह कहां है?" और ज़ोर-ज़ोर से चिल्लाने लगा, "ओपड़ दी गड़गड़ दी एनेक्स दी बेध्याना दी मुंग दी दाल ऑफ़ टोबा टेकसिंह एण्ड पाकिस्तान।"

उसे बहुत समझाया गया, "देखो, टोबा टेकसिंह अब हिंदुस्तान में चला गया है। यदि नहीं गया है तो उसे तुरंत ही भेज दिया जाएगा।" किंतु वह न माना। जब ज़बरदस्ती दूसरी ओर ले जाने की कोशिशें की गईं तो वह बीच में एक स्थान पर इस प्रकार अपनी सूजी हुई टांगों पर खड़ा हो गया, जैसे अब कोई ताकत उसे वहां से नहीं हटा सकेगी। क्योंकि आदमी बेजरर था, इसीलिए उसके साथ ज़बरदस्ती नहीं की गई। उसको वहीं खड़ा रहने दिया गया और शेष काम होता रहा।

सूरज निकलने से पहले स्तब्ध खड़े हुए बिशन सिंह के गले से एक गगनभेदी चीख़ निकली। इधर-उधर से कई अफसर दौड़े आए और देखा कि वह आदमी, जो पंद्रह वर्ष तक दिन-रात अपनी टांगों पर खड़ा रहा था, औंधे मुंह लेटा था। इधर कांटेदार तारों के पीछे हिंदुस्तान था, उधर वैसे ही कांटेदार तारों के पीछे पाकिस्तान। बीच में जमीन के उस टुकड़े पर जिसका कोई नाम नहीं था, टोबा टेकसिंह पड़ा था।

2

ऊपर, नीचे और दरमियां

मियां साहब, "बहुत देर के बाद आज मिल बैठने का इत्तफाक हुआ है।"

बेगम साहिबा, "जी हां!"

मियां साहब, "बहुत पीछे हटता हूं मगर अयोग्य लोगों का ख्याल करके कौम की पेश हुई जिम्मेदारी संभालनी ही पड़ती है।"

बेगम साहिबा, "असल में आप ऐसे मामलों में बहुत नरमदिल वाके हुए हैं, बिलकुल मेरी तरह।"

मियां साहब, "हां आपकी सोशल एक्टिविटीज का इल्म होता रहता है। फुर्सत मिले तो कभी अपनी वह तकरीरें भिजवा दीजिएगा जो पिछले दिनों आपने मुख़्तलिफ मौकों पर की हैं... मैं फुर्सत के औकात में उनका मुतालअ करना चाहता हूं।"

बेगम साहिबा, "बहुत बेहतर।"

मियां साहब, "हां बेगम! वह मैंने आपसे उस बात का ज़िक्र किया था।"

बेगम साहिबा, "किस बात का?"

मियां साहब, "मेरा ख्याल है, ज़िक्र नहीं किया... कल इत्तफाक से मैं मंझले साहबज़ादे के कमरे में जा निकला, वह 'लेडी चैटरलीज लवर' पढ़ रहा था।"

बेगम साहिबा, "वह रूसवा-ए-जमाना किताब।"

मियां साहब, "हां बेगम।"

बेगम साहिबा, "आपने क्या किया?"

मियां साहब, "मैंने उससे किताब छिनकर गायब कर दी।"

बेगम साहिबा, "बहुत अच्छा किया आपने।"

मियां साहब, "अब मैं सोच रहा हूं कि डॉक्टर से मशवरा कर लूं और उसकी रोज़ाना गिज़ा में तब्दीली करा दूं।"

बेगम साहिबा, "बड़ा सही क़दम उठायएंगे आप।"

मियां साहब, "मिज़ाज कैसा है आपका?"

बेगम साहिबा, "ठीक है।"

मियां साहब, "मेरा ख्याल था कि आज आपसे ... दरख्वास्त करूं।"

बेगम साहिबा, "ओह! आप बहुत बिगड़ते जा रहे हैं।"

मियां साहब, "यह सब आपकी करिश्मा साजियां हैं।"

बेगम साहिबा, "लेकिन आपकी सेहत?"

मियां साहब, "सेहत? अच्छी है। लेकिन डॉक्टर से मशवरा किये बगैर कोई क़दम नहीं उठाऊंगा... और आपकी तरफ से मुझे पूरा इत्मीनान होना चाहिए।"

बेगम साहिबा, "मैं आज ही मिस सलढाना से पूछूंगी।"

मियां साहब, "और मैं डॉक्टर जलाल से।"

बेगम साहिबा, "कायदे के मुताबिक ऐसा ही होना चाहिए।"

मियां साहब, "अगर डॉक्टर जलाल ने इजाजत दे दी?"

बेगम साहिबा, "अगर मिस सलढाना ने इजाजत दे दी... मफलर अच्छी तरह लपेट लीजिए। बाहर सर्दी है।"

मियां साहब, "शुक्रिया।"

डॉक्टर जलाल, "तुमने इजाजत दे दी?"

मिस सलढाना, "जी हां।"

डॉक्टर जलाल, "मैंने भी इजाजत दे दी... हालांकि शरारत के तौर पर...।"

मिस सलढाना, "हालांकि शरारत के तौर पर मैं भी चाहती थी कि इजाजत न दूं।"

डॉक्टर जलाल, "लेकिन मुझे तरस आ गया।"

मिस सलढाना, "मुझे भी।"

डॉक्टर जलाल, "पूरे एक बरस के बाद वह...।"

मिस सलढाना, "हां, पूरे एक बरस के बाद।"

डॉक्टर जलाल, "मेरी उंगलियों के नीचे उसकी नब्ज तेज हो गई, जब मैंने उसको इजाजत दी।"

मिस सलढाना, "उसकी भी यही केफियत थी।"

डॉक्टर जलाल, "उसने मुझे डरते हुए कहा, ऐसा मालूम होता है, मेरा दिल कमज़ोर हो गया है... आप कार्डियोग्राम लीजिए...।"

मिस सलढाना, "उसने भी मुझसे यही कहा।"

डॉक्टर जलाल, "मैंने उसे टीका लगा दिया।"

मिस सलढाना, "मैंने भी... सिर्फ़ सादा पानी का।"

डॉक्टर जलाल, "सादा पानी बेहतरीन चीज है।"

मिस सलढाना, "जलाल! अगर तुम इस बेगम के शौहर होते?"

डॉक्टर जलाल, "अगर तुम उस मियां की बीवी होती?"

मिस सलढाना, "मेरा केरेक्टर खराब हो गया होता।"

डॉक्टर जलाल, "मेरा जनाजा उठ गया होता।"

मिस सलढाना, "यह भी तुम्हारे केरेक्टर की खराबी कहलाती।"

डॉक्टर जलाल, "हम जब भी सोसायटी के इन उल्लुओं को देखते आते हैं, हमारा केरेक्टर खराब हो जाता है।"

मिस सलढाना, "आज भी होगा?"

डॉक्टर जलाल, "बहुत ज़्यादा।"

मिस सलढाना, "मगर मुसीबत है कि उनका लंबे-लंबे वक्फों के बाद होता है।"

बेगम साहिबा, "लेडी चैटरलीज लवर, यह आपने तकिये के नीचे क्यों रखी हुई है?"

मियां साहब, "मैं देखना चाहता था कि यह किताब कितनी बेहूदा और वाहियात है।"

बेगम साहिबा, "मैं भी आपके साथ देखूंगी।"

मियां साहब, "मैं जस्ता-जस्ता देखूंगा, पढ़ता जाऊंगा। आप भी सुनती जाइए।"

बेगम साहिबा, "यह बहुत अच्छा रहेगा।"

मियां साहब, "मैंने मंझले साहबज़ादे की रोज़ाना गिज़ा में डॉक्टर के मशवरे से तब्दीलियां करा दी हैं।"

बेगम साहिबा, "मुझे यक़ीन था कि आपने इस मामले में गफलत नहीं बरती होगी।"

मियां साहब, "मैंने अपनी जिंदगी में कभी आज का काम कल पर नहीं छोड़ा।"

बेगम साहिबा, "मैं जानती हूं... और खासकर आज का काम तो आप कभी......।"

मियां साहब, "आपका मिज़ाज कितना शिगुफ्ता है।"

बेगम साहिबा, "यह सब आपकी करिश्मा साजियां हैं।"

मियां साहब, "मन बहुत खुश हुआ है... अगर आपकी इजाजत हो तो...।"

बेगम साहिबा, "ठहरिए! क्या आपने दांत साफ किए?"

मियां साहब, "जी हां! मैं दांत साफ करके और डेटॉल से गरारे करके आया था।"

बेगम साहिबा, "मैं भी।"

मियां साहब, "असल में हम दोनों एक-दूसरे के लिए बनाए गए थे।"

बेगम साहिबा, "इसमें क्या शक है।"

मियां साहब, "मैं जस्ता-जस्ता यह बेहूदा किताब पढ़ना शुरू करूं?"

बेगम साहिबा, "ठहरिये! जरा मेरी नब्ज देखिए।"

मियां साहब, "कुछ तेज चल रही है... मेरी देखिए।"

बेगम साहिबा, "आपकी भी तेज चल रही है।"

मियां साहब, "वज़ह?"

बेगम साहिबा, "दिल की कमज़ोरी।"

मियां साहब, "यही वजह हो सकती है... लेकिन डॉक्टर जलाल ने कहा था, कोई ख़ास बात नहीं।"

बेगम साहिबा, "मिस सलढाना ने भी यही कहा था।"

मियां साहब, "अच्छी तरह इम्तहान करके उसने इजाजत दी थी?"

बेगम साहिबा, "बहुत अच्छी तरह से इम्तहान करके इजाजत दी थी।"

मियां साहब, "तो मेरा ख्याल है कि कोई हर्ज नहीं।"

बेगम साहिबा, "आप बेहतर समझते हैं......ऐसा न हो, आपकी सेहत...।"

मियां साहब, "और आपकी सेहत भी...।"

बेगम साहिबा, "अच्छी तरह सोच-समझकर ही कदम उठाना चाहिए।"

मियां साहब, "मिस सलढाना ने उसका तो बंदोबस्त कर दिया है ना?"

बेगम साहिबा, "किसका...? हां! हां! उसका तो बंदोबस्त कर दिया है उसने।"

मियां साहब, "यानी उस तरफ से तो पूरा इत्मिनान है।"

बेगम साहिबा, "जी हां।"

मियां साहब, "जरा अब देखिए नब्ज?"

बेगम साहिबा, "अब तो...ठीक चल रही है...मेरी?"

मियां साहब, "आपकी भी नॉर्मल है।"

बेगम साहिबा, "उस बेहूदा किताब का कोई पैरा तो पढ़िए।"

मियां साहब, "बेहतर...नब्ज फिर तेज हो गई।"

बेगम साहिबा, "मेरी भी।"

मियां साहब, "नौकरों से जो सामान चाहिए, रखवा दिया आपने कमरे में?"

बेगम साहिबा, "जी हां! सब चीजें मौजूद हैं।"

मियां साहब, "अगर आपको जहमत न हो तो मेरा टेम्परेचर ले लीजिए।"

बेगम साहिबा, "क्या आप तकलीफ़ नहीं कर सकते। स्टाप वाच मौजूद है। नब्ज की रफ्तार भी देख लीजिए।"

मियां साहब, "हां! यह भी नोट होनी चाहिए।"

बेगम साहिबा, "सिमलिंग साल्ट कहां है?"

मियां साहब, "दूसरी चीज़ों के साथ होना चाहिए।"

बेगम साहिबा, "जी हां! पड़ा है तिपाई पर।"

मियां साहब, "कमरे का टेम्परेचर, मेरा ख्याल है, थोड़ा-सा बढ़ा देना चाहिए।"

बेगम साहिबा, "मेरा भी यही ख्याल है।"

मियां साहब, "कमज़ोरी ज्यादा हो गई तो मुझे दवा देना न भूलिएगा।"

बेगम साहिबा, "मैं कोशिश करूंगी अगर...।"

मियां साहब, "हां हां...! वरना आप तकलीफ़ न उठाइएगा।"

बेगम साहिबा, "आप यह सफहा...यह पूरा सफहा पढ़िए।"

मियां साहब, "सुनिए...।"

बेगम साहिबा, "यह आपको छींक क्यों आई?"

मियां साहब, "मालूम नहीं।"

बेगम साहिबा, "हैरत है।"

मियां साहब, "मुझे खुद हैरत है।"

बेगम साहिबा, "ओह... मैंने कमरे का टेम्परेचर बढ़ाने के बजाए घटा दिया... मुआफी चाहती हूं।"

मियां साहब, "यह बहुत अच्छा हुआ कि छींक आ गई बरवक्त पता चल गया।"

बेगम साहिबा, "मुझे बहुत अफसोस है।"

मियां साहब, "कोई बात नहीं... बारह बराण्डी इनकी कमी पूरी कर देगी।"

बेगम साहिबा, "ठहरिए...मुझे डालने दीजिए। आप से गिनने में ग़लती हो जाया करती है।"

मियां साहब, "यह तो दुरुस्त है। आप डाल दीजिए।"

बेगम साहिबा, "आहिस्ता-आहिस्ता पीजिए।"

मियां साहब, "इससे ज्यादा आहिस्ता और क्या होगा?"

बेगम साहिबा, "तबीयत बहाल हुई?"

मियां साहब, "हो रही है।"

बेगम साहिबा, "आप थोड़ी देर आराम कर लें।"

मियां साहब, "हां...मैं खुद इसकी ज़रूरत महसूस कर रहा हूं।"

नौकर, "क्या बात है, आज बेगम साहिबा नज़र नहीं आईं।"

नौकरानी, "तबीयत नासाज है उनकी।"

नौकर, "मियां साहब की तबीयत भी नासाज है।"

नौकरानी, "हमें मालूम ही था।"

नौकर, "हां! लेकिन कुछ समझ में नहीं आता।"

नौकरानी, "क्या?"

नौकर, "क्या कुदरत का तमाशा... हमें तो आज बिस्तरे मर्ग पर होना चाहिए था।"

नौकरानी, "कैसी बातें मुंह से निकालते हो। बिस्तरे मर्ग पर हों वह...।"

नौकर, "न छेड़ो, उनके बिस्तरे मर्ग का ज़िक्र... बड़ा शानदार होगा... खामखाह मेरा जी चाहेगा कि उठाकर अपनी कोठरी में ले जाऊं?"

नौकरानी, "कहां चले?"

नौकर, "बढ़ई ढूंढने जा रहा हूं, चारपाई अब बिलकुल जवाब दे चुकी है।"

नौकरानी, "हां, उससे कहना मज़बूत लकड़ी लगाए।"

3

ठंडा गोश्त

ईशरसिंह ज्यों ही होटल के कमरे में दाख़िल हुआ, कुलवंत कौर पलंग पर से उठी। अपनी तेज़-तेज़ आंखों से उसकी तरफ़ घूरकर देखा और दरवाज़े की चिटखनी बंद कर दी। रात के बारह बज चुके थे। शहर का वातावरण एक अज़ीब रहस्यमयी ख़ामोशी में ग़र्क था।

कुलवंत कौर पलंग पर आलती-पालथी मारकर बैठ गई। ईशरसिंह, जो शायद अपने समस्यापूर्ण विचारों के उलझे हुए धागे खोल रहा था, हाथ में किरपान लेकर उस कोने में खड़ा था। कुछ क्षण इसी तरह ख़ामोशी में बीत गए। कुलवंत कौर को थोड़ी देर बाद अपना आसन पसंद न आया और दोनों टांगें पलंग के नीचे लटकाकर उन्हें हिलाने लगी। ईशरसिंह फिर भी कुछ न बोला।

कुलवंत कौर भरे-भरे हाथ-पैरों वाली औरत थी। चौड़े-चकले कूल्हे, थुल-थुल करने वाले गोश्त से भरपूर। कुछ बहुत ही ज्यादा ऊपर को उठा हुआ सीना, तेज़ आंखें, ऊपरी होंठ पर सुरमई गुबार। ठोड़ी की बनावट से पता चलता था कि बड़े धड़ल्ले की औरत है।

ईशरसिंह सिर नीचा किए एक कोने में चुपचाप खड़ा था। सिर पर उसके कसकर बांधी हुई पगड़ी ढीली हो रही थी। उसने हाथ में जो किरपान थामी हुई थी, उसमें थोड़ी-थोड़ी कंपन थी। उसके आकार-प्रकार और डील-डौल से पता चलता था कि वह कुलवंत कौर जैसी औरत के लिए सबसे उपयुक्त मर्द है।

कुछ क्षण जब इसी तरह ख़ामोशी में बीत गए तो कुलवंत कौर छलक पड़ी, लेकिन तेज़-तेज़ आंखों को नचाकर वह सिर्फ़ इस कदर कह सकी, 'ईशरसिया!'

ईशरसिंह ने गर्दन उठाकर कुलवंत कौर की तरफ़ देखा, मगर उसको निगाहों की गोलियों की बात न लाकर मुंह दूसरी तरफ़ मोड़ लिया।

कुलवंत कौर चिल्लाई, 'ईशरसियां!' लेकिन फौरन ही आवाज़ भींच ली और पलंग पर से उठकर उसकी तरफ होती हुई बोली, "कहां गायब रहे तुम इतने दिन?"

ईशरसिंह ने खुश्क होंठों पर जुबान फेरी, "मुझे मालूम नहीं"।

कुलवंत कौर भन्ना गई, "यह भी कोई जवाब है।"

ईशरसिंह ने किरपान एक तरफ फेंक दी और पलंग पर लेट गया। ऐसा मालूम होता था, वह कई दिनों का बीमार है। कुलवंत कौर ने पलंग की तरफ देखा, जो अब ईशरसिंह से लबालब भरा था और उसके दिल में हमदर्दी की भावना पैदा हो गई। चुनांचे उसके माथे पर हाथ रखकर उसने बड़े प्यार से पूछा, "जानी, क्या हुआ तुम्हें?"

ईशरसिंह छत की तरफ देख रहा था। उससे निगाहें हटाकर उसने कुलवंत कौर के परिचित चेहरे को टटोलना शुरू किया, "कुलवंत!"

आवाज में दर्द था। कुलवंत कौर सारी-की-सारी सिमटकर उसके ऊपर आ गई, 'हां जानी!' कहकर वह उसको दांतों से काटने लगी।

ईशरसिंह ने पगड़ी उतार दी। कुलवंत कौर की तरफ सहारा लेने वाली निगाहों से देखा। उसके गोश्त भरे कूल्हे पर ज़ोर से धप्पा मारा और सिर को झटका देकर अपने-आपसे कहा, 'इस कुड़ी दा दिमाग़ ही खराब है।'

झटका देने से उसके केश खुल गए। कुलवंत कौर उंगलियों से उनमें कंघी करने लगी। ऐसा करते हुए उसने बड़े प्यार से पूछा, "ईशरसियां, कहा रहे तुम इतने दिन?"

"बुरे की मां के घर।" ईशरसिंह ने कुलवंत कौर को घूर कर देखा और फौरन दोनों हाथों से उसके उभरे हुए सीने को मसलने लगा, "कसम वाहे गुरु की, बड़ी जानदार औरत हो।"

कुलवंत कौर ने एक अदा के साथ ईशरसिंह के हाथ एक तरफ झटक दिए और पूछा, "तुम्हें मेरी कसम, बताओ कहां रहे...? शहर गए थे क्या?"

ईशरसिंह ने एक ही लपेट में अपने बालों का जूड़ा बनाते हुए जवाब दिया, "नहीं।"

कुलवंत कौर चिढ़ गई, "नहीं, तुम ज़रूर शहर गए थे और तुमने बहुत-सा रुपया लूटा है, जो मुझसे छिपा रहे हो।"

"वह अपने बाप का तुख्म न हो, जो तुमसे झूठ बोले।"

कुलवंत कौर कुछ देर के लिए ख़ामोश हो गई, लेकिन फौरन ही भड़क उठी, "लेकिन मेरी समझ में नहीं आता, उस रात तुम्हें हुआ क्या था? अच्छे-भले मेरे साथ लेटे थे। तुमने मुझे वे तमाम गहने पहना रखे थे, जो

तुम शहर से लूटकर लाए थे। मेरी पप्पियां ले रहे थे। पर जाने एकदम तुम्हें क्या हुआ, उठे और कपड़े पहनकर बाहर निकल गए।"

ईशरसिंह का रंग ज़र्द हो गया। कुलवंत कौर ने यह तब्दीली देखते ही कहा, "देखो, कैसे रंग पीला पड़ गया? ईशरसियां, कसम वाहे गुरु की, ज़रूर कुछ दाल में काला है।"

"तेरी जान की कसम, कुछ भी नहीं।"

ईशरसिंह की आवाज बेजान थी। कुलवंत कौर का शुबहा और ज्यादा मज़बूत हो गया। ऊपरी होंठ भींचकर उसने एक-एक शब्द पर ज़ोर देते हुए कहा, "ईशरसियां क्या बात है, तुम वह नहीं हो, जो आज से आठ रोज़ पहले थे।"

ईशरसिंह एकदम उठ बैठा, जैसे किसी ने उस पर हमला किया हो। कुलवंत कौर को अपने मजबूत बाजुओं में समेटकर उसने पूरी ताकत के साथ उसे भंभोड़ना शुरू कर दिया, "जानी, मैं वही हूं - घुट-घुट पा जफ्फियां, तेरी निकले हड्डां दी गरमी।"

कुलवंत कौर ने कोई बाधा न दी, लेकिन वह शिक़ायत करती रही, "तुम्हें उस रात क्या हो गया था?"

"बुरे की मां का क्या हो गया था?"

"बताओगे नहीं?"

"कोई बात हो तो बताऊं।"

"मुझे अपने हाथों से जलाओ, अगर झूठ बोलो।"

ईशरसिंह ने अपने बाजू उसकी गर्दन में डाल दिए और होंठ उसके होंठों पर गड़ा दिए। मूंछों के बाल कुलवंत कौर के नथुनों में घुसे, तो उसे छींक आ गई। दोनों हंसने लगे।

ईशरसिंह ने अपनी सदरी उतार दी और कुलवंत कौर को वासनामयी नजरों से कहा, "आओ जानी, एक बाज़ी ताश की हो जाए।"

कुलवंत कौर के ऊपरी होंठ पर पसीने की नन्हीं-नन्हीं बूंदें फूट आईं। एक अदा के साथ उसने अपनी आंखों की पुतलियां घुमाईं और कहा, "चल, दफा हो।"

ईशरसिंह ने उसके भरे हुए कूल्हों पर ज़ोर से चुटकी भरी। कुलवंत कौर तड़पकर एक तरफ हट गई, "न कर ईशरसियां, मेरे दर्द होता है।"

ईशरसिंह ने आगे बढ़कर कुलवंत कौर का ऊपरी होंठ अपने दांतों तले दबा लिया और कचकचाने लगा। कुलवंत कौर बिलकुल पिघल गई। ईशरसिंह ने अपना कुर्ता उतारकर फेंक दिया और कहा, "तो फिर हो जाए तुरप चाल।"

कुलवंत कौर का ऊपरी होंठ कंपकंपाने लगा। ईशरसिंह ने दोनों हाथों से कुलवंत कौर की कमीज़ का घेरा पकड़ा और जिस तरह बकरे की खाल उतारते हैं, उसी तरह उसको उतारकर एक तरफ रख दिया। फिर उसने घूरकर उसके नंगे बदन को देखा और ज़ोर से उसके बाजू पर चुटकी भरते हुए कहा, "कुलवंत, कसम वाहे गुरु की! बड़ी करारी औरत हो तुम!"

कुलवंत कौर अपने बाजू पर उभरते हुए धब्बे को देखने लगी, "बड़ा ज़ालिम है तू ईशरसियां।"

ईशरसिंह अपनी घनी काली मूंछों से मुस्कराया, "होने दे आज ज़ालिम!" और यह कहकर उसने और जुल्म ढाने शुरू किए। कुलवंत कौर का ऊपरी होंठ दांतों तले किचकिचाया, कान की लवों को काटा, उभरे हुए सीने को भंभोड़ा, भरे हुए कूल्हों पर आवाज़ पैदा करने वाले चांटे मारे, गालों के मुंह भर-भरकर बोसे लिए, चूस-चूसकर उसका सीना थूकों से लथेड़ दिया। कुलवंत कौर तेज़ आंच पर चढ़ी हुई हांडी की तरह उबलने लगी। लेकिन ईशरसिंह उन तमाम हौलों के बावजूद खुद में हरकत पैदा नहीं कर सका। जितने गुर और जितने दांव उसे याद थे? सब-के-सब उसने पिट जाने वाले पहलवान की तरह इस्तेमाल कर दिए, परंतु कोई कारगर न हुआ। कुलवंत कौर के सारे बदन के तार खुद-ब-खुद बज रहे थे। गैर-ज़रूरी छेड़छाड़ से तंग आकर उसने कहा, "ईशरसियां, काफ़ी फेंट चुका है, अब पत्ता फेंक।"

यह सुनते ही ईशरसिंह के हाथ से जैसे ताश की सारी गड्डी नीचे फिसल गई। हांफता हुआ वह कुलवंत कौर के पहलू में लेट गया और उसके माथे पर सर्द पसीने के लेप होने लगे।

कुलवंत कौर ने उसे गरमाने की बहुत कोशिश की, मगर नाकाम रही। अब तक सब कुछ मुंह से कहे बगैर होता रहा था, लेकिन जब कुलवंत कौर को प्रतीक्षक बेअमल अंगों से सख्त निराशा हुई तो वह झल्लाकर पलंग से उतर गई। सामने खूंटी पर चादर पड़ी थी। उसको उतारकर उसने जल्दी-जल्दी ओढ़कर और नथुने फुलाकर बिफरे हुए लहज़े में कहा, "ईशरसियां वह कौन हरामज़ादी है जिसके पास तू इतने दिन रहकर आया है और जिसने तुझे निचोड़ डाला है?"

ईशरसिंह पलंग पर लेटा हांफता रहा और उसने कोई जवाब न दिया।

कुलवंत कौर गुस्से से उबलने लगी, "मैं पूछती हूं, कौन है वह चड्डो-कौन है वह उल्फती, कौन है वह चोर-पत्ता?"

ईशरसिंह ने थके हुए लहज़े में जवाब दिया, "कोई भी नहीं कुलवंत, कोई भी नहीं।"

कुलवंत कौर ने अपने भरे हुए कूल्हों पर हाथ रखकर एक दृढ़ता के साथ कहा, "ईशरसियां! मैं आज झूठ-सच जानकर रहूंगी – खा वाहे गुरुजी की कसम! क्या इसकी तह में कोई औरत नहीं?"

ईशरसिंह ने कुछ कहना चाहा, मगर कुलवंत कौर ने इसकी इज़ाजत न दी। "कसम खाने से पहले सोच ले कि मैं भी सरदार निहालसिंह की बेटी हूं। तक्का-बोटी कर दूंगी। अगर तूने झूठ बोला। ले, अब खा वाहे गुरुजी की कसम – क्या इसकी तह में कोई औरत नहीं?"

ईशरसिंह ने बड़े दुःख के साथ हां में सिर हिलाया। कुलवंत कौर बिलकुल दीवानी हो गई। लपककर कोने में से कृपाण उठाई। म्यान को केले के छिलके की तरह उतारकर एक तरफ फेंका और ईशरसिंह पर वार कर दिया।

आन की आन में लहू के फव्वारे छूट पड़े। कुलवंत कौर को इससे भी तसल्ली न हुई तो उसने वहशी बिल्लियों की तरह ईशरसिंह के केश नोचने शुरू कर दिए। साथ-ही-साथ वह अपनी नामालूम सौत को मोटी-मोटी गालियां देती रही। ईशरसिंह ने थोड़ी देर बाद दुबली आवाज़ में विनती की, "जाने दे अब कुलवंत, जाने दे।"

आवाज में बला का दर्द था। कुलवंत कौर पीछे हट गई।

खून ईशरसिंह के गले से अड़अड़ाकर उसकी मूंछों पर गिर रहा था। उसने अपने कांपते होंठ खोले और कुलवंत कौर की तरफ शुक्रिया की निगाहों से देखा।

"मेरी जान! तुमने बहुत ज़ल्दी की लेकिन जो हुआ, ठीक है।"

लहू ईशरसिंह की ज़बान पर पहुंच गया। जब उसने उसका स्वाद चखा तो उसके बदन में झुरझुरी दौड़ गई।

"और मैं – और मैं मैनी या छः आदमियों को कत्ल कर चुका हूं – इसी किरपान से।"

कुलवंत कौर के दिमाग़ में दूसरी औरत थी, "मैं पूछती हूं, कौन है वह हरामज़ादी?"

ईशरसिंह की आंखें धुंधला रही थीं। एक हल्की-सी चमक उनमें पैदा हुई और उसने कुलवंत कौर से कहा, "गाली न दे उस भड़वी को।"

कुलवंत कौर चिल्लाई, "मैं पूछती हूं, वह है कौन?"

ईशरसिंह के गले में आवाज रुंध गई, "बताता हूं।" यह कहकर उसने अपनी गरदन पर हाथ फेरा और उस पर जीता-जागता खून देखकर मुस्कराया, "इंसान भी एक अजीब चीज है।"

कुलवंत कौर उसके जवाब का इंतजार कर रही थी, "ईशरसिंह, तू मतलब की बात कर।"

ईश्वरसिंह की मुस्कराहट उसकी लहूभरी मूंछों में और ज्यादा फैल गई, "मतलब ही की बात कर रहा हूं – गला चिरा हुआ है मेरा – अब धीरे-धीरे ही सारी बात बताउंगा।"

और जब वह बताने लगा तो उसके माथे पर ठंडे पसीने के लेप होने लगे, "कुलवंत, मेरी जान! मैं तुम्हें नहीं बता सकता, मेरे साथ क्या हुआ। कुड़ियां भी एक अजीब चीज है। शहर में लूट मची तो सबकी तरह मैंने भी इसमें हिस्सा लिया। गहने-पाते और रुपये-पैसे जो भी हाथ लगे, वे मैंने तुम्हें दे दिए लेकिन एक बात तुम्हें न बताई।"

ईशरसिंह ने घाव में दर्द महसूस किया और कराहने लगा। कुलवंत कौर ने उसकी तरफ तवज्जह न दी और बड़ी बेरहमी से पूछा, "कौन-सी बात?"

ईशरसिंह ने मूंछों पर जमे हुए लहू को फूंक के ज़रिये उड़ाते हुए कहा, "जिस मकान पर मैंने धावा बोला था उसमें सात... उसमें सात आदमी थे। छ: मैंने कत्ल कर दिए... इसी कृपान से, जिससे तूने मुझे... छोड़ इसे... सुन... एक लड़की थी बहुत सुंदर, उसको उठाकर मैं अपने साथ ले आया।"

कुलवंत कौर ख़ामोशी से सुनती रही। ईशरसिंह ने एक बार फिर फूंक मारकर मूंछों पर से लहू उड़ाया, "कुलवंत जानी, मैं तुमसे क्या कहूं, कितनी सुंदर थी... मैं उसे मार भी डालता, पर मैंने कहा, नहीं ईशरसियां, कुलवंत कौर के हर रोज़ मज़े लेता है, यह मेवा भी चखकर देख।"

कुलवंत कौर ने सिर्फ़ इस कदर कहा, "हूं।"

"और मैं उसे कंधे पर डालकर चल दिया रास्ते में... क्या कह रहा था मैं... हां, रास्ते में नहर की पटरी के पास, थूहड़ की झाड़ियों तले मैंने उसे लिटा दिया। पहले सोचा कि फेंटू, फिर ख्याल आया कि नहीं।" यह कहते-कहते ईशरसिंह की ज़ुबान सूख गई।

कुलवंत कौर ने थूक निगलकर अपना हल्क तर किया और पूछा, "फिर क्या हुआ?"

ईशरसिंह के हलक से मुश्किल से ये शब्द निकले, "मैंने पत्ता फेंका... लेकिन... लेकिन।"

उसकी आवाज डूब गई।

कुलवंत कौर ने उसे झिंझोड़ा, "फिर क्या हुआ?"

ईशरसिंह ने अपनी बंद होती आंखें खोलीं और कुलवंत कौर के जिस्म की तरफ देखा, जिसकी बोटी-बोटी थिरक रही थी, "वह... वह मरी हुई लाश थी... बिलकुल ठंडा गोश्त... जानी, मुझे अपना हाथ दे।"

कुलवंत कौर ने अपना हाथ ईशरसिंह के हाथ पर रखा, जो बर्फ से भी ज्यादा ठंडा था।

4

बू

बरसात के यही दिन थे। खिड़की के बाहर पीपल के पत्ते इसी तरह नहा रहे थे। सागवान के इस स्प्रिंगदार पलंग पर, जो अब खिड़की के पास थोड़ा इधर सरका दिया गया था, एक घाटन लौंडिया रणधीर के साथ लिपटी हुई थी।

खिड़की के पास बाहर पीपल के नहाए हुए पत्ते रात के दूधिया अंधेरे में झूमरों की तरह थरथरा रहे थे — और शाम के वक्त, जब दिन-भर एक अंग्रेज़ी अख़बार की सारी ख़बरें और इश्तहार पढ़ने के बाद कुछ सुस्ताने के लिए वह बालकनी में आ खड़ा हुआ था, तो उसने उस घाटन लड़की को, जो साथ वाले रस्सियों के कारखाने में काम करती थी और बारिश से बचने के लिए इमली के पेड़ के नीचे खड़ी थी, खांस-खांसकर अपनी तरफ आकर्षित कर लिया था। उसके बाद हाथ के इशारे से उसे ऊपर बुला लिया था।

वह कई दिन से तेज किस्म की तन्हाई से उकता गया था। जंग के कारण बंबई की लगभग तमाम क्रिश्चियन छोकरियां, जो सस्ते दामों पर मिल जाया करती थीं, औरतों की अंग्रेज़ी फौज में भर्ती हो गई थीं। उनमें से एक ने फोर्ट के इलाके में डांस स्कूल खोल लिए थे, जहां सिर्फ फौजी गोरों को जाने की इज़ाजत थी। रणधीर बहुत उदास हो गया था। उसकी उदासी का एक कारण तो यह था कि क्रिश्चियन छोकरियां दुर्लभ हो गई थीं। दूसरा यह कि रणधीर फौजी गोरों के मुकाबले में कहीं ज्यादा सभ्य, पढ़ा-लिखा और खूबसूरत नौजवान था। लेकिन उस पर फोर्ट के लगभग तमाम क्लबों के दरवाज़े बंद कर दिए गए थे, क्योंकि उसकी चमड़ी सफेद नहीं थी।

जंग के पहले रणधीर नागपाड़ा और ताजमहल होटल की कई मशहूर और विख्यात क्रिश्चियन छोकरियों से शारीरिक संबंध स्थापित कर चुका था। उसे भली-भांति पता था कि इस किस्म के संबंधों के आधार पर वह क्रिश्चियन लड़कियों के मुकाबले में कहीं ज्यादा जानकारी रखता था, जिनसे

ये छोकरियां फैशन के तौर पर रोमांस लड़ाती हैं और बाद में किसी बेवकूफ से शादी कर लेती हैं।

रणधीर ने बस यूं ही हैजल से बदला लेने की खातिर उस घाटन की लड़की को इशारे से ऊपर बुलाया था। हैजल उसके फ्लैट के नीचे रहती थी और रोज सुबह वर्दी पहनकर, कटे हुए बालों पर खाकी रंग की टोपी तिरछे कोण से जमाकर बाहर निकलती थी। वह ऐसे बांकपन से चलती थी, जैसे फुटपाथ पर चलने वाले सभी लोग टाट की तरह उसके कदमों में बिछे चले जाएंगे।

रणधीर सोचता था कि आखिर क्यों वह उन क्रिश्चियन छोकरियों की तरफ इतना ज्यादा रीझा हुआ है। इसमें कोई शक नहीं कि वे अपने जिस्म की तमाम दिखाई जा सकने वाली चीजों की नुमाइश करती हैं। किसी किस्म की झिझक महसूस किए बगैर अपने कारनामों का जिक्र कर देती हैं। अपने बीते हुए रोमांसों का हाल सुना देती हैं– यह सब ठीक है, लेकिन किसी दूसरी औरत में भी तो ये विशेषताएं हो सकती हैं।

रणधीर ने जब घाटन लड़की को इशारे से ऊपर बुलाया तो उसे किसी तरह भी इस बात का यकीन नहीं था कि वह उसे अपने साथ सुला लेगा। लेकिन थोड़ी ही देर के बाद उसने उसके भीगे हुए कपड़े देखकर यह सोचा था कि कहीं ऐसा न हो कि बेचारी को निमोनिया हो जाए। सो रणधीर ने उससे कहा था, ''ये कपड़े उतार दो, सर्दी लग जाएगी।''

वह रणधीर की इस बात का मतलब समझ गई थी। उसकी आंखों में शर्म के लाल डोरे तैर गए थे। लेकिन बाद में जब रणधीर ने अपनी धोती निकालकर दी तो उसने कुछ देर तक सोचकर अपना लहंगा उतार दिया, जिस पर मैल भीगने के कारण और भी उभर आया था– लहंगा उतारकर उसने एक तरफ रख दिया और जल्दी से धोती अपनी रानों पर डाल ली। फिर उसने अपनी भिंची-भिंची टांगों से ही चोली उतारने की कोशिश की, जिसके दोनों किनारों को मिलाकर उसने एक गांठ दे रखी थी। वह गांठ उसके तंदुरुस्त सीने में कस गई थी।

देर तक वह अपने घिसे हुए नाखूनों की मदद से चोली की गांठ खोलने की कोशिश करती रही, जो भीगने के कारण बहुत ज्यादा मजबूत हो गई थी। जब थक-हारकर बैठ गई तो उसने मराठी में रणधीर से कुछ कहा, जिसका मतलब यह था, 'मैं क्या करूं, नहीं निकलती।'

रणधीर उसके पास बैठ गया और गांठ खोलने लगा। जब नहीं खुली तो उसने चोली के दोनों सिरे दोनों हाथों से पकड़कर ऐसे जोर से झटका दिया

कि गांठ सरासर फैल गई और उसके साथ दो धड़कती हुई छातियां एकदम प्रकट हो गईं। क्षण-भर के लिए रणधीर ने सोचा कि उसके अपने हाथों ने उस घाटन लड़की के सीने पर नरम-नरम गुंधी हुई मिट्टी को कमाकर कुम्हार की तरह दो प्यालियों की शक्ल बना दी है।

उसकी सेहतमंद छातियों में वही गुदगुदाहट, वही धड़कन, वही गोलाई, वही गरम-गरम ठंडक थी, जो कुम्हार के हाथों से निकले हुए ताज़े बर्तनों में होती है।

मटमैले रंग की जवान छातियों में, जो कुंवारी थीं, एक अजीब-ओ-गरीब किस्म की चमक पैदा कर दी थी, जो चमक होते हुए भी चमक नहीं थी। उसके सीने पर ये उभार दो दीये मालूम होते थे, जो तालाब के गंदले पानी पर जल रहे थे।

बरसात के यही दिन थे। खिड़की के बाहर पीपल के पत्ते इसी तरह कंपकंपा रहे थे। उस घाटन की लड़की के दोनों कपड़े, जो पानी में सराबोर हो चुके थे, एक गंदले ढेर की सूरत में फर्श पर पड़े थे और वह रणधीर के साथ चिपटी हुई थी। उसके नंगे बदन की गर्मी रणधीर के जिस्म में हलचल पैदा कर रही थी, जो सख्त जाड़े के दिनों में नाइयों के गलीज़ लेकिन गरम हमामों में नहाते समय महसूस होती है।

दिन-भर वह रणधीर के साथ चिपटी रही, दोनों जैसे एक-दूसरे के साथ गड्डमड्डु हो गए थे। उन्होंने मुश्किल से एक-दो बातें की होंगी, क्योंकि जो कुछ भी कहना-सुनना था; सांसों, होंठों और हाथों से तय हो रहा था। रणधीर के हाथ सारी रात उसकी छातियों पर हवा के झोंकों की तरह फिरते रहे। उन हवाई झोंकों से उस घाटन लड़की के पूरे बदन में एक ऐसी सरसराहट पैदा हो जाती है कि खुद रणधीर भी कंपकंपा उठता।

ऐसी कंपकंपाहट से रणधीर का सैकड़ों बार वास्ता पड़ चुका था। वह इनके मजे भी बखूबी जानता था। कई लड़कियों के नरम-ओ-नाजुक और सख्त सीनों से अपना सीना मिलाकर वह ऐसी कई रातें गुजार चुका था। वह ऐसी लड़कियों के साथ भी रह चुका था, जो बिलकुल अल्हड़ थीं और उसके साथ लिपटकर घर की वे सारी बातें सुना दिया करती थीं, जो किसी गैर के कानों के लिए नहीं होतीं। वह ऐसी लड़कियों से भी शारीरिक संबंध स्थापित कर चुका था, जो सारी मेहनत खुद करती थीं और उसे कोई तकलीफ़ नहीं देती थीं। लेकिन यह घाटन की लड़की, जो इमली के पेड़ के नीचे भीगी हुई खड़ी थी और जिसे उसने इशारे से ऊपर बुला लिया था, बिलकुल भिन्न किस्म की लड़की थी।

सारी रात रणधीर को उसके जिस्म से एक अज़ीब किस्म की बू आती रही। इस बू को, जो एक ही समय में खुशबू भी थी और बदबू भी, वह सारी रात पीता रहा। उसकी बगलों से, उसकी छातियों से, उसके बालों से, उसके पेट से, जिस्म के हर हिस्से से यह जो बदबू भी थी और खुशबू भी, रणधीर के पूरे शरीर में बस गई थी। सारी रात वह सोचता रहा था कि यह घाटन लड़की बिलकुल करीब होने पर भी हरगिज़ इतनी करीब न होती, अगर उसके जिस्म से यह बू न उड़ती। यह बू उसके मन-मस्तिष्क की हर सलवट में रेंग रही थी। उसके तमाम नए-पुराने अनुभवों में रच गई थी।

उस बू ने घाटन लड़की और रणधीर को जैसे एक-दूसरे से एकाकार कर दिया था। दोनों एक-दूसरे में समा गए थे। उन अनंत गहराइयों में उतर गए थे, जहां पहुंचकर इंसान एक खालिस इंसानी संतुष्टि से महफूज़ होता है। ऐसी संतुष्टि, जो क्षणिक होने पर भी अनंत थी। लगातार बदलती हुई होने पर भी दृढ़ और स्थायी थी। दोनों एक ऐसा जवाब बन गए थे, जो आसमान के नीले शून्य में उड़ते रहने पर भी दिखाई देता रहे।

उस बू को, जो उस घाटन लड़की के अंग-अंग से फूट रही थी, रणधीर बखूबी समझता था। लेकिन समझते हुए भी वह इसका विश्लेषण नहीं कर सकता था। जिस तरह कभी मिट्टी पर पानी छिड़कने से सोंधी-सोंधी बू निकलती है। लेकिन नहीं, वह बू कुछ और ही तरह की थी। उसमें लवेण्डर और इत्र की मिलावट नहीं थी, वह बिलकुल असली थी— औरत और मर्द के शारीरिक संबंध की तरह असली और पवित्र।

रणधीर को पसीने की बू से सख्त नफरत थी। नहाने के बाद वह हमेशा बगलों वगैरह में पाउडर छिड़कता था या कोई सुगंधित द्रव इस्तेमाल करता था, जिससे वह बदबू जाती रहे। लेकिन ताज्जुब है कि उसने कई बार, हां कई बार, उस घाटन लड़की की बालों-भरी बगलों को चूमा और उसे बिलकुल घिन नहीं आई, बल्कि अजीब किस्म की तुष्टि का एहसास हुआ। रणधीर को ऐसा लगता था कि वह इस बू को जानता है, पहचानता है, उसका अर्थ भी समझता है, लेकिन किसी और को नहीं समझा सकता।

बरसात के यही दिन थे। यूं ही खिड़की के बाहर जब उसने देखा तो पीपल के पत्ते उसी तरह नहा रहे थे। हवा में सरसराहटें और फड़फड़ाहटें घुली हुई थीं। अंधेरा था, लेकिन उसमें दबी-दबी धुंधली-सी रोशनी समाई हुई थी, जैसे बारिश की बूंदों के साथ सितारों का हल्का-हल्का गुबार नीचे उतर आया हो। बरसात के यही दिन थे, जब रणधीर के उस कमरे में सागवान का सिर्फ एक ही पलंग था। लेकिन अब उसके साथ सटा हुआ

एक और पलंग भी था और कोने में एक नई ड्रेसिंग टेबल भी मौजूद थी। दिन यही बरसात के थे। मौसम भी बिलकुल वैसा ही था। बारिश की बूंदों के साथ सितारों की रोशनी का हल्का-हल्का गुबार उसी तरह उतर रहा था, लेकिन वातावरण में हिना के इत्र की तेज खुशबू बसी हुई थी।

दूसरा पलंग खाली था। उस पलंग पर रणधीर औंधे मुंह लेटा खिड़की के बाहर पीपल के झूमते हुए पत्तों पर बारिश की बूंदों का नाच देख रहा था। एक गोरी-चिट्टी लड़की अपने नंगे जिस्म को चादर में छिपाने की नाकाम कोशिश करते-करते करीब हो गई थी। उसकी सुर्ख रेशमी सलवार दूसरे पलंग पर पड़ी थी, जिसके गहरे सुर्ख रंग के इजारबंद का एक फुंदना नीचे लटक रहा था। पलंग पर उसके दूसरे कपड़े भी पड़े थे। सुनहरी फूलदार जंफर, अंगिया, जांघिया और वह पुकार, जो उसने घाटन लड़की के बदन की बू में सूंघी थी– वह पुकार, जो दूध के प्यासे बच्चे के रोने से ज्यादा आनंदमयी होती है– वह पुकार, जो स्वप्न के दायरे से निकलकर खामोश हो गई थी।

रणधीर खिड़की के बाहर देख रहा था। उसके बिलकुल निकट ही पीपल के नहाए हुए पत्ते झूम रहे थे। वह उनकी मस्ती-भरी कंपकंपाहटों के उस पार कहीं बहुत दूर देखने की कोशिश कर रहा था, जहां गठीले बादलों में अजीब-ओ-गरीब किस्म की रोशनी घुली हुई दिखाई दे रही थी– ठीक वैसी ही जैसी उस घाटन लड़की के सीने में उसे नजर आई थी। ऐसी रोशनी, जो पुरइसरार गुफ्तगू की तरह दबी लेकिन स्पष्ट थी।

रणधीर के पहलू में एक गोरी-चिट्टी लड़की, जिसका जिस्म दूध और घी में गुंथे आटे की तरह मुलायम था, लेटी थी– उसके नींद से मस्त बदन से हिना के इत्र की खुशबू आ रही थी– जो अब थकी-थकी सी मालूम होती थी। रणधीर को यह दम तोड़ती और जुनून की हद तक पहुंची हुई खुशबू बहुत बुरी मालूम हुई। उसमें कुछ खटास थी– एक अजीब किस्म की खटास, जैसी बदहजमी की डकारों में होती है– उदास, बेरंग, बेचैन।

रणधीर ने अपने पहलू में लेटी हुई लड़की की तरफ देखा, जिस तरह फटे हुए दूध के बेरंग पानी में सफेद मुर्दा फुटकियां तैरने लगती हैं, उसी तरह इस लड़की के दूधिया जिस्म पर खराशें और धब्बे तैर रहे थे और वह हिना के इत्र की ऊटपटांग खुशबू। दरअसल रणधीर के मन-मस्तिष्क में वह बू बसी हुई थी, जो उस घाटन लड़की के जिस्म से बिना किसी बाहरी कोशिश के स्वयं निकल रही थी। वह बू जो हिना के इत्र से कहीं ज्यादा हल्की-फुल्की और रस में डूबी हुई थी, जिसमें सूंघ जाने की कोशिश शामिल नहीं थी। वह खुद-ब-खुद नाक के रास्ते अंदर घुस अपनी सही मंजिल पर पहुंच जाती थी।

लड़की के स्याह बालों में मुकेश के कण धूल के कणों की तरह जमे हुए थे। चेहरे पर पाउडर, सुर्खी और मुकेश के इन कणों ने मिल-जुलकर एक अजीब रंग पैदा कर दिया था– बेनाम-सा उड़ा-उड़ा रंग और उसके गोरे सीने पर कच्चे रंग की अंगिया ने जगह-जगह सुर्ख धब्बे बना दिए थे।

छातियां दूध की तरह सफेद थीं। उनमें हल्का-हल्का नीलापन भी था। बगलों के बाल मुंडे हुए थे, जिसकी वजह से वहां सुरमई गुबार-सा पैदा हो गया था।

रणधीर लड़की की तरफ देख-देखकर कई बार सोच चुका था– क्या ऐसा नहीं लगता, जैसे मैंने अभी-अभी कीलें उखाड़कर उसे लकड़ी के बंद बक्स से निकाला हो?

किताबों और चीनी के बरतनों पर हल्की-हल्की खराशें पड़ जाती हैं, ठीक उसी तरह उस लड़की के जिस्म पर भी कई निशान थे।

जब रणधीर ने उसकी तंग और चुस्त अंगिया की डोरियां खोली थीं तो उसकी पीठ और सामने सीने पर नरम-नरम गोश्त पर झुर्रियां-सी थीं और कमर के चारों तरफ कसकर बांधे हुए इजारबंद का निशान। वजनी और नुकीले नेकलैस से उसके सीने पर कई जगह खराशें पड़ गई थीं, जैसे नाखूनों से बड़े जोर से खुजाया गया हो। बरसात के यही दिन थे, पीपल के नरम-नरम पत्तों पर बारिश की बूंदें गिरने से वैसी ही आवाज पैदा हो रही थी, जैसी रणधीर उस दिन सारी रात सुनता रहा था। मौसम बेहद सुहाना था। ठंडी-ठंडी हवा चल रही थी। उसमें हिना के इत्र की तेज़ खुशबू घुली हुई थी।

रणधीर के हाथ बहुत देर तक उस गोरी-चिट्टी लड़की के कच्चे दूध की तरह सफेद सीने पर हवा के झोंकों की तरह फिरते रहे थे। उसकी उंगलियों ने उस गोरे-गोरे बदन में कई चिंगारियां दौड़ती हुई महसूस की थीं। उस नाजुक बदन में कई जगहों पर सिमटी हुई कंपकंपाहटों का भी उसे पता चला था, जब उसने अपना सीना उसके सीने के साथ मिलाया तो रणधीर के जिस्म के हर रोंगटे ने उस लड़की के बदन के छिड़े हुए तारों की भी आवाज सुनी थी– मगर वह आवाज कहां थीं?

रणधीर ने आखिरी कोशिश के तौर पर उस लड़की के दूधिया जिस्म पर हाथ फेरा, लेकिन उसे कोई कंपकंपी महसूस न हुई– उसकी नई नवेली पत्नी, जो एक फर्स्ट क्लास मजिस्ट्रेट की बेटी थी, जिसने बी.ए. तक शिक्षा पाई थी और जो अपने कॉलेज के सैकड़ों दिलों की धड़कन थी, रणधीर की किसी भी चेतना को न छू सकी। वह हिना की खुशबू में उस बू को तलाश कर रहा था, जो उन्हीं दिनों में जबकि खिड़की के बाहर पीपल के पत्ते बारिश में नहा रहे थे, उस घाटन लड़की के मैले बदन से आई थी।

5

साढ़े तीन आने

"मैंने कत्ल क्यों किया। एक इंसान के खून में अपने हाथ क्यों रंगे, यह एक लंबी दास्तान है। जब तक इसके तमाम अच्छे-बुरे हालात से आपको आगाह न करूंगा, आपको कुछ पता न चलेगा। मगर इस वक्त आप लोगों की गुफ्तगू का विषय जुर्म और सज़ा है, इंसान और जेल है। चूंकि मैं जेल में रह चुका हूं, इसलिए मेरी राय गलत नहीं हो सकती। मुझे मंटो साहब से पूरा इत्तफाक है कि जेल अपराधी की गलती ठीक नहीं कर सकती। मगर यह हकीकत इतनी बार दोहराई जा चुकी है कि इस पर जोर देने से आदमी को यूं महसूस होता है जैसे वह किसी महफिल में हजार बार सुनाया हुआ लतीफा बयान कर रहा है– और यह हकीकत लतीफा नहीं कि इस हकीकत को जानते-पहचानते हुए भी हजारों जेलखाने मौजूद हैं। हथकड़ियां हैं और इंसानियत को नंगा करने वाली बेड़ियां– मैं कानून का यह जेवर पहन चुका हूं।"

यह कहकर रिज़वी ने मेरी तरफ देखा और मुस्कराया। उसके मोटे-मोटे हब्शियों जैसे होंठ अजीब अंदाज में फड़के। उसकी छोटी-छोटी नशीली आंखें, जो कातिल की आंखें लगती थीं, चमकीं। हम सब चौंक पड़े, जब उसने एकाएक हमारी गुफ्तगू में हिस्सा लेना शुरू कर दिया था। वह हमारे करीब कुर्सी पर बैठा क्रीम मिली हुई कॉफी पी रहा था। जब उसने अपना परिचय कराया तो हमें वे तमाम घटनाएं याद आ गईं जो कत्ल की वारदात से जुड़ी थीं। वायदा माफ गवाह बनकर उसने बड़ी सफाई से अपनी और अपने दोस्तों की गरदन फांसी के फंदे से बचाई थी।

वह उसी दिन रिहा होकर आया था। बड़े सुंदर और सभ्य ढंग से वह मुझसे बोला, "माफ कीजिएगा मण्टो साहब... आप लोगों की गुफ्तगू में मुझे दिलचस्पी है। मैं अदीब तो नहीं, लेकिन आपकी गुफ्तगू का जो विषय है उस पर अपनी टूटी-फूटी जुबान में कुछ-न-कुछ जरूर कह सकता हूं।"

फिर उसने कहा, "मेरा नाम सिद्दीक रिज़वी है– लुंडा बाजार में जो कत्ल हुआ था, मैं उससे जुड़ा था।"

मैंने उस कत्ल के बारे में सिर्फ सरसरी तौर पर पढ़ा था। लेकिन जब रिज़वी ने अपना परिचय कराया तो मेरे दिमाग में ख़बरों की तमाम सुर्खियां उभर आईं।

हमारी गुफ्तगू का विषय यह था कि क्या जेल अपराधी को ठीक कर सकती है? मैं खुद महसूस कर रहा था, हम एक बासी रोटी खा रहे हैं। रिज़वी ने जब यह कहा, "यह हकीकत कितनी बार दोहराई जा चुकी है कि इस पर जोर देने से आदमी को यूं महसूस होता है कि जैसे वह किसी महफिल में हजार बार सुनाया हुआ लतीफा बयान कर रहा है" तो मुझे बड़ी तसल्ली हुई। मैंने यह समझा जैसे रिज़वी ने मेरे ख्यालात को अपने शब्दों में कह दिया है।

क्रीम मिली हुई कॉफी खत्म करके रिज़वी ने अपनी छोटी-छोटी नशीली आंखों से मुझे देखा और बड़ी गंभीरता से कहा, "मण्टो साहब, आदमी जुर्म क्यों करता है– जुर्म क्या है, सजा क्या है– मैंने इस विषय पर बहुत गौर किया है। मैं समझता हूं कि हर जुर्म के पीछे एक हिस्ट्री होती है। जिंदगी की घटनाओं का एक बहुत बड़ा टुकड़ा होता है, बहुत उलझा हुआ टेढ़ा-मेढ़ा– मैं मनोविज्ञान का माहिर नहीं। लेकिन इतना जरूर जानता हूं कि इंसान से खुद जुर्म नहीं किया जाता, हालात से होता है।"

नसीर ने कहा, "आपने बिलकुल ठीक कहा है।"

रिज़वी ने एक और कॉफी का ऑर्डर दिया और नसीर ने कहा, "मुझे मालूम नहीं जनाब, लेकिन मैंने जो कुछ अर्ज किया है, अपने अनुभव के आधार पर अर्ज किया है, वरना यह विषय बहुत पुराना है। मेरा ख्याल है कि विक्टर ह्यूगो फ्रांस का एक मशहूर नॉवेलिस्ट था- शायद किसी और मुल्क का हो– आप तो खैर जानते ही होंगे– जुर्म और सज़ा पर उसने काफी लिखा है। मुझे उसकी एक रचना के कुछ वाक्य याद हैं।" यह कहकर मुझसे बोला, "मंटो साहब, शायद आप ही का तर्जुवा था– वह सीढ़ी उतार दो जो इंसान को जुर्म और गलत रास्ते की तरफ ले जाती है। लेकिन मैं सोचता हूं कि वह सीढ़ी कौन-सी है? उसके कितने जीने हैं?"

"कुछ भी हो, यह सीढ़ी जरूर है। इसके जीने भी हैं, लेकिन जहां तक मैं समझता हूं, अनगिनत हैं। इनको गिनना ही सबसे अच्छी बात है। मण्टो साहब, हुकूमतें जनगणना करती हैं। हुकूमतें आंकड़े इकट्ठे करती हैं। हुकूमतें हर किस्म की गणना करती हैं– इस सीढ़ी के जीनों की गणना क्यों नहीं करतीं? क्या यह उनका फर्ज नहीं? मैंने कत्ल किया, लेकिन इस सीढ़ी के कितने जीने तय करके किया। हुकूमतें हर किस्म की गणना करती हैं– हुकूमतें आंकड़े इकट्ठे करती हैं। हुकूमत ने मुझे वायदा माफ गवाह बना

लिया, इसलिए कि कत्ल का सबूत उसके पास नहीं था। लेकिन सवाल यह है कि मैं अपने गुनाह की माफी किससे मांगू। वे हालात जिन्होंने मुझे कत्ल करने पर मजबूर किया था, अब मेरे नजदीक नहीं हैं। उनमें और मुझमें एक साल का फासला है। मैं इस फैसले से माफी मांगू या उन हालात से जो बहुत दूर खड़े मुझे मुंह चिढ़ा रहे हैं।"

हम सब रिज़वी की बातें बड़े गौर से सुन रहे थे। वह देखने में पढ़ा-लिखा नहीं लगता था। लेकिन उसकी गुफ्तगू से साबित हुआ कि वह पढ़ा-लिखा है और बात करने का सलीका जानता है। मैंने उससे कुछ कहा होता, लेकिन मैं चाहता था कि वह बातें करता जाए और मैं सुनता जाऊं। इसलिए मैं उसकी गुफ्तगू में बाधक न बना।

उसके लिए नई कॉफी आ गई थी। उसे बनाकर उसने चंद घूंट पिए और कहना शुरू किया, "खुदा मालूम मैं क्या बकवास करता रहा हूं, लेकिन मेरे दिमाग में हर वक्त एक आदमी का ख्याल रहा है– उस आदमी का, उस भंगी का, जो हमारे साथ जेल में था। उसको साढ़े तीन आने चोरी करने पर एक साल की सज़ा हुई थी।"

नसीर ने हैरत से पूछा, "सिर्फ साढ़े तीन आने चोरी करने पर?"

रिज़वी ने ठंडा-सा जवाब दिया, "जी हां। सिर्फ साढ़े तीन आने की चोरी पर– जो उसको नसीब न हुए, क्योंकि वह पकड़ा गया। यह रकम खजाने में महफ़ूज़ है और फग्गू भंगी गैरमहफ़ूज़ है क्योंकि हो सकता है, वह फिर पकड़ा जाए, क्योंकि हो सकता है उसका पेट फिर उसे मजबूर करे, क्योंकि हो सकता है कि उससे गू–मूत साफ कराने वाले उसको तनख्वाह न दे सकें, क्योंकि हो सकता है कि उसको तनख्वाह देने वालों को अपनी तनख्वाह न मिले– यह हो सकता है। यह सिलसिला मण्टो साहब, अजीब-ओ-गरीब है। सच पूछिए तो दुनिया में सब कुछ हो सकता है– रिज़वी से कत्ल भी हो सकता है।"

यह कहकर वह थोड़ी देर के लिए खामोश हो गया। नसीर ने उससे कहा, "आप फग्गू भंगी की बात कर हरे थे?"

रिज़वी ने अपनी छिदरी मूंछों पर से कॉफी रूमाल के साथ पोंछी, "जी हां। फग्गू भंगी चोर होने के बावजूद, यानी वह कानून की नजरों में चोर था, हमारी नजरों में पूरा ईमानदार था। खुदा की कसम, मैंने आज तक उस जैसा ईमानदार आदमी नहीं देखा। साढ़े तीन आने उसने जरूर चुराए थे। उसने साफ-साफ अदालत में कह दिया था कि यह चोरी मैंने जरूर की है। मैं अपने हक में कोई गवाही पेश नहीं करना चाहता– मैं दो दिन का भूखा था। मजबूरन मुझे करीम दर्जी की जेब में हाथ डालना पड़ा। उससे मुझे पांच रुपये लेने थे, दो महीनों की

मंटो की इक्कीस कहानियां

तनख्वाह। हुजूर, उसका भी कोई कसूर न था, इसलिए कि उसके कई ग्राहकों ने उसकी सिलाई के पैसे मारे हुए थे। हुजूर, मैं पहले भी चोरियां कर चुका हूं। एक दफा मैंने दस रुपये एक मेम साहब के बटुए से निकाल लिए थे। मुझ एक महीने की सज़ा हुई थी। फिर मैंने डिप्टी साहब के घर से चांदी का एक खिलौना चुराया था। इसलिए कि मेरे बच्चे को निमोनिया था और डॉक्टर बहुत फीस मांगता था। हुजूर, मैं आपसे झूठ नहीं कहता, मैं चोर हूं। कुछ हालात ही ऐसे थे कि मुझे चोरियां करनी पड़ीं– और हालात ही ऐसे थे कि मैं पकड़ा गया। मुझसे भी बड़े-बड़े चोर मौजूद हैं, लेकिन वे अभी तक पकड़े नहीं गए। हुजूर, अब मेरा बच्चा भी नहीं है, बीवी भी नहीं है। लेकिन हुजूर, अफसोस है कि मेरा पेट है। यह भर जाए तो सारा झंझट ही खत्म हो जाए। हुजूर, मुझे माफ कर दो। लेकिन हुजूर ने उसको माफ नहीं किया और पक्का चोर समझकर उसकी एक साल केद बामशक्कत की सजा दे दी।"

रिज़वी बड़े बेतकल्लुफ अंदाज़ में बोल रहा था। उसमें कोई बनावट नहीं थी। ऐसा लगता था कि शब्द खुद-ब-खुद उसकी जुबान पर आते और बहते चले जा रहे थे। मैं बिलकुल खामोश था। सिगरेट-पर-सिगरेट पी रहा था और उसकी बातें सुन रहा था। नसीर फिर उससे बोला, "आप फग्गू की ईमानदारी की बात रह रहे थे?"

"जी, हां।" रिज़वी ने जेब से बीड़ी निकालकर सुलगाई, "मैं नहीं जानता, कानून की निगाहों में ईमानदारी क्या चीज है। लेकिन मैं इतना जानता हूं कि मैंने बड़ी ईमानदारी से कत्ल किया था। और मेरा ख्याल था कि फग्गू भंगी ने भी बड़ी ईमानदारी से साढ़े तीन आने चुराए थे। मेरी समझ में नहीं आता कि लोग ईमानदारों की सिर्फ अच्छी बातों से क्यों तुलना करते हैं। और सच पूछिए तो अब मैं यह सोचने लगा हूं कि अच्छाई और बुराई है क्या? एक चीज आपके लिए अच्छी हो सकती है, मेरे लिए बुरी। एक सोसायटी में एक चीज अच्छी समझी जाती है और दूसरी बुरी। हमारे मुसलमानों में बगलों के बाल बढ़ाना गुनाह समझा जाता है लेकिन सिख उससे अलग हैं। अगर वह बाल बढ़ाना वाकई गुनाह है तो खुदा उनको सजा क्यों नहीं देता। अगर कोई खुदा है तो मेरी दरख्वास्त है कि खुदा के लिए ये इंसानों के कानून तुम तोड़ दो। उनकी बनाई हुई जेलें ढा दो और आसमानों पर अपनी जेलें खुद बनाओ। खुद अपनी अदालत में उनको सजा दो, क्योंकि और कुछ नहीं तो कम-से-कम खुदा तो हो।"

रिज़वी की इस तकरीर ने मुझे बहुत प्रभावित किया। उसकी सादगी ही असल में इस प्रभाव का कारण थी। वह बातें करता था तो यूं लगता था जैसे हमसे नहीं, बल्कि अपने दिल ही दिल में गुफ्तगू कर रहा है।

उसकी बीड़ी बुझ गई थी। शायद उसमें तंबाकू की गांठ अटकी हुई थी, इसलिए कि उसने पांच-छह बार उसको सुलगाने की कोशिश की। जब न सुलगी तो फेंक दी और मुझसे बोला, "मंटो साहब, मुझे अपनी तमाम जिंदगी याद रहेगा। आपको बताऊंगा तो आप जरूर कहेंगे कि भावुकता है, लेकिन खुदा की कसम, भावुकता का इसमें कोई दखल नहीं, वह मेरा दोस्त नहीं था— नहीं, वह मेरा दोस्त था, क्योंकि उसने हर बार खुद को ऐसा साबित किया?"

रिज़वी ने जेब में से दूसरी बीड़ी निकाली, मगर वह टूटी हुई थी। मैंने उसे सिगरेट पेश किया तो उसने कबूल कर लिया, "शुक्रिया, मंटो साहब! माफ कीजिएगा। मैंने इतनी बकवास की है, हालांकि मुझे नहीं करनी चाहिए थी। इसलिए कि माशा अल्लाह आप...।"

मैंने उसकी बात काटी, "रिज़वी साहब, मैं इस वक्त मंटो नहीं हूं, सिर्फ सआदत हसन हूं। आप अपनी गुफ्तगू जारी रखिए। मैं बड़ी दिलचस्पी से सुन रहा हूं।"

रिज़वी मुस्कराया। उसकी छोटी-छोटी नशीली आंखों में चमक पैदा हुई, "आपकी बड़ी मेहरबानी है।" फिर वह नसीर से बोला, "मैं क्या कह रहा था?" मैंने उससे कहा, "आप फग्गू की ईमानदारी के बारे में कुछ कहना चाहते थे।"

"जी, हां।" यह कहकर उसने मेरा पेश किया हुआ सिगरेट सुलगाया, "मंटो साहब, कानून की नजरों में वह आदी चोर था। बीड़ियों के लिए उसने एक बार आठ आने चुराए थे। बड़ी मुश्किलों से दीवार फांदकर जब उसने भागने की कोशिश की थी तो उसके टखने की हड्डी टूट गई थी। करीब-करीब एक साल तक वह उसका इलाज कराता रहा। मगर जब मेरे जैसे कसूर वाला मेरा दोस्त जर्जी बीस बीड़ियां उसकी मार्फत भेजता तो वे सब-की-सब पुलिस की नजरें बचाकर मेरे हवाले कर देता। वायदा माफ गवाहों की बड़ी कड़ी निगरानी होती है, लेकिन जर्जी ने फग्गू को अपना दोस्त और हमराज बना लिया था। वह भंगी था, लेकिन उसका स्वभाव बहुत खुशबूदार था।" शुरू-शुरू में जब वह जर्जी की बीड़ियां लेकर मेरे पास आया तो मैंने सोचा, इस हरामज़ादे चोर ने जरूर इनमें से कुछ गायब कर ली होंगी। मगर बाद में मुझे मालूम हुआ, वह बिल्कुल ईमानदार था। बीड़ी के लिए उसने आठ आने चुराते हुए अपने टखने की हड्डी तुड़वा ली थी, मगर यहां जेल में, जहां उसको तंबाकू कहीं से भी नहीं मिल सकता था, वह जर्जी की दी हुई बीड़ियां सारी-की-सारी मेरे हवाले कर देता था, जैसे वे अमानत हों। फिर वह कुछ देर हिचकिचाने के बाद मुझसे कहता, बाबूजी,

एक बीड़ी तो दीजिए और मैं उसको सिर्फ एक बीड़ी देता। इंसान भी कितना कमीना है।"

रिज़वी ने कुछ इस अंदाज़ में अपना सिर झटका जैसे उसे खुद से नफरत है, "जैसा मैं अर्ज कर चुका हूं, मुझ पर बहुत कड़ी पांबदियां लगी थीं। वायदा माफ गवाहों के साथ ऐसा ही होता है। जबकि जर्जी मेरे मुकाबले में बहुत आजाद था। उसको रिश्वत दे-दिलाकर बहुत-सी सुविधाएं मिली हुई थीं। कपड़े मिल जाते थे। साबुन मिल जाता था। बीड़ियां मिल जाती थीं। जेल के अंदर रिश्वत देने के लिए रुपये भी मिल जाता था। फग्गू भंगी की सजा खत्म होने में सिर्फ कुछ दिन बाकी रह गए थे जब उसने आख़िरी बार जर्जी की दी हुई बीस बीड़ियां मुझे लाकर दीं, मैंने उसका शुक्रिया अदा किया। वह जेल से निकलने पर खुश नहीं था। मैंने जब उसको मुवारकबाद दी तो उसने कहा, "बाबूजी, मैं फिर यहां आ जाऊंगा। भूखे इंसान को चोरी करनी ही पड़ती है। बिलकुल ऐसे ही जैसे एक भूखे इंसान को खाना खाना ही पड़ता है। बाबूजी, आप बड़े अच्छे हैं। मुझे इतनी बीड़ियां देते रहे। खुदा करे आपके सारे दोस्त बरी हो जाएं। जर्जी बाबू आपको बहुत चाहते हैं।"

नसीर ने यह सुनकर लगभग अपने आपसे कहा, 'और उसको सिर्फ साढ़े तीन आने चुराने के जुर्म में सजा मिली थी।'

रिज़वी ने गरम कॉफी का एक घूंट पीकर ठंडे अंदाज़ में कहा, "जी हां, सिर्फ साढ़े तीन आने चुराने के जुर्म में-और वे भी खजाने में जमा हैं। खुदा मालूम उनसे किस पेट की आग बुझेगी।" रिज़वी ने कॉफी का एक और घूंट पिया और मुझसे बोला, "हां, मण्टो साहब, उसकी रिहाई में सिर्फ एक दिन रह गया था। मुझे दस रुपयों की बहुत जरूरत थी। मैं अधिक विस्तार में नहीं जाना चाहता। ये रुपये एक सिलसिले में संतरी को रिश्वत के तौर पर देने थे। मैंने बड़ी मुश्किल से कागज-पेंसिल लेकर जर्जी को एक खत लिखा था और फग्गू के द्वारा उसे उस तक भिजवाया था कि वह मुझे किसी-न-किसी तरह दस रुपये भेज दे। फग्गू अनपढ़ था। शाम को वह मुझसे मिला। जर्जी का रुक्का उसने मुझे दिया। उसमें दस रुपये का सुर्ख पाकिस्तानी नोट कैद था। मैंने रुक्का पढ़ा। यह लिखा था, 'रिज़वी प्यारे, दस रुपये भेज तो रहा हूं, मगर एक आदी चोर के हाथ। खुदा करे तुम्हें मिल जाएं क्योंकि यह कल ही जेल से रिहा होकर जा रहा है।' मैंने यह पढ़ा तो फग्गू भंगी की तरफ देखकर मुस्कराया। उसको साढ़े तीन आने चुराने के जुर्म में एक साल की सजा हुई थी। मैं सोचने लगा, अगर उसने दस रुपये चुराए होते तो साढ़े तीन आने के हर साल के हिसाब से उसकी क्या सजा मिलती?"

यह कहकर रिज़वी ने कॉफी का आखिरी घूंट पिया और रुखसत मांगे बगैर कॉफी हाउस से बाहर चला गया।

6

बस स्टैंड

वह बस स्टैंड के पास खड़ी 'ए' रूट वाली बस का इंतजार कर रही थी। उसके पास कई मर्द खड़े थे। उनमें से एक उसे बहुत बुरी तरह घूर रहा था। उसको ऐसा महसूस हुआ कि यह शख्स बरमें से उसके दिल-ओ-दिमाग पर छेद बना रहा है।

उसकी उम्र 20-22 वर्ष की होगी, लेकिन इस पक्की उम्र के बावजूद, वह बहुत घबरा रही थी। जाड़ों के दिन थे, पर इसके बावजूद उसने कई बार अपने माथे का पसीना पोंछा। उसकी समझ में नहीं आता था कि क्या करे। बस स्टैंड से चली जाए। कोई तांगा ले ले या वापिस अपनी सहेली के पास चली जाए।

उसकी यह सहेली नई-नई बनी थी। एक पार्टी में उनकी मुलाकात हुई और वे दोनों एक-दूसरे को भा गईं। यह पहली बार था कि वह अपनी इस नई सहेली के बुलावे पर उसके घर आई थी।

नौकर बीमार था, मगर जब इस सहेली ने इतनी ज़िद की तो वह अकेली उसके पास चली गई। दो घंटे आपस में गप लड़ाती रहीं– यह वक्त बड़े मजे में कटा। उसकी सहेली ने, जिसका नाम शाहिदा था, उससे जाते वक्त कहा, "सलमा, अब तुम्हारी शादी हो जानी चाहिए।"

सलमा शरमा गई, "कैसी बातें करती हो, शाहिदा! मुझे शादी नहीं करनी है।"

"तो क्या सारी उम्र कुंवारी रहोगी?"

"कुंवारी रहने में हर्ज क्या है?"

शाहिदा मुस्कराई, "मैं भी यही कहा करती थी, लेकिन जब शादी हो गई तो दुनिया के तमाम मजे मुझे मिल गए। यही तो उम्र है जब आदमी पूरी

तरह शादी के मजों को खुद प्राप्त कर सकता है। तुम मेरा कहा मानो– बस एक-दो महीनों के अंदर दुल्हन बन जाओ। तुम्हारे हाथों में मेहदी मैं खुद लगाऊंगी।”

“छोड़ो इस छेड़खानी को।”

शाहिदा ने सलमा के गालों पर हल्की चपत लगाई, “यह छेड़खानी है? अगर यह छेड़खानी है, तो सारी उम्र छेड़खानी है। मर्द और औरत का रिश्ता भी फिजूल है। मेरी समझ में नहीं आता, एक हमेशा से चले आ रहे रिश्ते से इनकार क्यों करती हो? देखूंगी कि तुम मर्द के बगैर कैसे जिंदा रहोगी। खुदा की कसम, पागल हो जाओगी, पागल।”

“अच्छा है, जो पागल हो जाऊं। क्या पागलों के लिए इस दुनिया में कोई जगह नहीं? इतने सारे पागल हैं, आखिर वे भी तो जैसे-तैसे जी रहे हैं।”

“जैसे-तैसे जीने में क्या मजा है प्यारी सलमा! मैं तुमसे कहती हूं कि जब से मेरी शादी हुई है, मेरी काया ही पलट गई है। मेरा खाविंद बहुत प्यार करने वाला है।”

“क्या काम करते हैं?”

“मुझसे मुहब्बत करते हैं– यही उनका काम है। वैसे अल्लाह का दिया बहुत कुछ है। मेरा हाथ उन्होंने कभी तंग होने नहीं दिया।”

सलमा ने यूं महसूस किया कि उसका दिल तंग हो गया है, “शाहिदा! मुझे तंग न करो। मुझे शादी नहीं करनी है– मुझे मर्दों से नफरत है।”

“क्यों?”

“बस, है।”

“अब मैं तुमसे क्या कहूं– मर्दों से मुझे भी नफरत थी। लेकिन जब मेरी शादी हुई और मुझसे मेरे खाविंद ने प्यार-मुहब्बत किया तो मैंने पहली बार जाना कि मर्द, औरत के लिए कितना जरूरी है।”

“हुआ करे– मुझे उसकी कोई जरूरत नहीं।”

शाहिदा हंसी, “सलमा, एक दिन जरूर तुम इस बात को मान जाओगी कि मर्द औरत के लिए लाजमी है। उसके बगैर वह ऐसी गाड़ी है जिसके पहिए न हों। मेरी शादी को एक वर्ष हुआ। इस एक वर्ष में मुझे जितनी खुशियां और राहतें मेरे खाविंद ने पहुंचाई हैं, बयान नहीं कर सकती। खुदा की कसम, वह फरिश्ता है फरिश्ता, मुझ पर जान छिड़कता है।”

सलमा ने यह सुनकर यूं महसूस किया कि जैसे उसके सिर पर फरिश्तों के पंख फड़फड़ा रहे हैं। उसने सोचा कि शायद मर्द औरत के लिए लाजमी

हो। लेकिन फौरन ही उसके दिमाग में यह ख्याल आया कि उसकी अक्ल ने उसका साथ नहीं दिया— मर्द की जरूरत ही क्या है? क्या औरत उसके बगैर जिंदा नहीं रह सकती।

जैसा कि शाहिदा ने उसको बताया था कि उसका शौहर बहुत प्यार करने वाला है, बहुत नेक स्वभाव का है— लेकिन इससे यह साबित तो नहीं होता कि वह शाहिदा के लिए लाजमी था।

सलमा हसीन थी। उभरा यौवन, भरे-भरे हाथ-पांव, चौड़ी पेशानी, घुटनों तक लंबे काले बाल, सुतवां नाक और उसकी फुनगी पर एक तिल।

जब वह अपनी सहेली से इजाजत मांगकर गुसलखाने में गई तो उसने सोचा कि आखिर यह जिस्म, यह हुस्न, ये उभार किसके लिए हैं— खुदा की सारी कारीगरी बेकार जा रही है।

गेहूं पैदा होता है, तो आदमी उससे अपना पेट पालते हैं, उसकी जवानी भी तो किसी खेत में उगी थी। अगर उसे कोई खाएगा नहीं, तो गल-सड़ नहीं जाएगी।

वह बहुत देर तक गुसलखाने में आईने के सामने सोचती रही। उसके दिमाग में सहेली की तमाम बातें गूंज रही थीं— मर्द औरत के लिए बहुत जरूरी है— उसका खाविंद बहुत प्यार करता है— वह फरिश्ता है।

सलमा ने एक लम्हे के लिए महसूस किया कि उसकी सलवार और उसका दुपट्टा फरिश्तों के पंख बन गए हैं। वह घबरा गई और जल्दी से निपटकर बाहर निकल आई।

बाहर बरामदे में मक्खियां भिनभिना रही थीं। सलमा को ऐसा लगा कि यह भी फरिश्ते हैं, जो भेष बदलकर आए हैं।

फिर जब उसकी सहेली अपनी कोठी से लगे बाग में उसे ले गई और वहां उसने कुछ तितलियां देखीं तो वे भी उसे फरिश्ते दिखाई दिए। लेकिन उसने कई बार सोचा कि ऐसे रंगीन और ऐसे नन्हे-मुन्हे फरिश्ते कैसे हो सकते हैं।

उसे बहुत देर तक फरिश्ते ही फरिश्ते दिखाई देते रहे, जो उसके करीब आते, उसे प्यार करते, उसका मुंह चूमते, उसके सीने पर हाथ फेरते, जिससे उसको बड़ी राहत मिली लेकिन वह इन फरिश्तों के हाथ बड़ी तेजी से एक तरफ झटक देती और उनसे कहती, 'जाओ, चले जाओ यहां से। तुम्हारा घर तो आसमान है। यहां क्या करने आए हो?'

तब वे फरिश्ते उससे कहते, 'हम फरिश्ते नहीं, हजरत आदम की औलाद हैं। वही बुजुर्ग जो जन्नत से निकाले गए थे। पर हम तुम्हें फिर जन्नत

में पहुंचाने का वायदा करते हैं। चलो, हमारे साथ। वहां दूध की नहरें बहती हैं और शहद की भी।'

सलमा ने यूं महसूस किया कि उसके सीने में से दूध के नन्हे-नन्हे कतरे निकलने शुरू हो गए हैं और उसके होंठ मिठास में लिपटे हुए हैं।

शाहिदा उससे बार-बार अपने खाविंद की तारीफ करती। असल में उसका मतलब यह था कि वह उसके भाई के साथ सलमा का रिश्ता कायम कर दे, मगर घर पर यह पहली मुलाकात थी। इसलिए वह खुलकर बात न कर सकी। फिर भी उसने इशारे से सलमा पर यह प्रकट कर दिया कि उसका खाविंद, जो बहुत शरीफ और मुहब्बत करने वाला आदमी है, उसका भाई उससे भी कहीं ज्यादा शरीफ और सज्जन है।

सलमा ने यह इशारा न समझा, इसलिए कि वह बहुत सीधी-सादी थी। उसने सिर्फ इतना कह दिया, "आजकल के जमाने में शरीफ आदमियों का मिलना मुश्किल है। तुम खुशकिस्मत हो तुम्हें ऐसा खानदान मिल गया, जहां हर आदमी नेक और शरीफ है।"

"अफसोस है कि इस वक्त मेरे खाविंद घर पर मौजूद नहीं, वरना मैं तुमसे उन्हें जरूर मिलाती।"

"कभी फिर सही, क्या काम करते हैं?"

"हाय, उन्हें क्या काम करने की जरूरत है। लाखों रुपये की जायदाद है। मकानों और दुकानों से किराया ही हर महीने दो हजार के करीब वसूल हो जाता है। इसके अलावा माशाअल्लाह जमीनें हैं– वहां की आमदनी अलग है। अनाज की कोई दिक्कत नहीं। मनो घर में पड़ा रहता है। हर किस्म की तरकारी भी हर वक्त मिल सकती है। अल्लाह का बड़ा फजलों-करम है। उनका छोटा भाई जो आजकल लंदन में है, खेती के बारे में जाने क्या सीख रहा है। एक महीने तक वापस आ रहा है। वह अपने बड़े भाई के मुकाबले में ज्यादा खूबसूरत है। तुम उसे देखोगी तो...।"

सलमा ने घबराए हुए लहजे में कहा, "हां-हां, जब वह आएंगे तो उनसे मिलने का इत्तफाक हो जाएगा।"

शाहिदा ने कहा, "बड़ा शरीफ लड़का है– बिलकुल अपने बड़े भाई की मानिंद।"

"जी हां, जरूर होगा। आखिर शरीफ खानदान से ताल्लुक रखता है।"

"वह बस आने ही वाला है। तुम मुझे अपनी एक तस्वीर दे दो।"

"क्या करोगी?"

"बस, शहद लगाकर चाटा करूंगी।"

यह कहकर शाहिदा ने सलमा का मुंह चूम लिया और फिर अपने खाविंद की तारीफें शुरू कर दीं। सलमा तंग आ गई। उसने थोड़ी देर के बाद कोई बहाना बनाकर रुखसत चाही और बस स्टैंड पर पहुंच गई, जहां उसे 'ए' रूट की बस पकड़नी थी।

वह जब वहां पहुंची तो एक मर्द ने उसे बहुत बुरी निगाहों से घूरना शुरू कर दिया। वह परेशान हो गई। जाड़ों के दिन थे। मगर उसने कई बार अपनी पेशानी से पसीना पोंछा।

स्टैंड पर एक बस आई। उसने उसका नंबर न देखा और जब कुछ मुसाफिर उतरे तो वह फौरन उसमें सवार हो गई। वह आदमी भी उस बस में दाखिल हो गया। उसकी परेशानी और ज्यादा बढ़ गई।

इत्तफाक ऐसा हुआ कि बस के इंजन में कोई खराबी पैदा हो गई, जिसके कारण उसे रुकना पड़ा। सब मुसाफिरों से कह दिया गया कि वे उतर जाएं क्योंकि काफी देर तक वह बस नहीं चल सकेगी।

सलमा नीचे उतरी तो वह आदमी भी, जो उसे बहुत बुरी तरह घूर रहा था, उसके साथ बाहर निकला। सड़क पर एक कार जा रही थी, उसने उसके ड्राइवर को आवाज दी, "इमामदीन?"

इमामदीन ने मोटर एकदम रोक ली। उस आदमी ने सलमा का हाथ पकड़ा और उससे कहा, "चलिए, यह मेरी अपनी कार है। आप जहां भी जाना चाहती हैं, मैं आपको छोड़ जाऊंगा।"

सलमा इनकार न कर सकी। मोटर में बैठ गई। उसको मॉडल टाउन जाना था। मगर वह उसे कहीं और ले गया और...।

सलमा ने महसूस किया कि मर्द वाकई औरत के लिए जरूरी होता है। उसने अपनी जिंदगी का बेहतरीन दिन गुजारा। यद्यपि उसने पहले बहुत हील-हुज्जत और विरोध किया, मगर उस आदमी ने उसे राजी कर ही लिया।

तीन-चार घंटों के बाद जब सलमा ने उस शख्स का बटुआ खोलकर यूं ही देखा तो उसमें एक तरफ शाहिदा का फोटो था। उसने हिचकिचाहट के साथ पूछा, "यह औरत कौन है?"

उस शख्स ने जवाब दिया, "मेरी बीवी!"

सलमा के हलक से चीख़ निकलते-निकलते रह गई, "आपकी बीवी?"

शाहिदा का खाविंद मुस्कराया, "क्या मर्दों की बीवियां नहीं होतीं?"

7

बुड्ढा खूसट

यह विश्वयुद्ध के खात्मे के बाद की बात है। जब मेरा सबसे प्रिय दोस्त लेफ्टिनेंट कर्नल मुहम्मद सलीम शेख ईरान, इराक और दूसरे मोर्चों से होता हुआ बंबई पहुंचा। उसको अच्छी तरह मालूम था, मेरा फ्लैट कहां है। हममें कभी-कभार पत्र-व्यवहार भी होता रहता था लेकिन उससे कुछ मजा नहीं आता था। इसलिए कि हर ख़त सेंसर होता था। चाहे वह इधर से जाए या उधर से आए। अजीब मुसीबत थी।

मगर अब उन मुसीबतों का जिक्र क्या करना। बंबई के बी.बी. एंड सी.आई.ए. के टर्मिनल पर उसकी पोस्टिंग हुई। उस वक्त वह सिर्फ लेफ्टिनेंट था। हम दोनों लंबे-चौड़े रेलवे स्टेशन में बैठ गए और दोपहर के बारह-एक बजे तक ठंडी-ठंडी बीयर पीते रहे। उसने इस दौरान मुझे कई कहानियां सुनाईं, जिनमें से एक खासतौर पर काबिल-ए-जिक्र है।

उसने ईरान, इराक और खुदा मालूम किन-किन मुल्कों के अपने इश्क के किस्से सुनाए। मैं सुनता रहा। पेशेवर आशिक तो वह कॉलेज के जमाने से था। उसकी दास्तानें अगर मैं सुनाऊं तो एक बड़ी किताब बन जाए। बहरहाल, आपको इतना बताना जरूरी है कि उसे लड़कियों को अपनी तरफ आकर्षित करने का गुर मालूम था।

गोर्डन कॉलेज, रावलपिंडी में वह राजा इंद्र था। उसके दरबार में वहां की तमाम परियां मुजरा किया करती थीं। खूबसूरत था, काफी खूबसूरत, मगर उसका हुस्न मर्दाना हुस्न था। पतली नुकीली नाक, जो यकीनन अपना काम कर जाती होगी। छोटी-छोटी गहरे मुसले रंग की आंखें, जो उसके चेहरे पर सज गई थीं। बड़ी होतीं तो शायद चेहरे की सारी कशिश मारी जाती।

वह खिलंदरा था। जिस तरह लार्ड बायरन सिर्फ कुछ अरसे के लिए किसी से दिलचस्पी लेता था और फिर उसे छोड़कर आगे बढ़ जाता, जैसे वह उसकी जिंदगी में कभी आई ही नहीं, इसी तरह का सलूक वह अपने जाल में फंसी हुई लड़कियों से करता। मुझे उसका यह रवैया पसंद नहीं था कि यह मेरी नजर में बहुत क्रूर है। मगर वह बेपरवाह था। कहा करता, "उल्लू के पट्ठे। गालिब पढ़ो, वह क्या कहता है– उसे मूल पाठ याद नहीं रहता था। मगर उसका मतलब अपने शब्दों में बता दिया करता। वह कहता है– वही शाख-ए-तौबा और जन्नत में वही एक हूर/वल्लाह जिंदगी अजीरन हो जाएगी– शहद की मक्खी बनो, कली-कली का रस चूसो– मक्खी किसी मिस्री की न बनो, जो वहीं चिपककर रह जाए।" फिर उसने इकबाल के एक शेर का हवाला अपना बीयर का गिलास खाली करते हुए दिया, "क्या कहा है इकबाल ने–

तू ही नादां चंद कलियों पर कनाअत कर गया,
वरना गुलशन में इलाज-ए-तनगी दामां भी था।

साबित हुआ कि तुम न सिर्फ नादां हो बल्कि दर्जा अव्वल वनस्पति घी की तरह दर्जा अव्वल चुग़द भी हो– अब हटाओ इस बकवास को।"

मैंने यह बकवास इस तरह हटाई जैसे बैरे ने मेरी बीयर की खाली बोतल।

इससे पहले कि मैं असल कहानी की तरफ आऊं, मैं आपको शेख सलीम के बारे में एक बहुत दिलचस्प घटना सुनाता हूं। हम गोर्डन कॉलेज में बी.ए. फाइनल में पढ़ते थे कि क्रिसमस की छुट्टियों में एक रुक्मिणी की शादी की उड़ती-उड़ती अफवाह हमें मिली। यह रुक्मिणी हमारी ही किसी क्लास में पढ़ती थी और कुछ समय पहले बुरी तरह शेख सलीम पर लट्टू थी। शक्ल-सूरत उसकी वाजिब थी। मगर मेरा दोस्त शहद की मक्खी था। चुनांचे दो महीनों तक उनका इश्क चलता रहा। इसके बाद वह उससे बिलकुल अजनबी हो गया।

जब उसको बताया गया कि रुक्मिणी, जो तुम्हारी महबूबा थी और जिसकी खातिर तुमने इतने झगड़े अपनी क्लास के छात्रों से किए, अगर दूसरी जगह ब्याही जाए तो डूब मरो– लेकिन तुम तैरना जानते हो। डुबोने का काम हम अपने जिम्मे लेते हैं।

शेख सलीम को इस किस्म की बातें अमूमन खा जाती थीं। उसने अपनी महीन-महीन मूंछों को ताव देने की कोशिश की और कहा, "अच्छा, तुम देख लेना, क्या होगा?"

उसकी पार्टी के एक लंबे-चौड़े लड़के ने पूछा, "क्या होगा?"

शेख सलीम ने उसको झाग की तरह बिठा दिया, "जो होगा तुम्हारी मां का सिर। जब शादी का दिन सिर आएगा, देख लेना। चलो, आओ मेरे साथ। मुझे तुमसे कुछ बातें करनी हैं।"

शादी का दिन आ गया। बारात जब दुल्हन वालों के घर के पास पहुंची तो कोई शख्स सिर पर सेहरा बांधे, अच्छे घोड़े पर सवार अंदर दाखिल हो गया। दूल्हा मोटर में था, जिस पर फूलों का जाल बुना हुआ था।

घुड़सवार सेहरे से लदाफदा शामियाने के पास था। घोड़ा खुद दूल्हा बना हुआ था। दुल्हन का बाप और उसके रिश्तेदार आगे बढ़े। घोड़े का मालिक भागा-भागा आ गया था। इस सेहरे से लदे हुए आदमी को उस जगह बैठा दिया गया, जहां दुल्हन को भी साथ बैठना था। बीच में हवनकुंड था जिसमें छोटी-छोटी लकड़ियों के टुकड़े जल रहे थे। उन्होंने नंगे बदन उठकर दूल्हे को आशीर्वाद दिया और उससे कहा, "सरदार जी, दुल्हन को जल्द बुलाइए। मुहूर्त हो गया है।"

फौरन रुक्मिणी पहुंच गई और कुछ देर के लिए दूल्हा के साथ बिठा दी गई। पंडित जी ने कुछ पढ़ा, जिसका मतलब मेरी समझ में नहीं आया। लेकिन एकदम शादी के उस जलसे में एक हड़बड़-सी मच गई, जब कार से एक और दूल्हा निकलकर सामने आ गया और ऊंची आवाज में तमाम हाजरीन से कहा, "मेरे साथ धोखा हुआ है– मैं दावा दायर कर दूंगा।"

वह दूल्हा, जो हाथ पकड़कर दुल्हन को उठा रहा था, बड़ी खौफनाक आवाज में चिल्लाया, "अबे, जा बे। दावा दायर करने के कुछ लगते हैं।"

यह कहकर उसने अपने फूलों का घूंघट उठा दिया और उन हजार के करीब आदमियों से, जो शामियाने के नीचे थे, कुछ कहना चाहा, मगर कहकहे का समंदर मौजें मारने लगा। दूसरी पार्टी के आदमी भी इन कहकहों में शरीक हुए क्योंकि जब यह फूलों का परदा अलग हुआ तो उन्होंने देखा कि शेख सलीम है।

रुक्मिणी बड़ी गुस्सा हुई, मगर शेख सलीम ने बड़ी जुर्रत से काम लेकर उससे बुलंद आवाज में पूछा, "तुम इस चुग़द के साथ शादी करने के लिए तैयार हो?"

रुक्मिणी खामोश रही।

"अच्छा, जाओ जहन्नुम में। लेकिन एक दिन नहीं, पूरे तीन महीने तुम हमें पूजती रही हो।" यह कहकर वह सही दूल्हा की तरफ बढ़ा, जिसके

मुंह से गुस्से के मारे झाग निकल रहे थे। आगे बढ़कर उसने अपने सारे हार उसके गले में डाल दिए। सभी बाराती बुत बने बैठे थे।

हंसता, कहकहे लगाता वह अपने घोड़े पर बड़ी सफाई से सवार हुआ और एड़ लगाकर कोठी से बाहर निकल गया। घोड़े से उतरकर हम दूर निकल गए थे। इसलिए कि मैं उसके पीछे घोड़े की-सी तेज रफ्तार से भागा था, उसने मेरा कंधा बड़े जोर से हिलाया, "क्यों बेटे, तुमसे मैंने क्या कहा था– अब देख लिया?"

हुआ तो सब कुछ ठीक था, मगर मुझे डर था, कहीं शेख सलीम गिरफ्तार न हो जाए। मैंने उससे कहा, "जो तुमने किया, वह कोई और नहीं कर सकता। लेकिन भाई मेरे, कहीं हंसी में फंसी न हो जाए। सोचो, अगर रुक्मिणी के बाप ने तुम्हें गिरफ्तार करा दिया?"

वह कड़ककर बोला, "उसके बाप-का-बाप भी नहीं करा सकता। कौन अपनी बेटी को अदालत चढ़ाएगा। मैं तो इसी वक्त गिरफ्तार होने के लिए तैयार हूं। ले जाए मुझे थाने। उस साली के सारे पोल खोल दूंगा। मेरे पास उसके दर्जनों खत पड़े हैं।"

सारे शहर में यही अफवाह फेली हुई थी कि रुक्मिणी का बाप शेख सलीम को जरूर उसकी गुस्ताखी की सजा दिलवाएगा कि वह सारी उम्र याद रखे। मगर कुछ न हुआ। जब कई दिन गुजर गए तो वह मेरे पास गाता हुआ आया–

थी ख़बर गर्म कि गालिब के उड़ेंगे पुरजे,
देखने हम भी गए पर वह तमाशा न हुआ।

अब मैं असल कहानी की तरफ पलटता हूं, जो इससे भी कहीं ज्यादा दिलचस्प और अर्थपूर्ण है। यह खुद उसने मुझे सुनाई, जिसकी सदाकत पर मुझे सौ फीसदी यकीन है– इसलिए कि शेख सलीम झूठा कभी नहीं था। उसने मुझे बताया, "मैं ईरान में था। जहां की लड़कियां आम यूरोपियन लड़कियों की तरह होती हैं, वही लिबास, वही आकार-प्रकार, अलबत्ता नाक-नक्शे के लिहाज से काफी भिन्न होती हैं। जितनी खुराफात वहां होती है, शायद किसी और मुल्क में न होती हो। मैंने वहां कई शिकार किए। वहां मेरे एक बड़े अफसर कर्नल उस्मानी थे। हालांकि उनका ओहदा जैसा कि जाहिर है, मुझसे बहुत बड़ा था, लेकिन वह मेरे बड़े मेहरबान थे। मैस में जब भी मुझे देखते, जोर से पुकारते, 'इधर आओ शेख। मेरे पास बैठो।' और वह मेरे लिए एक कुर्सी मंगवाते। व्हिस्की का दौर चलता तो इधर-उधर की बातें शुरू कर देते। कर्नल उस्मानी साहब को मुझसे छेड़खानी करने में खास

मजा आता। जब वह कोई फिकरा मुझ पर चुस्त करते तो बहुत खुश होते। खासी बड़ी उम्र के थे। इसके अलावा बड़े अफसर। मैं खामोश रहता। उनको उन पोलिस्तानी नर्सों में बड़ी दिलचस्पी थी जो वहां एम्बुलेंस कोर में काम करती थीं। ये पोलिस्तानी लड़कियां बला की मजबूत होती हैं। ये मोटी-मोटी सफेद पिंडलियां, बड़ी मजबूत, छातियां लोहे जैसी सख्ती। मेरी कई दोस्त थीं। पर जब मैं आइरन से मिला तो सब भूल गया। सारे ईरान को भूल गया। बड़ी सिफ्तें थीं। नक्श सब छोटे-छोटे थे। अगर तुम उसकी छातियों और पिंडलियों को दृष्टि में रखते तो यही समझते कि उसके हाथ डबल रोटी की तरह होंगे। उसकी उंगलियां इतनी मोटी होंगी जैसे किसी दरख्त की टहनी। मगर नहीं दोस्त। उसके हाथ बड़े नरम-ओ-नाजुक थे और उसकी उंगलियां, तुम यह समझ लो कि चुगताई की बनाई तस्वीरों की मखरूती नहीं, मगर पतली-पतली थीं– मैं तो उस पर लट्टू हो गया। चंद रोज की मुलाकातों ही में उसके-मेरे संबंध बेतकल्लुफी की हद तक बढ़ गए।"

यहां तक पहुंचकर शेख रुक गया। एक नया पैग गिलास में डाला और सोडा मिलाकर गटागट पी गया, "न याद कराओ यह किस्सा।"

मैंने उससे कहा, "लेफ्टिनेंट साहब, आपने खुद ही तो शुरू किया था।"

उसने माथे पर त्योरी चढ़ाकर मेरी तरफ देखा। एक और पैग अपने गिलास में डाले और खुद सूखी, जिसे अंग्रेज़ी में नीट कहते हैं, पी गया और खांस-खांसकर अपना बुरा हाल कर लिया, "लानत हो, तुम पर।"

"यानी यह क्या मौका है, मुझ पर लानत भेजने का?"

उसकी खांसी अब बंद हो गई थी और वह रूमाल से अपना मुंह पोंछ रहा था, "कुछ न पूछो मेरी जान। दूसरे दिन रात को कर्नल साहब से मुलाकात हुई। उन्होंने बड़े व्यंग्य से कहा, 'कहो साहबज़ादे, मुझे बुड्ढा कहते हो। वह तुमने कहावत नहीं सुनी– नया एक दिन पुराना सौ दिन।'

"मैंने उनसे अर्ज किया, 'कर्नल साहब, आपका-मेरा क्या मुकाबला।' मगर मैंने दिल-ही-दिल में सोचा कि वह कम्बख्त इस हकीकत से अब तक अनजान है कि कब्र में पांव लटकाए बैठा है और इश्क फरमा रहा है।"

"मैं तो खुदा की कसम, जब इस उम्र को पहुंचूंगा तो खुदकुशी कर लूंगा। इस मुंह के साथ, जिसमें आधे दांत बनावटी हैं, मेरी आइरन पर निगाह लगाए बैठा है। कर्नल होगा तो अपने घर में। इसने कभी फिर उसकी बात की तो एक ऐसा घूंसा जमाऊंगा उसकी सूखी गरदन पर कि मनका बाहर आ जाएगा।"

"देर तक उस बुड्ढे खूसट से निहायत ही प्यारी आइरन के बारे में बातें होती रहीं और वह व्यंग्य करने से बाज न आया। व्हिस्की का चौथा दौर चल रहा था। मैंने अपने होंठों पर बड़ी फरमाबरदार किस्म की मुस्कराहट पैदा की और उससे कहा, 'कर्नल साहब, जो आपको बुड्ढा कहे, वह खुद बुड्ढा है। आप तो माशा अल्लाह धान-पान हैं।''

"यह महफिल खत्म हुई तो मैं बहुत खुश हुआ। आइरन ने मुझसे वायदा किया कि वह दूसरे दिन फलां-फलां होटल में शाम को सात बजे मिलेगी। उसमें फौजियों की इजाजत थी। इतवार था, इसलिए मैं वर्दी के बजाय निहायत उम्दा सूट पहनकर वहां पहुंचा। सात बजने में अभी नौ मिनट बाकी थे। मैं डाइनिंग हॉल में दाखिल हुआ, तो मेरे पांव वहीं-के-वहीं जम गए। कर्नल उस्मानी साहब आसपास बैठे हुए लोगों से लापरवाह आइरन का बड़ा लंबा बोसा ले रहे थे। मुझे ऐसा महसूस हुआ कि मैं उस कर्नल से कहीं ज्यादा बूड्ढा खूसट बन गया हूं।"

8

अनारकली

नाम उसका सलीम था। मगर उसके यार-दोस्त उसे शहज़ादा सलीम कहते थे। शायद इसलिए कि उसका चेहरा-मोहरा मुगलई था, खूबसूरत था। चाल-ढाल में रईसी टपकती थी।

उसका बाप पी.डब्ल्यू.डी. के दफ्तर में नौकर था। तनख्वाह ज्यादा से ज्यादा सौ रुपये होगी, मगर बड़े ठाठ से रहता था। जाहिर है कि रिश्वत खाता था। यही वजह है कि सलीम अच्छे से अच्छा कपड़ा पहनता। जेब-खर्च भी उसको काफी मिलता था, इसलिए कि वह अपने माता-पिता का इकलौता बेटा था।

वह बहुत बन-ठनकर रहता। उसके पास कई सूट, कई कमीजें थीं, जो वह अदल-बदलकर पहनता। शू कम-से-कम 20 के करीब होंगे।

जब कॉलेज में था तो कई लड़कियां उस पर जान छिड़कती थीं, मगर वह उनके प्रति बेपरवाह रहता। आखिर उसकी आंख एक शोख-चंचल लड़की से, जिसका नाम सीमा था, लड़ गई। सलीम ने उससे दोस्ती पैदा करनी चाही। उसे यकीन था कि वह उसकी दोस्ती हासिल कर लेगा। नहीं, वह तो यहां तक समझता था कि सीमा उसके कदमों में गिर पड़ेगी और उसकी एहसानमंद और शुक्रगुजार होगी कि उसने मुहब्बत की निगाहों से उसे देखा।

एक दिन कॉलेज में सलीम ने सीमा से पहली बार संबोधित करते हुए कहा, "आप किताबों का इतना बोझ उठाए हुए हैं– लाइए, मुझे दे दीजिए। मेरा तांगा बाहर मौजूद है। आपको और इस बोझ को आपके घर तक पहुंचा दूंगा।"

सीमा ने अपनी भारी-भरकम किताबें बगल में दबाए हुए बड़े खुश्क लहजे में जवाब दिया, "आपकी मदद की मुझे कोई जरूरत नहीं, फिर भी शुक्रिया अदा किए देती हूं।"

शहज़ादा सलीम को अपनी जिंदगी का सबसे बड़ा सदमा पहुंचा। कुछ लम्हों के लिए वह अपनी झेंप मिटाता रहा। इसके बाद उसने सीमा से कहा, "औरत को मर्द के सहारे की जरूरत होती है। मुझे हैरत है कि आपने मेरी पेशकश को क्यों ठुकरा दिया?"

सीमा का लहज़ा और ज्यादा खुश्क हो गया, "औरतों को मर्द के सहारे की जरूरत होगी, मगर फिलहाल मुझे ऐसी कोई जरूरत महसूस नहीं होती। आपकी पेशकश का शुक्रिया मैं अदा कर चुकी हूं। इससे ज्यादा आप और क्या चाहते हैं?"

यह कहकर सीमा चली गई। शहज़ादा सलीम, जो अनारकली के ख़्वाब देख रहा था, आंखें झपकता रह गया। उसने बहुत बुरी तरह शिकस्त खाई थी।

इससे पहले उसकी जिंदगी में कई लड़कियां आ चुकी थीं जो उसकी आंख के इशारे पर चलती थीं, मगर यह सीमा क्या समझती है स्वयं को। इसमें कोई शक नहीं कि खूबसूरत है। जितनी लड़कियां मैंने अब तक देखी हैं, उनमें सबसे ज्यादा हसीन है। मगर मुझे ठुकरा देना– यह बहुत बड़ी ज्यादती है। मैं जरूर उससे बदला लूंगा- चाहे, कुछ भी हो जाए।

शहज़ादा सलीम ने उससे बदला लेने की कई स्कीमें बनाईं, मगर कामयाब साबित न हुईं। उसने यहां तक सोचा कि उसकी नाक काट डाले। वह यह जुर्म कर बैठता, मगर उसे सीमा के चेहरे पर यह नाक बहुत पसंद थी। कोई बड़े से बड़ा चित्रकार भी ऐसी नाक की कल्पना नहीं कर सकता था।

सलीम तो अपने इरादों में कामयाब न हुआ, मगर तकदीर ने उसकी मदद की। उसकी मां ने उसके लिए रिश्ता ढूंढना शुरू किया। चुनाव की निगाह आखिर सीमा पर पड़ी जो उसकी सहेली की सहेली की लड़की थी।

बात पक्की हो गई, मगर सलीम ने इनकार कर दिया। इस पर उसके माता-पिता बहुत नाराज हुए। घर में दस-बारह दिन हंगामा मचा रहा।

सलीम के वालिद जरा सख्त तबियत के थे। उन्होंने उससे कहा, "देखो, तुम्हें हमारा फैसला कबूल करना होगा।"

सलीम हठधर्मी था। जवाब में यह कहा, "आपका फैसला कोई हाईकोर्ट का फैसला नहीं। फिर मैंने क्या जुर्म किया है, जिसका आप फैसला सुना रहे हैं।"

उसके वालिद को यह सुनकर तैश आ गया, "तुम्हारा यह जुर्म है कि तुम नाफरमाबरदार हो। अपने माता-पिता का कहना नहीं मानते। हुक्म-उदूली करते हो। मैं तुम्हें जायदाद से अलग कर दूंगा।"

सलीम का जोश थोड़ा-सा ठंडा हो गया, "लेकिन अब्बाजान, शादी मेरी मर्जी के मुताबिक तो होनी चाहिए।"

"बताओ, तुम्हारी मर्जी क्या है?"

"अगर आप ठंडे दिल से सुनें तो अर्ज करूं?"

"मेरा दिल काफी ठंडा है। तुम्हें जो कुछ कहना है, फौरन कह डालो। मैं ज्यादा देर इंतज़ार नहीं कर सकता।"

सलीम ने रुक-रुककर कहा, "मुझे...मुझे एक लड़की से मुहब्बत है।"

उसका बाप गरजा, "किस लड़की से?"

सलीम थोड़ी देर हिचकिचाया, "एक लड़की है।"

"कौन है वह?" क्या नाम है, उसका।

"सीमा! मेरे साथ कॉलेज में पढ़ती थी।"

"मियां इफ्तखारुद्दीन की लड़की?"

"जी, हां। उसका नाम सीमा इफ्तखार है। मेरा ख्याल है, वही है।"

उसके वालिद बेतहाशा हंसने लगे, "ख्याल के बच्चे, तुम्हारी शादी उसी लड़की से तय हुई है, क्या वह तुम्हें पसंद करती है?"

सलीम बौखला-सा गया। यह सिलसिला कैसे हो गया? उसकी समझ में नहीं आता था। कहीं उसका बाप झूठ तो नहीं बोल रहा था? सलीम से सवाल किया गया था, उसका जवाब उसके पिता को नहीं मिल रहा था, चुनांचे उन्होंने कड़ककर पूछा, "सलीम, मुझे बताओ, क्या सीमा तुम्हें पसंद करती है?"

सलीम ने कहा, 'जी, नहीं।'

"तुमने यह कैसे जाना?"

"उससे...उससे एक बार मैंने थोड़े से शब्दों में मुहब्बत का इजहार किया, लेकिन उसने मुझे...।"

"तुम्हें भरोसेमंद न समझा।"

"जी, हां बड़ी बेरुखी बरती।"

सलीम के पिता ने अपने गंजे सिर को थोड़ी देर के लिए खुजलाया और कहा, "तो फिर यह रिश्ता नहीं होना चाहिए। मैं तुम्हारी मां से कहता हूं कि वह लड़की वालों को कह दे कि लड़का रजामंद नहीं।"

सलीम एकदम भावुक हो गया, "नहीं अब्बाजान! ऐसा न कीजिएगा। शादी हो जाए तो सब ठीक हो जाएगा। मैं उससे मुहब्बत करता हूं और किसी की मुहब्बत बेकार नहीं जाती। लेकिन आप उन लोगों को- मेरा मतलब है सीमा को यह पता न लगने दें कि उसका ब्याह मुझसे हो रहा है, जिसके प्रति वह बेरुखी और लापरवाही प्रकट कर चुकी है।"

उसके बाप ने अपने गंजे सिर पर हाथ फेरा, "मैं इसके बारे में सोचूंगा।" यह कहकर वह चले गए कि उन्हें एक ठेकेदार से रिश्वत वसूल करनी थी, अपने बेटे की शादी के खर्चों के सिलसिले में।

शहज़ादा सलीम जब रात को पलंग पर सोने के लिए लेटा तो उसे अनार की कलियां ही कलियां नजर आईं। सारी रात वह इनके ख्वाब देखता रहा।

घोड़े पर सवार बाग में आया है– शाहाना लिबास पहने। घोड़े से उतरकर बाग की एक रविश पर जा रहा है। क्या देखता है कि सीमा अनार के बूटे की सबसे ऊंची शाख से एक नई कली तोड़ने की कोशिश कर रही है। उसकी भारी-भरकम किताबें जमीन पर बिखरी पड़ी हैं। जुल्फें उलझी हुई हैं और वह उचक-उचककर उस शाख तक अपना हाथ पहुंचाने की कोशिश कर रही है। मगर हर बार नाकाम रहती है।

वह उसकी तरफ बढ़ा। अनार की झाड़ी के पीछे छुपकर उसने उस शाख को पकड़ा और झुका दिया। सीमा ने वह कली तोड़ ली जिसके लिए वह इतनी कोशिश कर रही थी, लेकिन फौरन उसे इस बात का एहसास हुआ कि वह शाख कैसे झुक गई।

वह अभी सोच ही रही थी शहज़ादा सलीम उसके पास पहुंच गया। सीमा घबरा गई। लेकिन संभलकर उसने अपनी किताबें उठाईं और बगल में दबा लीं। अनारकली अपने जूड़े में खोंस ली और ये खुश्क शब्द कहकर वहां से चली गई, "आपकी इमदाद की मुझे कोई जरूरत नहीं थी, बहरहाल शुक्रिया अदा किए देती हूं।"

तमाम रात वह इसी किस्म के ख्वाब देखता रहा– सीमा, उसकी भारी-भरकम किताबें, अनार की कलियां और शादी की धूमधाम।

शादी हो गई। शहज़ादा सलीम इस अवसर पर अपनी अनारकली की एक झलक भी नहीं देख पाया था। वह उस लम्हे के लिए तड़प रहा था जब सीमा उसके आगोश में होगी। वह उससे इतना प्यार करेगा कि वह तंग आकर रोना शुरू कर देगी।

सलीम को रोने वाली लड़कियां बहुत पसंद थीं। उसका यह फलसफा था कि औरत जब रो रही हो तो बहुत हसीन हो जाती है। उसके आंसू शबनम के कतरों की तरह होते हैं, जो मर्द की भावनाओं के फूलों पर टपकती है तो उनसे उसे ऐसी राहत, ऐसा संतोष मिलता है जो और किसी वक्त नसीब नहीं हो सकता।

रात के दस बजे दुल्हन को सुहागरात के कमरे में दाखिल कर दिया गया। सलीम को भी इजाजत मिल गई कि वह उस कमरे में जा सकता है।

लड़कियों की छेड़-छाड़ और रीति-रिवाज खत्म हो गए तो वह कमरे के अंदर दाखिल हुआ।

फूलों की सजी हुई सेज पर दुल्हन घूंघट काढ़े रेशम की गठरी-सी बनी बैठी थी। शहज़ादा सलीम ने ख़ास इंतजाम किया था कि फूल अनार की कलियां हों। वह धड़कते हुए दिल के साथ सेज की तरफ बढ़ा और दुल्हन के पास बैठ गया।

काफी देर तक वह अपनी बीवी से कोई बात न कर सका। उसको ऐसा महसूस होता था कि उसकी बगल में किताबें होंगी जिनको वह उठाने नहीं देगी। आखिर उसने बड़ी हिम्मत से काम लिया और उससे कहा, "सीमा...।"

यह नाम लेते ही उसकी जुबान खुश्क हो गई। लेकिन उसने फिर हिम्मत बटोरी और अपनी दुल्हन के चेहरे से घूंघट उठा दिया और भौंचक्का रह गया– यह सीमा नहीं थी, कोई और ही लड़की थी। अनार की सारी कलियां, उसको ऐसा महसूस हुआ, मुरझा गई हैं।

9

तमाशा

दो-तीन रोज से हवाई जहाज सियाह गिद्धों की तरह पंख फैलाए खामोश फिज़ा में मंडरा रहे थे, जैसे किसी शिकार की तलाश में हों। सुर्ख आंधियां वक्त-बेवक्त किसी आने वाले खूनी हादसे का पैगाम ला रही थीं। सुनसान बाजारों में सशस्त्र पुलिस की गश्त एक अजीब भयावह समां पेश कर रही थी।

वे बाजार, जो आज से कुछ अरसे पहले लोगों के हुजूम से भरे हुआ करते थे, अब किसी नामालूम ख़ौफ़ की वजह से सूने पड़े थे। शहर की फिज़ा पर एक रहस्यमयी खामोशी छाई हुई थी और भयानक ख़ौफ़ राज कर रहा था।

ख़ालिद घर की खामोश और स्तब्ध फिज़ा से सहमा हुआ अपने वालिद के करीब बैठा बातें कर रहा था, 'अब्बा, आप मुझे स्कूल क्यों नहीं जाने देते?'

'बेटा, आज स्कूल में छुट्टी है।'

'मास्टर साहब ने तो हमें बताया ही नहीं। वह तो कल कह रहे थे कि जो लड़का आज स्कूल का काम खत्म करके अपनी कॉपी नहीं दिखाएगा, उसे सख्त सजा दी जाएगी।'

'वह बतलाना भूल गए होंगे।'

'आपके दफ्तर में छुट्टी होगी?'

'हां, हमारा दफ्तर भी आज बंद है।'

'चलो अच्छा हुआ, आज आपसे कोई अच्छी-सी कहानी सुनूंगा।'

ये बातें हो रही थीं कि तीन-चार जहाज चीखते हुए उनके सिर पर से गुजर गए। ख़ालिद उनको देखकर बहुत भयभीत हो गया। वह तीन-चार रोज से इन जहाजों को गौर से देख रहा था, मगर किसी नतीजे पर नहीं पहुंच

सका। वह हैरान था कि ये जहाज सारा दिन धूप में क्यों चक्कर लगाते रहते हैं।

उनकी रोजाना की इन हरकतों से तंग आकर वह बोला, 'अब्बा, मुझे इन जहाजों से सख्त खौफ मालूम हो रहा है। आप इन्हें चलाने वालों से साफ-साफ कह दो कि वे हमारे घर से न गुजरा करें।'

'ख़ौफ? कहीं पागल तो नहीं हो गए ख़ालिद!'

'अब्बा, ये जहाज बहुत ख़ौफनाक हैं। आप नहीं जानते ये किसी न किसी दिन हमारे घर पर गोला फेंक देंगे। कल सुबह मामी अम्मी जान से कह रही थीं कि इन जहाज वालों के पास बहुत से गोले हैं। अब्बा, अगर उन्होंने इस किस्म की कोई शरारत की तो याद रखें, मेरे पास भी एक बंदूक है, वही जो आपने मुझे पिछली ईद पर लाकर दी थी।'

ख़ालिद के अब्बा ने अपने लड़के के गैरमामूली साहस पर हंसते हुए कहा, 'मामी तो पागल हैं, मैं उनसे बात करूंगा कि वह घर में ऐसी बात क्यों करती हैं। इत्मीनान रखो, वे ऐसी बात कभी नहीं करेंगी।'

अपने वालिद से रुखसत होकर ख़ालिद अपने कमरे में चला गया और हवाई बंदूक निकालकर निशाने लगाने का अभ्यास करने लगा ताकि अगर किसी रोज हवाई जहाज वाले गोले फेंकें तो उसका निशाना न चूक जाए और वह पूरी तरह बदला ले सके। काश! प्रतिशोध का यही नन्हा जज्बा हर शख्स में पैदा हो जाए।

इसी अरसे में जबकि एक नन्हा बच्चा बदला लेने की फिक्र में डूबा हुआ तरह-तरह के मनसूबे बांध रहा था, घर के दूसरे हिस्से में ख़ालिद का अब्बा अपनी बीवी के पास बैठा हुआ मामी को हिदायत कर रहा था कि वह आगे से घर में इस किस्म की कोई बात न करें जिससे ख़ालिद को दहशत हो।

मामी को और बीवी को इस किस्म की ताकीद करके वह अभी बड़े दरवाजे से बाहर जा रहा था कि खादिम एक भयानक ख़बर लाया कि शहर के लोग बादशाह के मना करने पर भी शाम के करीब एक आम जलसा करने वाले हैं। यह उम्मीद की जाती है कि कोई-न-कोई दुर्घटना जरूर पेश आकर रहेगी।

ख़ालिद का अब्बा यह ख़बर सुनकर बहुत ख़ौफजदा हुआ। अब उसे यकीन हो गया कि माहौल का गैरमामूली सुकून, जहाजों की उड़ान, बाजारों में सशस्त्र पुलिस की गश्त, लोगों के चेहरों पर उदासी का आलम और खूनी आंधियों की आमद किसी ख़ौफनाक हादसे के आसार थे। वह हादसा

किस किस्म का होगा, यह ख़ालिद के अब्बा की तरह किसी को भी मालूम नहीं था।

सारा शहर किसी नामालूम ख़ौफ़ में लिपटा हुआ था। बाजार जाने के ख्याल को तर्क करके ख़ालिद का अब्बा अभी कपड़े भी नहीं बदल पाया था कि जहाजों का शोर बुलंद हुआ। वह सहम गया। उसे लगा, जैसे सैकड़ों इंसान एक ही आवाज में दर्द की शिद्दत से कराह रहे हैं।

ख़ालिद जहाजों का शोरगुल सुनकर अपनी हवाई बंदूक संभालता हुआ कमरे से बाहर दौड़ आया और उन्हें गौर से देखने लगा, ताकि वे जिस वक्त गोला फेंकने लगें, तो वह अपनी हवाई बंदूक की मदद से उन्हें नीचे गिरा दे। इस वक्त इस छह साल के बच्चे के चेहरे पर मजबूत इरादे और दृढ़ निश्चय के लक्षण प्रकट थे जो कम हकीकत बंदूक का खिलौना हाथ में थामे एक वीर सिपाही को शर्मिंदा कर रहा था। मालूम होता था कि वह आज इस चीज को, जो उसे अरसे से ख़ौफजदा कर रही थी, मिटाने पर तुला हुआ है।

ख़ालिद के देखते-देखते एक जहाज से कुछ चीज गिरी, जो कागज के छोटे-छोटे टुकड़ों के समान थी। गिरते ही वे टुकड़े हवा में पतंगों की तरह उड़ने लगे। इनमें से चंद ख़ालिद के मकान की छत पर भी गिरे। ख़ालिद भागता हुआ ऊपर गया और कागज उठाकर अपने वालिद के पास गया।

'अब्बा जी! मामी सचमुच कुछ बक रही थी, जहाज वालों ने तो गोलों की बजाय ये कागज फेंके हैं।'

ख़ालिद के अब्बा ने वह कागज लेकर पढ़ना शुरू किया तो रंग जर्द हो गया। होने वाले हादसे की तस्वीर उसे साफ तौर पर नजर आने लगी। इस इश्तहार में साफ लिखा था कि बादशाह किसी को जलसा करने की इजाजत नहीं देता और अगर उसकी मरजी के खिलाफ जलसा किया गया तो अंजाम की जिम्मेदार स्वयं जनता होगी।

अपने वालिद को इश्तहार पढ़ने के बाद इस कदर हैरान देखकर ख़ालिद ने घबराते हुए पूछा, 'इसमें यह तो नहीं लिखा कि वे हमारे घर पर गोले फेंकेंगे?'

ख़ालिद के अब्बा ने उसके सवाल का जवाब देने की जगह उसे समझाया, 'ख़ालिद, इस वक्त तुम जाओ। जाओ, अपनी बंदूक के साथ खेलो।'

'मगर इसमें लिखा क्या है?'

ख़ालिद के बाप ने गुफ्तगू को अधिक बढ़ाने के डर से झूठ बोलते हुए कहा, 'लिखा है आज शाम को एक तमाशा होगा।'

ख़ालिद चहका, 'तमाशा होगा। फिर तो हम भी चलेंगे न?'

'क्या कहा?' ख़ालिद का वालिद चौंका।

'क्या इस तमाशे में आप मुझे नहीं ले चलेंगे?'

ले चलेंगे, अब जाओ, जाकर खेलो।'

'कहां खेलूं? बाजार में आप मुझे जाने नहीं देते। मामी मुझसे खेलती नहीं। मेरे साथ पढ़ने वाला मेरा दोस्त भी तो आजकल यहां नहीं आता। अब आप ही बताएं, मैं खेलूं तो किससे खेलूं। शाम के वक्त तमाशा देखने तो जरूर चलेंगे न?'

किसी जवाब का इंतजार किए बगैर ख़ालिद कमरे से बाहर चला गया और अलग-अलग कमरों में आवारा फिरता हुआ अपने वालिद की बैठक में पहुंचा, जिसकी खिड़कियां बाजार की तरफ खुलती थीं।

खिड़की के करीब जाकर वह बाजार की तरफ देखने लगा तो क्या देखता है, कि बाजार में दुकानें बंद हैं, मगर आना-जाना जारी है। लोग जलसे में शामिल होने के लिए जा रहे थे। वह सख्त हैरान था कि दुकानें क्यों बंद रहती हैं।

इस मसले के हल के लिए उसने अपने नन्हे दिमाग पर बहुत जोर दिया, मगर कोई नतीजा न निकाल सका। बहुत सोच-विचार के बाद उसने सोचा कि लोगों ने वह तमाशा देखने की खातिर, जिसके इश्तहार जहाज बांट रहे थे, दुकानें बंद कर रखी हैं।

अब उसने ख्याल किया कि वह कोई निहायत ही दिलचस्प तमाशा होगा, जिसके लिए तमाम बाजार बंद है। इस ख्याल ने ख़ालिद को सख्त बेचैन कर दिया और वह उस वक्त का बेकरारी से इंतजार करने लगा जब अब्बा उसे तमाशा दिखाने ले चलेंगे।

वक्त गुजरता गया...वह खूनी घड़ी करीब आती गई।

तीसरे पहर का वक्त था। ख़ालिद, उसका बाप और मां चुप बैठे एक-दूसरे को खामोश निगाहों से ताक रहे थे। हवा सिसकियां भरती चल रही थीं।

तड़-तड़ की आवाज सुनते ही ख़ालिद के बाप के चेहरे का रंग कागज की तरह सफेद हो गया। जुबान से मुश्किल से इतना ही कह सका, 'गोली!'

ख़ालिद की बेहद डरी हुई मां एक शब्द भी मुंह से न निकाल सकी। गोली का नाम सुनते ही ऐसा मालूम हुआ जैसे उसकी छाती में गोली उतर रही है।

ख़ालिद इस आवाज को सुनते ही अपने वालिद की उंगली पकड़कर कहने लगा, 'अब्बा जी, चलो चलें। तमाशा तो शुरू हो गया है।'

'कौन-सा तमाशा?' ख़ालिद के बाप ने अपने ख़ौफ़ को छुपाते हुए कहा।

'वही तमाशा, जिसके इश्तहार आज सुबह जहाज बांट रहे थे। खेल शुरू हो गया है, तभी तो इतने पटाखों की आवाज सुनाई दे रही है।'

'अभी बहुत वक्त बाकी है। तुम शोर मत करो, अब जाओ, मामी के पास जाकर खेलो।'

वालिद की हिदायत पूरी होते ही ख़ालिद बावर्चीखाने की तरफ रवाना हो गया। वहां मामी को न पाकर अपने वालिद की बैठक में जाकर खिड़की से बाजार की तरफ देखने लगा। बाजार में आवाजाही बंद हो जाने की वजह से सन्नाटा तारी था। दूर कुत्तों की दर्दनाक चीखें सुनाई दे रही थीं। कुछ क्षणों के बाद इन चीखों में इंसानों की दर्दनाक आवाजें शामिल हो गईं।

ख़ालिद किसी को कराहते सुनकर बहुत हैरान हुआ। अभी वह इस आवाज की जुस्तजू के लिए कोशिश कर ही रहा था कि चौक में उसे एक लड़का दिखाई दिया जो चीखता-चिल्लाता भागता चला आ रहा था। ख़ालिद के कमरे के ठीक सामने वह लड़का लड़खड़ाकर गिरा और गिरते ही बेहोश हो गया। उसकी पिंडली पर गहरा जख्म था जिससे लगातार खून निकल रहा था।

यह मंजर देखकर ख़ालिद बहुत ख़ौफजदा हुआ। भागकर अपने वालिद के पास आया और कहने लगा, 'अब्बा! अब्बा! बाजार में एक लड़का गिर पड़ा है। उसकी टांग से बहुत खून निकल रहा है।'

ख़ालिद का बाप यह सुनते ही खिड़की की तरफ गया और देखा कि वाकई एक नौजवान बाजार में औंधे मुंह पड़ा है। बादशाह के ख़ौफ के कारण किसी में इतना साहस नहीं था कि उस लड़के को सड़क पर से उठाकर सामने वाली दुकान के पट्टे पर लिटा दे।

'अब्बा, इस लड़के को किसी ने पीटा है?'

ख़ालिद का बाप 'हां' में सिर हिलाता कमरे के बाहर चला गया।

अब ख़ालिद कमरे में अकेला रह गया। वह सोचने लगा कि इस लड़के को इतने बड़े जख्म से कितनी तकलीफ़ हुई होगी, जबकि एक दफा उसे चाकू चुभने से ही तमाम रात नींद नहीं आई थी। उसका बाप और उसकी मां तमाम रात उसके सिरहाने बैठे रहे थे। इस ख्याल के आते ही उसे ऐसा मालूम होने लगा कि जैसे वह जख्म खुद उसकी पिंडली में है और उसमें बहुत तेज दर्द है। एकाएक वह रोने लगा। ख़ालिद के रोने की आवाज सुनकर उसकी मां दौड़ती-दौड़ती आई और उसको गोद में लेकर पूछने लगी, 'मेरे बच्चे, रो क्यों रहे हो?'

'अम्मी, उसे किसी ने मारा है।'

'शरारत की होगी उसने।'

'मगर स्कूल में तो छड़ी से सजा देते हैं। लहू तो नहीं निकालते।'

'छड़ी जोर से लग गई होगी।'

'तो फिर क्यों इस लड़के को इस कदर मारा गया। एक रोज जब मास्टर साहब ने मेरे कान खींचकर सुर्ख कर दिए तो अब्बा जी ने हेड मास्टर के पास शिकायत की थी न।'

'इस लड़के का मास्टर बहुत बड़ा आदमी है।'

'अल्लाह मियां से भी बड़ा?'

'नहीं, उनसे छोटा है।'

'तो फिर वह अल्लाह मियां के पास शिकायत करेगा?'

'आज देर हो गई है, चलो सोएं।'

'अल्लाह मियां, मैं दुआ करता हूं कि तू उस मास्टर को, जिसने इस लड़के को पीटा है, अच्छी तरह सजा दे और उस छड़ी को छीन ले जिसके इस्तेमाल से खून निकल आता है...मैंने पहाड़े याद नहीं किए, इसलिए मुझे डर है कि कहीं वह छड़ी मेरे उस्ताद के हाथ न आ जाए। अगर तुमने मेरी बात न मानी तो फिर मैं भी तुमसे नहीं बोलूंगा।' सोते वक्त ख़ालिद दिल-ही-दिल में यह दुआ मांग रहा था।

10

मैडम डीकॉस्टा

नौ महीने पूरे हो चुके थे। मेरे पेट में अब पहले-सी गड़बड़ नहीं थी, पर मैडम डीकॉस्टा के पेट में चूहे दौड़ रहे थे। वह बहुत परेशान थी। चुनांचे मैं आने वाली घटना की तमाम अनजानी तकलीफें भूल गई थी और मैडम डीकॉस्टा की हालत पर रहम खाने लगी थी। मैडम डीकॉस्टा मेरी पड़ोसन थी। हमारे फ्लैट की बालकनी और उसके फ्लैट की बालकनी के बीच सिर्फ लकड़ी का एक तख्ता था, जिसमें अनगिनत नन्हे-नन्हे सुराख थे। उन सुराखों में से मैं और मेरी सास मैडम डीकॉस्टा के सारे खानदान को खाना खाते देखा करते थे।

जब उनके घर सुखाई हुई झींगा मछली पकती और उसकी नाकाबिले-बरदाश्त बू उन सुराखों में से छन-छनकर हम तक पहुंचती तो मैं और मेरी सास बालकनी का रुख तक न करती थीं।

मैं अब भी कभी-कभी सोचती हूं कि इतनी बदबूदार चीज खाई कैसे जा सकती है। पर बाबा, क्या कहा जाए। इंसान बुरी-से-बुरी चीजें खा जाता है। कौन जाने उन्हें इस बू में ही मजा आता हो। मैडम टीकॉस्टा की उम्र लगभग चालीस-बयालीस साल की होगी। उसके कटे हुए बाल, जो अपनी सियाही बिलकुल खो चुके थे और जिनमें बेशुमार सफेद धारियां पड़ चुकी थीं, उसके छोटे से सिर पर, घिसे हुए नमदे की टोपी के रूप में बिखरे रहते थे। कभी-कभी जब वह नया भड़कीले रंग का बहुत ही भद्दे तरीके से सिला हुआ फ्रॉक पहनती थी तो सिर पर लाल-लाल बुंदकियों वाला जाल भी लगा लेती थी, जिससे उसके छिदरे बाल उसके सिर के साथ छिपक जाते थे। उस हालत में वह दर्जियों का ऐसा मॉडल दिखाई देती थी जो नीलाम घर में पड़ा हो।

मैंने कई बार उसे अपने इन्हीं बालों में लहरें पैदा करने की कोशिश में भी व्यस्त देखा है। जब वह अपने चार बेटों को नाश्ता करा दिया करती थी, जिनमें एक ताज़ा-ताज़ा फौज में भरती हुआ था और अपने आपको हिंदुस्तान के हाकिमों की सूची में शामिल समझता था, और दूसरा, जो हर रोज अपनी कलफ लगी पतलून इस्त्री करके पहनता था और नीचे आकर छोटी-छोटी क्रिश्चियन लड़कियों के साथ मीठी-मीठी बातें किया करता था।

बेटों को नाश्ता कराने और अपने बूढ़े पति को, जो रेलवे में नौकर था, बालकनी में निकलकर हाथ के इशारे से बाय-बाय करने के बाद छुट्टी पा जाती थी तो अपने सिर के इन बिखरे हुए बालों में लहरें पैदा करने वाले क्लिप अटका दिया करती थी और उन क्लिपों को लगाकर सोचा करती थी कि मेरे यहां बच्चा कब पैदा होगा। वह खुद आधे दर्जन पैदा कर चुकी थी, जिनमें से पांच जिंदा थे। उनके जन्म पर भी क्या वह इसी तरह दिन गिना करती थी या चुपचाप बैठी रहती थी और बच्चे को अपने आप पैदा होने के लिए छोड़ देती थी?

इसके बारे में मुझे कुछ पता नहीं, लेकिन मुझे इस बात का तल्ख तजुर्बा जरूर है कि जो कुछ मेरे पेट में था, उससे मैडम डीकॉस्टा को, जिसका दायां पैर और उसके ऊपर का हिस्सा, किसी बीमारी के कारण हमेशा सूजा रहता था, बहुत गहरी दिलचस्पी थी। चुनांचे दिन में कई बार बालकनी में से झांक कर वह मुझे आवाज दिया करती थी और ग्रामर की परवाह न करने वाली अंग्रेज़ी में, जिसे न बोलना शायद उसके नजदीक हिंदुस्तान के मौजूदा शासकों का अपमान था, मुझसे कहा करती थी, 'मैं बोली, आज तुम किदर गया था...।'

जब मैं उसे बताती कि मैं अपने शौहर के साथ शॉपिंग करने गई थी तो उसके चेहरे पर निराशा के आसार पैदा हो जाते और वह अंग्रेज़ी भूलकर बंबइया हिंदुस्तानी में बात करना शुरू कर देती, जिसका मकसद मुझसे इस बात का पता लगाना होता था कि मेरे ख्याल के मुताबिक बच्चे के पैदा होने में कितने दिन बाकी रह गए हैं।

मुझे इस बात का पता होता तो मैं निश्चय ही उसे बता देती। इसमें हर्ज ही क्या था। उस बेचारी को ख्वाहमख्वाह की उलझन से छुटकारा मिल जाता और मुझे भी उसके नित-नए सवालों का सामना न करना पड़ता। पर मुसीबत यह है कि मुझे बच्चों की पैदाइश और उससे संबंधित बातों का कुछ पता नहीं था। मुझे सिर्फ इतना पता था कि नौ महीने पूरे हो जाने पर बच्चा पैदा हो जाया करता है।

मैडम डीकॉस्टा के हिसाब से नौ महीने पूरे हो चुके थे। मेरी सास का ख्याल था कि अभी कुछ दिन बाकी हैं। लेकिन ये नौ महीने कहां से शुरू करके पूरे कर दिए गए थे, मैंने बहुतेरा अपने दिमाग पर जोर दिया, पर समझ न सकी। बच्चा मुझे पैदा होने वाला था, शादी मेरी हुई थी, लेकिन सारा बही-खाता मैडम डीकॉस्टा के पास था। कई बार मुझे ख्याल आया कि यह मेरी बेपरवाही का नतीजा है। अगर मैंने किसी छोटी-सी नोट बुक में, उस कॉपी में ही, जो धोबी के हिसाब के लिए बनाई गई थी, सब तारीखें लिख छोड़ी होतीं तो कितना अच्छा था।

इतना तो मुझे याद था और याद है कि मेरी शादी 26 अप्रैल को हुई थी। यानी 26 की रात को मैं अपने घर के बजाय अपने शौहर के घर में थी। लेकिन इसके बाद की घटनाएं कुछ ऐसी उलझी हुई थीं कि उस बात का पता लगाना मुश्किल था और मुझे ताज्जुब इसी बात का है कि मैडम डीकॉस्टा ने कैसे अंदाजा लगा लिया था कि नौ महीने पूरे हो चुके हैं और बच्चा लेट हो गया है।

एक दिन उसने मेरी सास से बेचैनी भरे लहजे में कहा, 'तुम्हारी डॉटर इन लॉ का बच्चा लेट हो गया है। पिछले वीक में पैदा होना ही मांगता था।'

मैं अंदर सोफे पर लेटी थी और आने वाली घटना के बारे में अटकलें लगा रही थी। मैडम डीकॉस्टा की यह बात सुनकर मुझे बड़ी हंसी आई और ऐसा लगा कि मैडम डीकॉस्टा और मेरी सास दोनों प्लेटफार्म पर खड़ी हैं और जिस गाड़ी का उन्हें इन्तजार था, वह लेट हो गई है।

अल्लाह बख्शे, मेरी सास को, उन्हें इतनी शिद्दत से इंतजार नहीं था, चुनांचे वे कई बार मैडम डीकॉस्टा से कह चुकी थीं, 'कोई फ्रिक की बात नहीं। खुदा अपना फजल करेगा। कुछ दिन ऊपर हो जाया करते हैं।' मगर मैडम डीकॉस्टा नहीं मानती थी। जो हिसाब वह लगा चुकी थी, गलत कैसे हो सकता था?

जब मैडम डीसिल्वा के बच्चा होने वाला था तो उसने दूर ही से देखकर कह दिया था कि ज्यादा-से-ज्यादा एक हफ्ता लगेगा। चुनांचे चौथे दिन ही मैडम डीसिल्वा अस्पताल जाती नजर आई। खुद डीकॉस्टा ने छह बच्चे जने थे जिनमें से एक भी लेट नहीं हुआ था। फिर वह नर्स थी। यह अलग बात है कि उसने किसी अस्पताल में दाईगिरी की ट्रेनिंग नहीं ली थी, पर सब लोग उसे नर्स कहते थे। चुनांचे उनके फ्लैट के बाहर, छोटी-सी लकड़ी की तख्ती पर 'नर्स डीकॉस्टा' लिखा रहता था। उसे बच्चों की पैदाइश का समय मालूम न होता तो और किसको होता?

मंटो की इक्कीस कहानियां

जब कमरा नंबर 17 में रहने वाले मिस्टर नजीर की नाक सूज गई थी तो मैडम डीकॉस्टा ने ही बाजार से रूई का पैकेट मंगवाया था और पानी गरम करके टकोर दी थी। बार-बार वह इस घटना को सनद के रूप में पेश किया करती थीं, चुनांचे मुझे बार-बार कहना पड़ता था, 'हम कितने खुशकिस्मत हैं कि हमारे पड़ोस में ऐसी औरत रहती है जो मिलनसार होने के साथ-साथ अच्छी नर्स भी है।'

यह सुनकर वह बहुत खुश होती थी। उनको यों खुश करने से मुझे फायदा यह हुआ कि जब 'उन्हें' तेज बुखार चढ़ा था तो मैडम डीकॉस्टा ने बर्फ लगाने वाली रबड़ की थैली मुझे फौरन ला दी थी। वह थैली एक हफ्ते हमारे यहां पड़ी रही और मलेरिया के शिकार कई लोगों के काम आती रही।

यों भी मैडम डीकॉस्टा बड़ी सेवा करने वाली थी पर उसके इस सेवा भाव में उसकी नाक-धंसाऊ आदत का बड़ा हाथ था। दरअसल, वह अपने पड़ोसियों के उन सारे राजों को जानने की भी बड़ी इच्छुक थी, जो वे अपने सीनों में ही रखते चले आए थे। मिसेज़ डीजिल्वा मैडम डीकॉस्टा की हम-मजहब थी, इसलिए उसकी बहुत-सी कमजोरियां उसको मालूम थीं। मसलन वह जानती थी कि मिसेज डीसिल्वा की शादी क्रिसमस में हुई और बच्चा जुलाई में हुआ, जिसका साफ मतलब यह था कि उसकी असली शादी पहले हो चुकी थी। उसको यह भी पता था कि मिसेज डीसिल्वा नाचघरों में जाती है और यहां बहुत-सा रुपया कमाती है और यह कि अब वह उतनी सुंदर नहीं रही, जितनी की पहले थी। इसलिए उसकी आमदनी भी पहले से कम हो गई है। हमारे सामने जो यहूदी रहते थे, उनके बारे में मैडम डीकॉस्टा के अलग-अलग बयान थे। कभी वह कहती थी कि मोटी मोजेल, जो रात को देर से घर आती है, सट्टा खेलती है और वह ठिगना-सा बुड्ढा, जो पतलून के गैलिसों में अंगूठे अटकाए और कोट कंधे पर रखे, सुबह घर से निकल जाता है और शाम को लौटता है, मोजेल का पुराना दोस्त है। उस बुड्ढे के बारे में उसने खोज लगाकर यह मालूम किया था कि वह साबुन बनाता है, जिसकी सजावट बहुत सुंदर होती है।

एक दिन उसने हमें बताया था कि मोजेल ने अपनी लड़की को, जो बहुत सुंदर थी और हर रोज नीले रंग की जींस पहनकर स्कूल जाती थी, उस आदमी से मंगनी कर रखी है जो हर रोज एक पारसी को मोटर में लेकर आता है। मैं उस पारसी के बारे में सिर्फ इतना जानती हूं कि उसकी मोटर हमेशा नीचे खड़ी रहती थी और वह मोजेल की लड़की के मंगेतर सहित रात वहीं बिताता था।

मंटो की इक्कीस कहानियां

मैडम डीकॉस्टा का यह कहना था कि मोजेल की लड़की फ्लोरी का मंगेतर पारसी का मोटर ड्राइवर की बहन लिली का आशिक है जो अपनी बहन वायलेट समेत उसी फ्लैट में रहती थी। वायलेट के संबंध में मैडम डीकॉस्टा की राय बहुत खराब थी।

वह कहा करती थी कि वह लौंडिया, जो हर समय एक नन्हे से बच्चे को उठाए रहती है, बहुत बुरे केरेक्टर की है और उस नन्हे से बच्चे के बारे में उसने हमें एक दिन यह ख़बर सुनाई थी कि जैसा मशहूर किया गया है, वह किसी परसिन का लावारिस बच्चा नहीं, बल्कि खुद वायलेट की बहन लिली का है और जो लिली है....। बस मुझे इतना ही याद है, क्योंकि जो वंशावली मैडम डीकॉस्टा ने तैयार की थी, वह इतनी लंबी है कि शायद ही किसी को याद रह सके।

सिर्फ आसपास की औरतों और पड़ोस के मर्दों तक मैडम डीकॉस्टा की जानकारी सीमित नहीं थी, उसे दूसरे मुहल्ले के लोगों के बारे में भी बहुत-सी बातें मालूम थीं। चुनांचे जब वह अपने सूजे हुए पैर का इलाज कराने की गरज से बाहर जाती तो घर लौटते हुए, दूसरे मुहल्लों की बहुत-सी ख़बरें लाती थी।

एक दिन जब मैडम डीकॉस्टा मेरे बच्चे के जन्म का इंतजार कर-करके थक-हार चुकी थी, मैंने उसे बाहर फाटक के पास अपने दो बड़े लड़कों को एक लड़की और पड़ोस की दो औरतों के साथ बातें करते हुए देखा। मैं यह सोचकर मन-ही-मन बहुत कुढ़ी कि वह मेरे बच्चे के लेट हो जाने के बारे में बातें कर रही होगी।

चुनांचे जब उसने घर का रुख किया तो जंगले से परे हट गई। पर उसने मुझे देख लिया था। सीधी ऊपर चली आई। मैंने दरवाजा खोलकर उसे बाहर बालकनी में ही मूढ़े पर बैठा दिया। मूढ़े पर बैठते ही उसने बंबई की हिन्दुस्तानी और ग्रामर-रहित अंग्रेज़ी में कहना शुरू किया, 'तुमने कुछ सुना? मातमा गांडी ने क्या किया? साली कांग्रेस एक नया कानून पास करना मांगटी है। मेरा फ्रेड्रिक ख़बर लाया है कि बोम्बे में प्रोहिबीशन हो जाएगा। तुम समझता है, प्रोहिबीशन क्या होता है?'

मैंने अंजानापन प्रकट किया, क्योंकि जितनी अंग्रेज़ी मुझे आती थी, उसमें प्रोहिबीशन शब्द नहीं था। पर मैडम डीकॉस्टा ने कहा, 'प्रोहिबीशन शराब बंद करने को कहते हैं। हम पूछता है, इस कांग्रेज का हमने क्या बिगाड़ा है कि शराब बंद करके हमको तंग करना मांगटी है। यह केसा गौरमेंट है? हमको ऐसा बात एकदम अच्छा नहीं लगता।

'हमारा त्योहार कैसे चलेगा? हम क्या करेगा? ह्विस्की हमारा त्योहारों में होना ही मांगता है। तुम समझती हो न। क्रिसमस कैसे होगा? क्रिश्चियन लोग तो इस लॉ को नहीं मानेगा। कैसे मान सकता है? मेरे घर में चौबीस क्लॉक (घंटे) ब्रांडी का जरूरत रहता है। यह लॉ पास हो गया तो कैसे काम चलेगा। यह सब कुछ गांडी कर रहा है। गांडी, जो मोहमडन लोग का एकदम बैरी है। साला आप तो पीता नहीं और दूसरों को पीने से रोकता है। और तुम्हें मालूम है, यह हम लोगों का, मेरा मतलब है, गौरमेंट का बहुत बड़ा एनेमी है....।'

उस वक्त ऐसा मालूम होता था कि इंग्लिस्तान का सारा टापू मैडम डीकॉस्टा के अंदर समा गया है। वह गोआ की रहने वाली, काले रंग की क्रिश्चियन औरत थी, मगर जब उसने ये बातें कीं तो मेरी कल्पना ने उस पर सफेद चमड़ी मढ़ दी। कुछ क्षणों के लिए यह यूरोप से आई हुई, ताज़ा-ताज़ा अंग्रेज औरत दिखाई दी, जिसे हिंदुस्तान और उसके महात्मा गांधी से कोई वास्ता न हो।

समुद्र के पानी से नमक बनाने का आंदोलन महात्मा गांधी ने शुरू किया था। चरखा चलाना और खादी पहनना भी उन्होंने लोगों को सिखाया था। इसी किस्म की और भी बहुत-सी ऊटपटांग बातें कर चुका था।

शायद इसीलिए मैडम डीकॉस्टा ने यह समझा था कि बंबई में शराब सिर्फ इसलिए बंद की जा रही है कि अंग्रेज लोगों को तकलीफ़ हो। वह कांग्रेस और महात्मा गांधी को एक ही चीज समझती थी यानी लंगोटी।

महात्मा गांधी और उसकी सात पीढ़ियों पर लानतें भेजकर, मैडम डीकॉस्टा असली बात की तरफ आई, 'और हां, तुम्हारा यह बच्चा क्यों पैदा नहीं होता? चलो, मैं तुम्हें किसी डॉक्टर के पास ले चलूं।'

मैंने उस वक्त बात टाल दी। मगर मैडम डीकॉस्टा ने घर जाते हुए फिर मुझसे कहा, 'देखो, तुमको कुछ ऐसा-वैसा बात हो गया तो फिर हमको न बोलना।'

इस वार्तालाप के दूसरे दिन की बात है, 'वे' बैठे कुछ लिख रहे थे। मुझे ख्याल आया, कई दिनों से मैंने मिसेज काज़िमी को फोन नहीं किया। उसको भी बच्चे की पैदाइश का बहुत ख्याल है, इस वक्त फुरसत है और नजीर साहब का दफ्तर, जो उनके घर के साथ ही मिला था, बिलकुल खाली होगा, क्योंकि छह बज चुके थे।

उठकर टेलीफोन कर देना चाहिए। यों सीढ़ियां उतरने और चढ़ने से डॉक्टर साहब और तजुर्बेकार औरतों की सलाह पर अमल भी हो जाएगा, जो यह था कि चलने-फिरने से बच्चा आसानी के साथ पैदा होता है।

चुनांचे मैं अपने पैदा होने वाले बच्चे समेत उठी और धीरे-धीरे सीढ़ियां चढ़ने लगी। जब पहली मंजिल पर पहुंची तो मुझे 'नर्स डीकॉस्टा' का बोर्ड नजर आया और इससे पहले कि मैं उसके फ्लैट के दरवाजे से गुजरकर दूसरी मंजिल के पहले जीने पर कदम रखूं, मैडम डीकॉस्टा बाहर निकल आई और मुझे अपने घर ले गई।

मेरा दम फूला हुआ था और पेट में ऐंठन-सी पैदा हो गई थी। ऐसा महसूस होता था कि रबड़ की गेंद है। जो कहीं अटक गई है। इससे बड़ी उलझन हो रही थी। मैंने एक बार इस तकलीफ़ का जिक्र अपनी सास से किया था तो उसने मुझे बताया था कि बच्चे की टांग-वांग इधर-उधर फंस जाया करती है। चुनांचे यह टांग-वांग ही हिलने से कहीं फंस गई थी, जिसकी वजह से मुझे बड़ी तकलीफ़ हो रही थी।

मैंने मैडम डीकॉस्टा से कहा, 'मुझे एक जरूरी टेलीफोन करना है, इसलिए मैं आपके यहां नहीं बैठ सकती।' और बहुत से बहाने मैंने पेश किए, पर वह न मानी और मेरा बाजू पकड़कर उसने जबरदस्ती मुझे उस सोफे पर बैठा दिया, जिसका कपड़ा मैला हो रहा था।

मुझे सोफे पर बैठाकर, जल्दी-जल्दी उसने दूसरे कमरे से अपने दो छोटे-छोटे लड़कों को बाहर निकाला। अपनी कुंवारी जवान लड़की को भी, जो महात्मा गांधी की लंगोटी से कुछ बड़ी निक्कर पहनती थी, उसने बाहर भेज दिया और मुझे खाली कमरे में ले गई। अंदर से दरवाजा बंद करके उसने मेरी तरफ उस अफ्रीकी जादूगर की तरह देखा, जिसने अलादीन का चाचा बनकर उसे गुफा में बंद कर दिया था। यह सब उसने इतनी फुर्ती से किया कि मुझे वह एक बड़ी भेद भरी औरत दिखाई दी। सूजे हुए पैर की वजह से उसकी चाल में हल्का लंगड़ापन पैदा हो गया था जो मुझे उस समय बहुत भयानक दिखाई दिया। मेरी तरफ घूरकर देखने के बाद उसने इधर दीवार की तीन खिड़कियां बंद कीं। हर खिड़की की चटकनी चढ़ाकर, उसने मेरी तरफ इस अंदाज से देखा जैसे उसे इस बात का डर हो कि मैं उठ भागूंगी। ईमान से कहूं, उस वक्त मेरा जी यही चाहता था कि दरवाजा खोलकर भाग जाऊं। उसकी खामोशी और उसके खिड़कियां-दरवाजे बंद करने से मैं बहुत परेशान हो गई थी। आखिर इसका मतलब क्या था? वह चाहती क्या थी? इतने जबरदस्त एकांत की क्या जरूरत थी? और फिर, वह लाख पड़ोसिन थी, उसके हम पर कई एहसान भी थे, लेकिन आखिर वह थी तो एक गैर औरत। और उसके बेटे... वह मुआ फौजी और वह कलफ लगी पतलून वाला, जो छोटी-छोटी क्रिश्चियन लड़कियों से मीठी-मीठी बातें करता था... अपने, अपने होते हैं और पराए, पराए।

मैं कई इश्किया उपन्यासों में कुटनियों का हाल पढ़ चुकी थी। जिस अंदाज से वह इधर-उधर चल-फिर रही थी और दरवाजे बंद करके परदे खींच रही थी, उससे मैंने यही नतीजा निकाला था कि वह नर्स-वर्स बिलकुल नहीं, बल्कि एक बहुत बड़ी कुटनी है। खिड़कियां और दरवाजे बंद होने की वजह से, कमरे में, जिसके अंदर लोहे के चार पलंग पड़े थे, काफी अंधेरा हो गया था, जिससे मुझे और भी घबराहट हुई। पर उसने फौरन ही बटन दबाकर रोशनी कर दी। समझ में नहीं आता था कि वह मेरे साथ क्या करेगी। बड़े भेद-भरे तरीके से उसने अंगीठी पर से एक बोतल उठाई, जिसमें सफेद रंग का तरल पदार्थ था, और मुझसे मुखातिब होकर कहने लगी, ''अपना ब्लाउज उतारो... मैं कुछ देखना मांगती हूं।''

मैं घबराई, ''क्या देखना चाहती हो?''

ऊपर से सब कुछ साफ नजर आ रहा था। फिर ब्लाउज उतरवाने का क्या मतलब था और उसे क्या हक हासिल था कि वह दूसरी औरतों को यों घर के अंदर बुलाकर, ब्लाउज उतारने पर मजबूर करे। मैंने साफ़-साफ़ कह दिया, ''मैडम डीकॉस्टा, मैं ब्लाउज़ हरगिज नहीं उतारूंगी।'' मेरे लहजे में घबराहट के अलावा तेजी भी थी।

मैडम डीकॉस्टा का रंग पीला पड़ गया, ''तो....तो.....फिर हमको मालूम कैसे पड़ेगा कि तुम्हारे घर बच्चा कब होगा। इस बोतल में खोपरे का तेल है। यह हम तुम्हारे पेट पर गिराकर देखेगा। इससे एकदम मालूम हो जाएगा कि बच्चा कब होगा। लड़की होगी या लड़का।''

मेरी घबराहट दूर हो गई। मैडम डीकॉस्टा फिर मुझे मैडम डीकॉस्टा नजर आने लगी। खोपरे का तेल बड़ी बेजरर चीज है। अगर पेट पर उसकी पूरी बोतल भी उंड़ेल दी जाती तो क्या हर्ज था और फिर तरकीब कितनी दिलचस्प थी। इसके अलावा अगर मैं न मानती तो मैडम डीकॉस्टा को कितनी बड़ी निराशा का सामना करना पड़ता। मैं वैसे भी किसी का दिल तोड़ना पसंद नहीं करती। चुनांचे मैं मान गई। ब्लाउज और कमीज उतारने में मुझे काफी मुश्किल हुई, पर मैंने बरदाश्त कर ली। मेरे पेट पर ठंडे-ठंडे तेल की एक लकीर दौड़ गई। मैडम डीकॉस्टा खुश हो गई। मैंने जब कपड़े पहन लिए तो उसने संतोष भरे लहजे में कहा, ''आज क्या डेट है ग्यारह... बस पंद्रह को बच्चा हो जाएगा और लड़का ही होगा।''

बच्चा 25 तारीख को हुआ, लेकिन था लड़का। अब, जब कभी वह मेरे पेट पर अपने नन्हे-नन्हे हाथ रखता है तो मुझे महसूस होता कि मैडम डीकॉस्टा ने खोपरे के तेल की सारी बोतल उंड़ेल दी है।

11

मेरा नाम राधा है

यह उस समय का जिक्र है, जब उस लड़ाई का नामोनिशान भी न था। शायद आठ-नौ बरस पहले की बात है, जब जिंदगी में हंगामें बड़े तरीके से आते थे। आजकल की तरह नहीं कि बेमतलब और व्यर्थ के लड़ाई-झगड़े और घटनाएं होती हैं। उस समय मैं चालीस रुपया माहवार पर एक फिल्म कंपनी में नौकर था और मेरी जिंदगी बर्फीली जमीन पर स्लेज की तरह मजे से गुजर रही थी। यानी सुबह दस बजे स्टूडियो पर गए। नियाज मुहम्मद वलन की बिल्लियों को दो पैसे का दूध पिलाया। चालू फिल्म के लिए चालू किस्म के संवाद लिखे। बंगाली एक्ट्रेस से, जो उस जमाने में बंगाल की बुलबुल कहलाती थी, थोड़ी देर मज़ाक किया और दादा गोरे की, जो उस स्थान का सबसे बड़ा फिल्म डायरेक्टर था, थोड़ी-सी खुशामद की और घर चले आए। जैसा कि मैं बता चुका हूं कि जिंदगी की गाड़ी बड़ी नरमी से मजे में ढलक रही थी। स्टूडियो का मालिक हरमजरजी फरामजी जो मोटे-मोटे लाल गालों वाला मौजी किस्म का ईरानी था, एक अधेड़ उम्र की खोजा एक्ट्रेस के प्रेम में फंसा हुआ था। हर नई लड़की के स्तन टटोलकर देखना उसका काम था। कलकत्ता के बऊ बाजार की एक मुसलमान वेश्या थी जो अपने डायरेक्टर, साउंड रिकॉर्डिस्ट और स्टोरी राइटर-तीनों के साथ इश्क लड़ा रही थी। उस इश्क का असल में मतलब यह था कि उन तीनों का प्रेम उसके लिए विशेष रूप से मौजूद रहे।

'वन की सुंदरी' की शूटिंग चल रही थी। नियाज मुहम्मद वलन की जंगली बिल्लियों को, जो उसने खुदा मालूम स्टूडियो के लोगों पर क्या असर पैदा करने के लिए पाल रखी थीं, दो पैसे का दूध पिलाकर मैं हर रोज उस 'वन की सुंदरी' के लिए मुश्किल भाषा में संवाद लिखा करता था।

उस फिल्म की कहानी क्या थी, प्लाट केसा था, जाहिर है कि इसका पता मुझे कुछ नहीं था। क्योंकि उस जमाने में मैं एक मुंशी था जिसका नाम केवल आज्ञा मिलने पर जो कुछ कहा जाए गलत-सलत उर्दू में जो डायरेक्टर साहब की समझ में आ जाए, पेंसिल से एक कागज पर लिखकर देना होता था। खैर, 'वन की सुंदरी' की शूटिंग चल रही थी और अफवाह यह थी कि 'दलीप' का पार्ट अदा करने के लिए एक नया चेहरा सेठ हरमजरजी फरामजी कहीं से ला रहे हैं। हीरो का पार्ट राजकिशोर को दिया गया था। राजकिशोर रावलपिंडी का एक सुंदर-स्वस्थ युवक था। उसके शरीर के बारे में लोगों का ख्याल था कि बहुत मरदाना और सुडौल है। मैंने कई बार उसके बारे में गौर किया, लेकिन मुझे उसके शरीर में, जो कि सचमुच कसरती और गठीला था, कोई खिंचाव नजर नहीं आया। लेकिन उसका कारण यह भी हो सकता है कि मैं बहुत ही दुबला और मरियल किस्म का आदमी हूं और अपने भाई-बंदों के शरीरों की निरख-परख करने का इतना आदी नहीं जितना उनके दिलो-दिमाग और आत्मा के बारे में सोचने का आदी हूं। मुझे राजकिशोर से घृणा नहीं थी, इसलिए कि मैंने अपनी उम्र में शायद ही किसी आदमी से घृणा की हो। लेकिन वह मुझे कुछ ज्यादा पसंद नहीं था। इसका कारण मैं धीमे-धीमे बताऊंगा। राजकिशोर की भाषा, भाव ठेठ रावलपिंडी के थे, जो कि मैं बहुत ही पसंद करता था। मेरा विचार है कि पंजाबी भाषा में यदि कहीं बढ़िया शेर मिलते हैं तो वे रावलपिंडी की भाषा में ही आपको मिल सकते हैं। उस शहर की भाषा में एक अजीब तरह का मरदानापन है, जिसमें भारी आकर्षण और मिठास है। यदि रावलपिंडी की कोई औरत आपसे बात करे तो ऐसा लगता है कि मीठे आम का रस आपके मुंह में चुआया जा रहा है। लेकिन मैं आमों की नहीं राजकिशोर की बात कर रहा था, जो मुझे आम से बहुत कम प्रिय था। राजकिशोर, जैसा कि मैं कह चुका हूं, सुंदर और स्वस्थ युवक था। यहां तक बात खत्म हो जाती, तो मुझे कोई आपत्ति नहीं होती, लेकिन परेशानी यह थी कि उसे यानी राजकिशोर को खुद अपने स्वास्थ्य और सौंदर्य का ज्ञान था, ऐसा ज्ञान जो कम-से-कम मेरे लिए स्वीकार नहीं था।

स्वस्थ होना बहुत अच्छी चीज है, लेकिन अपने स्वास्थ्य को दूसरों पर बीमारी बनाकर लादना बिलकुल दूसरी चीज है। राजकिशोर को यही बड़ा बुरा मर्ज था कि वह अपना स्वास्थ्य, अपना सुडौलपन प्रदर्शित कर-करके दूसरे कमजोर लोगों को अपमानित करने की कोशिश किया करता था।

इसमें कोई शक नहीं कि मैं दमा का मरीज हूं, कमजोर हूं। मेरे एक फेफड़े में हवा खींचने की बहुत कम ताकत है, लेकिन खुदा गवाह है कि

मैंने आज तक अपनी कमजोरी का दिखावा नहीं किया। हालांकि मुझे इसका पूरा-पूरा ज्ञान है कि आदमी अपनी कमजोरियों से इसी तरह फायदा उठा सकता है जिस तरह की अपनी ताकत से उठा सकता है। लेकिन मेरा ईमान है कि हमें ऐसा नहीं करना चाहिए।

मेरी निगाह में सुंदरता वह है, जिसकी लोग चिल्ला-चिल्लाकर नहीं वरन दिल-ही-दिल में सराहना करें। मैं उस तंदुरुस्ती को बीमारी समझता हूं जो नंगी होकर या सख्त पत्थर बनकर टकराती फिरे।

कुछ भी हो, लेकिन मैं अपने दिलोदिमाग को इस बात को कभी तैयार नहीं कर सका कि वह राजकिशोर को उसी नजर से देखे जिससे दूसरे देखते थे। यही कारण था कि मैं बातचीत के बीच में उससे उलझ जाया करता था। मेरी तबियत के खिलाफ कोई बात की और मैं हाथ धोकर उसके पीछे पड़ गया। लेकिन ऐसी छुटपुट घटनाओं के बाद हमेशा उसके चेहरे पर मुस्कराहट और मेरे हलक में एक नाकाबिले बयान कड़वाहट रही। मुझे उससे और भी ज्यादा उलझन होती थी।

राजकिशोर में वे ये सब सौंदर्य मौजूद थे, जो एक युवक में होने चाहिए। लेकिन मुझे दुख है कि उसे उन सौंदर्यों का बहुत ही भौंडा प्रदर्शन करने की आदत थी। आपसे बात कर रहा है और अपने एक बाजू के पट्टे अकड़ा रहा है और खुद ही दाद दे रहा है। बहुत ही गंभीर वार्ता हो रही है, यानी स्वराज की बात छिड़ी है और वह अपने खादी के कुरते के बटन खोलकर अपने वक्ष की चौड़ाई का अंदाज़ा कर रहा है।

मैंने खादी के कुरते का जिक्र किया तो मुझे याद आया कि राजकिशोर पक्का कांग्रेसी था। हो सकता है कि वह इसी कारण से खादी के कपड़े पहनता हो। लेकिन मेरे दिल में हमेशा इस बात की खटक रही है कि उसे अपने देश से इतना प्यार नहीं था, जितना कि उसे स्वयं से था। बहुत लोगों का ख्याल था कि राजकिशोर के बारे में जो मैंने राय कायम की है, बिलकुल ही गलत थी। इसलिए कि स्टूडियो और स्टूडियो के बाहर हर आदमी उसके शरीर, विचारों और सादगी का प्रशंसक था। यही नहीं, उसकी भाषा, जो रावलपिंडी की थी, दूसरों के साथ-साथ मुझे भी पसंद थी।

दूसरे एक्टरों की तरह वह अलग-थलग रहने का आदी नहीं था। कांग्रेस पार्टी का कोई जलसा हो तो आप राजकिशोर को वहां जरूर मौजूद पाएंगे। कोई साहित्यिक गोष्ठी हो रही है तो राजकिशोर जरूर पहुंचेगा। अपने व्यस्त जीवन में से वह अपनी जान-पहचान और दुख-दर्द वाले लोगों के लिए भी समय निकाल लिया करता था।

सारे फिल्म प्रोड्यूसर उसकी इज्जत करते थे, क्योंकि उसके चाल-चलन की पवित्रता की बहुत प्रसिद्ध थी। फिल्म प्रोड्यूसरों को छोड़िए, पब्लिक को भी इस बात का अच्छा ज्ञान था कि राजकिशोर बहुत ही अच्छे चरित्र का आदमी है।

फिल्मी दुनिया में रहकर पाप के धब्बों से बचे रहना किसी भी आदमी के लिए बहुत बड़ी बात है। यों तो राजकिशोर एक सफल हीरो था, लेकिन उसके इस एक गुण ने भी उसे बहुत ऊंचाई पर पहुंचा दिया था।

नागपाड़े में मैं जब शाम को पान वाले की दुकान पर बैठता था तो प्राय: एक्टर और एक्ट्रेसों की बातें हुआ करती थीं। लगभग सभी एक्टर और एक्ट्रेसों के संबंध में कोई-न-कोई स्केंडल प्रसिद्ध था। लेकिन राजकिशोर का जब भी जिक्र आता तो श्यामलाल पनवाड़ी बड़े मजेदार लहजे में कहा करता, ''मंटो साहब, राज भाई ही एक ऐसा एक्टर है जो लंगोट का भारी पक्का है।''

मालूम नहीं श्यामलाल उसे राज भाई कैसे कहने लगा था, लेकिन उसके बारे में मुझे इतना अधिक अचंभा भी नहीं था, इसलिए राज भाई की मामूली-से-मामूली बात भी एक कारनामा बनकर लोगों तक पहुंच जाती थी। उदाहरण के तौर पर बाहर के लोगों को उसकी आमदनी का पूरा-पूरा ज्ञान था। अपने बाप को महीने का खर्च क्या देता है, अनाथालयों को महीने का चंदा कितना देता है, उसका अपना जेब-खर्च क्या है– ये सब बातें लोगों को इस तरह मालूम थीं जैसे वे चीजें उन्हें जुबानी याद कराई गई हों।

श्यामलाल ने एक दिन मुझे बताया कि राज भाई का अपनी सौतेली मां के साथ बहुत ही अच्छा व्यवहार है। उस जमाने में जब आमदनी का कोई जरिया नहीं था, बाप और नई बीवी उसे तरह-तरह के दु:ख देते थे, लेकिन राज भाई की तारीफ है कि उन्होंने अपना कर्तव्य पूरा किया और उनको अपने सिर-आंखों पर जगह दी। अब दोनों पलंग पर बैठे राज करते हैं। हर सुबह-सवेरे राज अपनी सौतेली मां के पास जाता है और उसके चरण छूता है, बाप के सामने हाथ जोड़कर खड़ा हो जाता है और जो आज्ञा मिले, उसका तुरंत पालन करता है।

आप बुरा न मानिए, मुझे हमेशा राजकिशोर की बड़ाई सुनकर उलझन-सी होती थी। खुदा जाने क्यों? मैं जैसा पहले कह चुका हूं कि मुझे उससे कोई ईर्ष्या या घृणा नहीं थी। उसने मुझे कभी ऐसा मौका नहीं दिया था और उस जमाने में जब मुंशियों की कोई इज्जत और वकत ही नहीं थी, वह मेरे साथ घंटों बातें किया करता था। मैं नहीं कह सकता कि क्या कारण था, लेकिन ईमान की बात है कि मेरे दिल-ओ-दिमाग के किसी अंधेरे कोने में यह शक बिजली की तरह कौंध जाता कि राज

बन रहा है। राज की जिंदगी बिलकुल बनावटी है, लेकिन परेशानी यह थी कि मेरे विचारों का नहीं था।

लोग देवताओं की तरह उसकी पूजा करते थे और मैं दिल-ही-दिल में घुटता था। राज की बीवी थी। राज के चार बच्चे थे। वह अच्छा पति और अच्छा पिता था। उसकी जिंदगी पर से चादर का कोई भी कोना हटाकर देखा जाता तो आपको कोई धब्बेदार चीज नजर न आती। यह सब कुछ था लेकिन उसके होते हुए भी मेरे दिल में बराबर शक बना रहता था।

खुदा की कसम मैंने दिल को लानत दी कि भई तुम बड़े वाहियात हो कि ऐसे अच्छे आदमी को, जिसे सारी दुनिया अच्छा कहती है और जिसके बारे में तुम्हें कोई शिकायत भी नहीं, बेकार शक की नजरों से देखते हो। यदि एक आदमी अपना सुडौल बदन बार-बार देखता है तो वह कौन-सी बुरी बात है। यदि तुम्हारा बदन भी ऐसा ही खूबसूरत होता, तो बहुत संभव है कि तुम भी यही हरकत करते। इसमें कोई शक नहीं कि उसकी जिंदगी में कोई स्केंडल नहीं था। अपनी बीवी के सिवा किसी दूसरी स्त्री का मैला या उजला दामन उससे बंधा नहीं था। मैं यह भी मानता हूं कि वह सब एक्ट्रेसों को बहन कहकर पुकारा करता था और वे भी उसे प्रत्युत्तर में भाई कहा करती थीं, लेकिन दिल ने हमेशा मेरे दिमाग से यही सवाल किया कि संबंध कायम करने की ऐसी ज्यादा जरूरत ही क्या है। भाई-बहन का संबंध कुछ और है। लेकिन किसी स्त्री को अपनी बहन कहना उस भाव से जैसे यह बोर्ड लगाया जा रहा है कि 'सड़क बंद है' या 'यहां पेशाब करना मना है' बिलकुल दूसरी बात है। यदि तुम किसी स्त्री से गहरा संबंध करना नहीं चाहते तो उसका ढिंढोरा पीटने की क्या जरूरत है। यदि तुम्हारे दिल में तुम्हारी बीवी के सिवा किसी स्त्री का ख्याल नहीं आ सकता तो उसका इश्तहार देने की क्या जरूरत है। यह और इस तरह की दूसरी बातें चूंकि मेरी समझ में नहीं आती थीं इसलिए मुझे अजीब किस्म की उलझन होती थी।

खैर!

'वन की सुंदरी' की शूटिंग चल रही थी। स्टूडियो में ख़ासी चहल-पहल थी। हर रोज एक्स्ट्रा लड़कियां आती थीं जिनके साथ हमारा दिन हंसी-मज़ाक में गुजर जाता था।

एक दिन नियाज मुहम्मद वलन के कमरे में मेकअप मास्टर, जिसे हम उस्ताद कहते थे, यह ख़बर लेकर आया कि दलीप के रोल के लिए जो लड़की आने वाली थी, आ गई है और जल्द काम शुरू हो जाएगा।

उस समय चाय का दौर चल रहा था। कुछ उसकी हरारत थी, कुछ इस ख़बर ने हमको गरमा दिया। स्टूडियो में एक नई लड़की का आना

हमेशा खुशी का समाचार हुआ करता है। इसलिए हम सब नियाज मुहम्मद वलन के कमरे से निकलकर बाहर चले आए ताकि उसके दर्शन किए जा सकें। शाम के वक्त जब सेठ हरमजरजी फरामजी ऑफिस से निकलकर असली तबलती की चांदी की डिबिया से दो खुशबूदार तंबाकू वाले पान निकालकर अपने चौड़े गले में दबाकर बिलिअर्ड खेलने वाले कमरे का रुख कर रहे थे, हमें वह नई लड़की नजर आई।

सांवले रंग की स्त्री थी, मैं केवल इतना ही देख सका, क्योंकि वह जल्दी-जल्दी सेठ के साथ हाथ मिलाकर स्टूडियो की मोटर में बैठकर चली गई। कुछ देर के बाद नियाज मुहम्मद ने बताया कि उस स्त्री के होंठ मोटे थे। वह शायद केवल होंठ ही देख सका था। उस्ताद, जिसने शायद इतनी झलक भी न देखी थी, सिर हिलाकर बोला, 'हूं...कंडम।' यानी बकवास है।

चार-पांच दिन गुजर गए, लेकिन वह नई लड़की स्टूडियो में नहीं आई। पांचवें या छठे दिन जब मैं गुलाब के होटल में चाय पीकर निकल रहा था, अचानक मेरी और उसकी मुठभेड़ हो गई।

मैं हमेशा स्त्रियों को चार आंखों से देखने का आदी हूं। यदि कोई स्त्री एकदम मेरे सामने आ जाए तो मुझे उसका कुछ भी नजर नहीं आता। चूंकि अप्रत्याशित रूप से उससे मेरी मुठभेड़ हुई थी, इसलिए मैं उसकी शक्ल-सूरत के बारे में कोई अंदाज़ा नहीं कर सका। हां, पैर मैंने जरूर देखे जिनमें नई चाल के स्लीपर थे।

लेबोरेटरी से स्टूडियो तक जो रोड जाती है, उस पर मालिकों ने बजरी बिछा रखी है। उस बजरी में बेशुमार गोल-गोल पट्टियां हैं, जिन पर से जूता बार-बार फिसलता है। चूंकि उसके पांव में खुले स्लीपर थे, इसलिए चलने में उसे कुछ ज्यादा तकलीफ़ हो रही थी।

उस मुलाकात के बाद धीरे-धीरे मिस नीलम से मेरी दोस्ती हो गई। स्टूडियो के लोगों को खैर इसका ज्ञान नहीं था। लेकिन उसके साथ मेरे संबंध बहुत ही खुले हुए थे। उसका असली नाम राधा था। मैंने जब एक बार उससे पूछा कि तुमने इतना प्यारा नाम क्यों छोड़ दिया तो उसने जवाब दिया, 'यों ही...।' लेकिन फिर कुछ देर बाद कहा, 'यह नाम इतना प्यारा है कि फिल्म में इस्तेमाल नहीं करना चाहिए।'

आप शायद सोचें कि राधा धार्मिक प्रवृत्ति की स्त्री है। जी नहीं, उसका धर्म और उसकी बला से दूर का भी संबंध न था। लेकिन जिस तरह मैं हर नया काम शुरू करने से पहले कागज पर 'बिस्मिल्लाह' अर्थात जय प्रभु के दो शब्द जरूर लिखता हूं, इसी तरह शायद उसे भी साधारण रूप में राधा नाम से अधिक प्रेम था।

चूंकि वह चाहती थी कि उसे राधा न कहा जाए, इसलिए मैं आगे चलकर उसे नीलम ही कहूंगा। नीलम बनारस की वेश्या की बेटी थी। वहां की बोलचाल और भाव में, जो बहुत अच्छा मालूम होता था, मेरा नाम सआदत होने पर भी सादिक कहा करती थी।

एक दिन मैंने उससे कहा, 'नीलम, मैं जानता हूं कि तुम मुझे सआदत कह सकती हो, फिर मेरी समझ में नहीं आता कि तुम अपनी गलती ठीक क्यों नहीं करतीं।'

यह सुनकर उसके सांवले होंठों पर, जो बहुत ही पतले थे, एक हल्की-सी मुस्कराहट आ गई और उसने जवाब दिया, 'जो गलती मुझसे एक बार हो जाए, मैं उसे ठीक करने की कोशिश नहीं किया करती।'

मेरा ख्याल है कि बहुत कम लोगों को मालूम है कि वह स्त्री, जिसे स्टूडियो के तमाम लोग एक मामूली एक्ट्रेस समझते थे, विचित्र प्रकार के गुणों की खान थी। उसमें दूसरी एक्ट्रेसों का-सा ओछापन नहीं था। उसकी गंभीरता, जिसे स्टूडियो का हर आदमी अपनी ऐनक के गलत रंग में देखता था, बहुत प्यारी चीज थी।

उसके सांवले चेहरे पर, जिसकी त्वचा बहुत ही साफ और एक-सी थी, यह गंभीरता, यह साफ तबियत तथा प्रसन्न मुद्रा उसके हित में अहित बन गई थी। इसमें कोई शक नहीं, उससे उसकी आंखों में, उसके पतले होंठों के कोनों में दुख की नामालूम रेखाएं स्पष्ट हो गई थीं। लेकिन यही एक बात थी जिसने उसे दूसरी स्त्रियों से बिलकुल भिन्न बना दिया था।

मैं उस समय भी आश्चर्य में था और अब भी वैसा ही हैरान हूं कि नीलम को 'वन की सुंदरी' में दिलीप के रोल के लिए क्यों चुना गया था, इसलिए कि उसमें तेजी और तर्रारी नाम को भी न थी। जब वह पहली बार अपने वाहियात पार्ट को अदा करने के लिए तंग चोली पहनकर सेट पर आई तो मेरी निगाहों को बहुत दुख हुआ। वह दूसरों की स्थिति को तुरंत ही भांप जाया करती थी, इसलिए मुझे देखते ही उसने कहा, ''डायरेक्टर साहब कह रहे थे कि तुम्हारा पार्ट चूंकि शरीफ स्त्रियों का नहीं है, इसलिए तुम्हें इस तरह की वेशभूषा दी गई है।'' मैंने उनसे कहा, ''यदि यह वेशभूषा है तो मैं आपके साथ नंगी चलने के लिए तैयार हूं।''

मैंने उससे पूछा, ''डायरेक्टर साहब ने यह सुनकर क्या कहा?''

नीलम के होंठों पर एक अर्थपूर्ण हल्की मुस्कराहट खिल गई, ''उन्होंने तसव्वुर में मुझे नंगी देखना शुरू कर दिया। ये लोग भी कितने अहमक हैं, यानी उस वेशभूषा में मुझे देखकर बेचारे को तसव्वुर पर जोर डालने की जरूरत ही क्या थी?'' सुदृढ़ मानसिक स्थिति के लिए नीलम का यह साहस भी काफी था।

अब मैं उन घटनाओं की ओर जाता हूं जिनकी मदद से मैं यह कहानी पूरी करना चाहता हूं।

बंबई में जून के महीने से बारिश शुरू हो जाती है और सितंबर के मध्य तक जारी रहती है। पहले दो-ढाई महीनों में इतना अधिक पानी बरसता है कि स्टूडियो में काम नहीं हो सकता। 'वन की सुंदरी' की शूटिंग अप्रैल के अंत में हुई थी। जब पहली बारिश हुई तो हम अपना तीसरा सैट पूरा कर रहे थे। एक छोटा-सा सीन बाकी रह गया था, जिसमें कोई विशेष काम नहीं था। इसलिए बारिश में भी हमने अपना काम जारी रखा। लेकिन जब यह काम खत्म हो गया, तो हम काफी समय के लिए बेकार हो गए।

उस बीच स्टूडियो के लोगों को एक-दूसरे के साथ मिलकर बैठने का मौका मिलता है। मैं लगभग सारे दिन गुलाब के होटल में बैठा चाय पीता रहता था। जो भी आदमी अंदर आता था या तो सारे का सारा भीगा होता था या आधा। बाहर की सब मक्खियां शरण लेने के लिए अंदर जमा हो जाती थीं। इतना गंदा दृश्य था कि जी बिगड़ता था। एक कुर्सी पर चाय छानने का कपड़ा पड़ा है तो दूसरी कुर्सी पर प्याज काटने की बदबूदार छुरी पड़ी झक मार रही है। गुलाब साहब पास खड़े हैं और अपने गोश्त लगे दांतों के नीचे बंबई की रुई बचा रहे हैं।

'तुम इधर जाने को नहीं सकता... हम उधर से जाके आया...बहुत नपटरा होगा...हां बड़ा वांदा हो जाएगा....।'

उस होटल में, जिसकी छत कोरोगेटिड स्टील की थी, सेठ हरमजरजी फरामजी, उनके साले एंडलजी और हीरोइनों के सिवा सब लोग आते थे। नियाज मुहम्मद को तो दिन में कई बार वहां आना पड़ता था, क्योंकि उसने चुनी-मुनी नाम की दो बिल्लियां पाल रखी थीं। राजकिशोर दिन में एक चक्कर लगा जाता था।

ज्यों ही वह अपने लंबे कद्दावर कसरती बदन के साथ दरवाजे पर आता, मेरे सिवाय होटल में बैठे हुए तमाम लोगों की आंखें चमक उठतीं। एक्स्ट्रा लड़के उठ-उठकर राज भाई को कुर्सी देते और जब वह उसमें से किसी की दी हुई कुर्सी पर बैठ जाता तो वे सब-के-सब परवानों की तरह उसके चारों ओर जाम हो जाते। उसके बाद दो तरह की बातें सुनन में आतीं।

एक्स्ट्रा लड़कों की जुबान पर पुरानी फिल्मों में राज भाई के काम की तारीफ थी और खुद राजकिशोर की जुबान पर उसके स्कूल छोड़कर कॉलेज और कॉलेज छोड़कर फिल्मी दुनिया में घुसने के इतिहास की। चूंकि मुझे यह सब बातें जुबानी याद हो चुकी थीं, इसलिए ज्यों ही

राजकिशोर होटल में दाखिल होता तो मैं उससे दुआ-सलाम करने के बाद बाहर चला जाता।

एक दिन जब बारिश थमी हुई थी और हरमजरजी फरामजी का अलसेशियन कुत्ता नियाज मुहम्मद की दो बिल्लियों से डरकर गुलाब के होटल की ओर दुम दबाए भागा आ रहा था तो मैंने मौलश्री के पेड़ के नीचे बने हुए गोल चबूतरे पर नीलम और राजकिशोर को बातें करते हुए देखा। राजकिशोर खड़ा हुआ अपनी साधारण आदत के अनुसार धीमे-धीमे हिल रहा था, जिसका मतलब यह था कि वह अपने ख्याल के अनुसार बहुत ही कम दिलचस्प बातें कर रहा है। मुझे याद नहीं कि नीलम से राजकिशोर का परिचय कैसे और कब हुआ था। लेकिन नीलम तो मुझे फिल्मी दुनिया में आने से पहले ही अच्छी तरह जानती थी कि शायद एक-दो बार उसने मुझसे उसके स्वस्थ शरीर के बारे में जिक्र भी किया था। मैं गुलाब होटल से निकलकर रिकॉर्डिंग रूम में छज्जे तक पहुंचा तो राजकिशोर ने अपने चौड़े कंधे पर से खादी का थैला एक झटके के साथ उतारा और उसे खोलकर एक मोटी कॉपी बाहर निकाली। मैं समझ गया, यह राजकिशोर की डायरी है।

प्रतिदिन सब कामों से निवृत्त होकर अपनी सौतेली मां का आशीर्वाद लेकर राजकिशोर सोने से पहले अपनी डायरी लिखने का आदी है। यों तो उसे पंजाबी बोली बहुत प्रिय है, लेकिन वह रोजनामचा अंग्रेज़ी में लिखता है जिसमें कहीं टैगोर के नाजुक स्टाइल की और कहीं गांधी के राजनीतिक ढंग की झलक नजर आती है। उसकी लेखनी पर शेक्सपियर के ड्रामों का प्रभाव काफी है। लेकिन मुझे उस स्टाइल में लिखने वालों का व्यक्तित्व कभी नजर नहीं आया।

यदि यह डायरी आपको कभी मिल जाए तो आपको राजकिशोर की जिंदगी के दस-पंद्रह बरसों का हाल मालूम हो सकता है। उसने कितने रुपए चंदे में दिए, कितने गरीबों को खाना खिलाया, कितने जुलूसों में भाग लिया, क्या पहना, क्या उतारा, और यदि मेरा अंदाज ठीक है जो आपको उस डायरी के किसी पृष्ठ पर मेरे नाम के साथ पैंतीस रुपये भी नजर आ जाएंगे, जो मैंने उससे एक बार उधार लिए थे और इस विचार से अभी तक वापस नहीं किए कि वह अपनी डायरी में उनकी वापसी का जिक्र भी नहीं करेगा।

खैर, वह नीलम को उस डायरी के कुछ पृष्ठ पढ़कर सुना रहा था। मैंने दूर से ही उसके खूबसूरत होंठों की सिकुड़न से मालूम कर लिया कि शेक्सपियर के तरीकों में प्रभु की प्रार्थना कर रहा है।

नीलम मौलश्री के पेड़ के नीचे गोल सीमेंट के बने चबूतरे पर चुपचाप बैठी थी। उसके चेहरे पर राजकिशोर की डायरी-पाठ से कोई परिवर्तन के चिह्न दृष्टिगोचर नहीं हो रहे थे। वह राजकिशोर की उभरी हुई छाती की ओर देख रही थी। उसके कुर्ते के बटन खुले थे और सफेद बटन पर उसकी छाती के काले बाल बहुत ही खूबसूरत मालूम होते थे।

स्टूडियो में चारों ओर हर चीज तरीके से लगी थी। नियाज मुहम्मद की दो बिल्लियां भी, जो आमतौर पर गंदी रहा करती थीं, उस दिन बहुत साफ-सुथरी दिखाई दे रही थीं। वे दोनों सामने बैंच पर लेटी नरम-नरम पंजों से अपना मुंह धो रही थीं। नीलम सार्जेंट की बेदाग साड़ी में दिख रही थी। ब्लाउज सफेद निकल का था, जो उसकी सांवली और सुडौल बांहों के साथ बहुत ही अच्छा मध्यम सौंदर्य प्रदर्शित कर रहा था। 'नीलम इतनी प्रभाव रहित क्यों दिखाई दे रही है?' एक क्षण के लिए यह प्रश्न मेरे दिमाग में पैदा हुआ और जब एकदम उसकी तथा मेरी आंखें चार हुईं तो मुझे उसकी निगाह के किरण-पुंज में अपने प्रश्न का उत्तर मिल गया— नीलम प्रेमपाश में बंधी चुकी है।

उसने हाथ के इशारे से मुझे बुलाया। थोड़ी देर इधर-उधर की बातें हुईं। जब राजकिशोर चला गया तो उसने मुझसे कहा, ''आज आप मेरे साथ चलिएगा।''

शाम को छह बजे मैं नीलम के मकान पर था। ज्यों ही हम अंदर पहुंचे, उसने अपना बैग सोफे पर फेंका और मुझसे नजर मिलाए बिना कहा, 'आपने जो कुछ सोचा है, गलत है।'

मैं उसका मतलब समझ गया था। इसलिए मैंने जवाब दिया, ''तुम्हें कैसे मालूम हुआ कि मैंने क्या सोचा था?''

उसके पतले होंठों पर अर्थपूर्ण धीमी-सी मुस्कराहट आ गई, ''इसलिए कि हम दोनों ने एक ही बात सोची थी। आपने शायद बाद में ध्यान नहीं दिया, लेकिन मैं बहुत सोच-विचार के बाद इस नतीजे पर पहुंची कि हम दोनों गलत थे।'

''यदि मैं कहूं कि हम दोनों सही थे?''

उसने सोफे पर बैठते हुए कहा, ''तो हम दोनों बेवकूफ़ हैं।'' यह कहकर तुरंत ही उसके चेहरे की गंभीरता और ज्यादा बढ़ गई।

''सादिक, यह कैसे हो सकता है। मैं बच्ची हूं जो मुझे अपने दिल का हाल मालूम नहीं। तुम्हारे विचार से मेरी उम्र क्या होगी?''

''बाइस बरस।''

''बिलकुल ठीक, लेकिन तुम नहीं जानते कि दस बरस की उम्र में मुझे प्रेम के अर्थ मालूम थे। अर्थ क्या हुए जी, खुदा की कसम प्रेम करती थी।

दस से लेकर सोलह बरस तक मैं एक खतरनाक प्रेम में बंधी रही हूं। मेरे दिल में अब क्या खाक किसी की मुहब्बत पैदा होगी...।'' यह कहकर उसने मेरे आश्चर्यचकित चेहरे की ओर देखा और उसी निराश भाव से कहा, ''तुम भी कभी नहीं मानोगे, चाहे मैं तुम्हारे सामने अपना दिल निकालकर ही क्यों न रख दूं, फिर भी तुम यकीन नहीं करोगे। मैं अच्छी तरह जानती हूं।

भई खुदा की कसम, वह मर जाए जो तुमसे झूठ बोले। मेरे दिल में अब किसी की मुहब्बत पैदा नहीं हो सकती। लेकिन इतना जरूर है कि...।'' यह कहते-कहते वह एकदम रुक गई।

मैंने उससे कुछ न कहा, क्योंकि वह भारी चिंता में डूब गई थी। वह शायद सोच रही थी कि 'इतना जरूर' क्या है?

थोड़ी देर के बाद उसके पतले होंठों पर वही हल्की अर्थपूर्ण मुस्कराहट आई, जिससे उसके चेहरे की गंभीरता में थोड़ी-सी बुद्धिमानी भरी शरारत पैदा हो जाती थी। सोफे पर से एक झटके के साथ उठकर उसने कहना शुरू किया, ''मैं इतना जरूर कह सकती हूं, कि यह मुहब्बत नहीं है। कोई और बात हो तो मैं कह नहीं सकती। सादिक, मैं तुम्हें यकीन दिलाती हूं।''

मैंने तुरंत ही कहा, ''यानी तुम अपने आपको यकीन दिलाती हो?''

वह जल गई, ''तुम बहुत कमीने हो। कहने का एक ढंग होता है। आखिर तुम्हें यकीन दिलाने की मुझे जरूरत ही क्या पड़ी है। मैं अपने आपको यकीन दिला रही हूं। लेकिन परेशानी यह है कि आ नहीं रहा। क्या तुम मेरी मदद नहीं कर सकते?''

यह कहकर वह मेरे पास बैठ गई और दाएं हाथ की उंगलियां पकड़कर मुझसे पूछने लगी, 'राजकिशोर के बारे में तुम्हारा क्या विचार है? मेरा मतलब है कि तुम्हारे विचार के अनुसार राजकिशोर में वह कौन-सी चीज है जो मुझे पसंद आई है?'

उंगलियां छोड़कर उसने एक-एक करके दूसरी उंगलियां पकड़नी शुरू कीं, ''मुझे उसकी बातें पसंद नहीं, मुझे उसकी एक्टिंग पसंद नहीं, मुझे उसकी डायरी पसंद नहीं। न जाने आज क्या खुराफात सुना रहा था।'' कहते-कहते ही तंग आकर वह उठ खड़ी हुई, ''समझ में नहीं आता कि मुझे क्या हो गया है। बस केवल यह जी चाहता है कि एक शोर हो, बिल्लियों की लड़ाई की तरह शोर मजे, धूल उड़े और मैं पसीना-पसीना हो जाऊं।'' फिर एकदम वह मेरी ओर पलटी, ''सादिक, तुम्हारा क्या ख्याल है। मैं कैसी स्त्री हूं?''

मैंने मुस्कराकर जवाब दिया, ''बिल्लियां और औरतें हमेशा मेरी समझ में अच्छी रही हैं।''

उसने एकदम पूछा, ''क्यों?''

मैंने थोड़ी देर सोचकर जवाब दिया, ''हमारे घर में एक बिल्ली रहती थी। साल में एक बार उस पर रोने के दौरे पड़ते थे। उसका रोना-धोना सुनकर कहीं से एक बिलौटा आ जाया करता था। फिर उन लोगों में इतनी लड़ाई और खून-खराबा होता था कि इलामां.....। लेकिन उसके बाद वह खाला बिल्ली बच्चों की मां बन जाया करती थी।''

नीलम का मानो मुंह का स्वाद खराब हो गया, ''यू, तुम कितने गंदे हो।'' फिर थोड़ी देर के बाद इलायची से मुंह का स्वाद ठीक करने के बाद उसने कहा, ''मुझे औलाद से नफरत है। खैर, हटाओ जी इस किस्से को।''

यह कहकर नीलम ने पानदान खोलकर अपनी पतली उंगलियों से मेरे लिए पान लगाना शुरू कर दिया। चांदी की छोटी-छोटी कुलियों में से उसने बड़ी सफाई से चमची के साथ चूना और कत्था निकालकर फेले हुए पान पर लगाया और गिलौरी बनाकर मुझे दी, ''सादिक, तुम्हारा क्या विचार है?''

यह कहकर वह चुप हो गई।

मैंने पूछा, ''किस बारे में?''

उसने सरौते से भुनी हुई छालियां काटते हुए कहा, ''इसी बकवास के बारे में जो बेकार में शुरू हो गई है। यह बकवास नहीं तो क्या है, यानी मेरी समझ में तो कुछ आता ही नहीं। खुद ही फाड़ती हूं और खुद ही सीती हूं। यदि यह बकवास इसी तरह जारी रही तो न जाने क्या होगा...? तुम नहीं जानते हो, मैं बहुत जबरदस्त औरत हूं।''

''जबरदस्त से तुम्हारा क्या मतलब है?''

नीलम के होंठों पर वही हल्की अर्थपूर्ण मुस्कान आ गई, ''तुम बड़े बेशर्म हो। सब कुछ समझते हो, लेकिन बारीक-बारीक चुटकियां लेकर मुझे उकसाओगे जरूर....।'' यह कहते हुए उसकी आंखों की सफेदी गुलाबी रंग में बदल गई, ''तुम समझते क्यों नहीं कि मैं बहुत.... गरम मिज़ाज की औरत हूं।'' यह कहकर वह उठ खड़ी हुई, ''अब तुम जाओ, मैं नहाना चाहती हूं।''

मैं चला आया। इसके बाद बहुत दिनों तक नीलम ने राजकिशोर के बारे में मुझसे कुछ न कहा। लेकिन उस बीच हम दोनों एक दूसरे के विचारों से परिचित थे। वह जो कुछ सोचती थी, मुझे मालूम हो जाता था और मैं जो कुछ सोचता था, उसे मालूम हो जाता था। कई दिनों तक यही मौन विनिमय जारी रहा। एक दिन डायरेक्टर कृपलानी, जो 'वन की सुंदरी' बना रहा था, हीरोइन का रिहर्सल सुन रहा था। हम सब म्यूज़िक रूम में जमा थे। नीलम एक कुर्सी पर बैठी अपने पांव की गति से धीमे-धीमे ताल

दे रही थी। एक बाजारू किस्म का गाना था, लेकिन धुन अच्छी थी। जब रिहर्सल खत्म हुई तो राजकिशोर कंधे पर खादी का थैला रखे कमरे में घुसा।

डायरेक्टर कृपलानी, म्यूजिक डायरेक्ट घोष और साउंड रिकॉर्डिस्ट पी.एन. बोधा– इन सबको उसने अंग्रेज़ी में आदाब किया। हीरोइन मिस ईदनबाई को हाथ जोड़कर नमस्कार किया और कहा, ''ईदन बहन, कल मैंने आपको क्राफर्ड मार्किट में देखा, मैं तब आपकी भाभी के लिए मौसंबियां खरीद रहा था कि आपकी मोटर नजर आई...।'' हिलते-हिलते उसकी नजरें नीलम पर पड़ीं, जो पियानो के पास एक ऊंची कुर्सी में धंसी हुई थी। एकदम उसके हाथ नमस्कार के लिए उठे।

यह देखते ही नीलम उठ खड़ी हुई, ''राज साहब, मुझे बहन न कहिएगा।'' नीलम ने यह बात इस ढंग से कही कि म्यूजिक रूम में बैठे सभी आदमी एक क्षण के लिए स्तब्ध रह गए।

राजकिशोर खिसियाना-सा रह गया और केवल इतना कह सका, ''क्यों?''

नीलम जवाब दिए बिना बाहर निकल गई। तीसरे दिन मैं नागपाड़े में दोपहर के समय श्यामलाल पनवाड़ी की दुकान पर गया तो वहां उसी घटना के बारे में चर्चाएं हो रही थीं।

श्यामलाल बड़े मजेदार तरीके से कह रहा था, ''साली का अपना मन मैला होगा, नहीं तो राज भाई किसी को बहन कहे और वह बुरा माने? कुछ भी हो, उसकी इच्छा कभी पूरी नहीं होगी। राज भाई लंगोट का बहुत पक्का है।'' मैं राज भाई के लंगोट से बहुत तंग आ गया था, लेकिन मैंने श्यामलाल से कुछ न कहा और चुप बैठा उसकी और उसके मित्र ग्राहकों की बातें सुनता रहा, जिनमें गप बहुत ज्यादा और असलियत बहुत कम थी।

स्टूडियो के उस म्यूजिक रूम की घटना का सबको पता था कि तीन रोज से बातचीत का विषय केवल यही चीज बन रही थी कि राजकिशोर को मिस नीलम ने क्यों एकदम बहन कहने से मना किया। मैंने राजकिशोर से इस बारे में कुछ नहीं सुना, लेकिन उसके एक मित्र से मालूम हुआ कि उसने अपनी डायरी में उस पर बहुत ही मजेदार रिमार्क लिखा है और प्रार्थना की है कि मिस नीलम का दिल-ओ-दिमाग पाक-साफ हो जाए।

इस घटना को कई दिन गुजर गए, लेकिन कोई और विशेष बात न हुई। नीलम पहले से कुछ ज्यादा गंभीर हो गई थी और राजकिशोर के कुरते के बटन अब हर समय खुले रहते थे, जिससे उसकी सफेद और उभरी हुई छाती के काले बाल बाहर झांकते रहते थे। चूंकि एक-दो रोज से बारिश

नहीं हुई थी और 'वन की सुंदरी' का चौथे सेट का रंग सूख गया था, इसलिए डायरेक्टर कृपलानी ने नोटिस बोर्ड पर शूटिंग का ऐलान कर दिया। वह सीन जो अब लिया जाने वाला था, नीलम और राजकिशोर के बीच था अर्थात् दोनों को भाग लेना था। चूंकि मैंने ही उसके संवाद लिखे थे, इसलिए मुझे मालूम था कि राजकिशोर बातें करते-करते नीलम का हाथ चूमेगा। इस सीन में चूमने की बिलकुल गुंजाइश नहीं थी। लेकिन चूंकि जनता को उकसाने के लिए आमतौर पर फिल्मों में स्त्रियों को ऐसी वेशभूषा पहनाई जाती है, जो उनकी भावनाओं को भड़काए, इसलिए डायरेक्टर कृपलानी ने पुराने नुस्खे के अनुसार चुंबन का यह टच रखा था।

जब शूटिंग शुरू हुई तो मैं धड़कते दिल के साथ सेट पर मौजूद था। राजकिशोर और नीलम का हाल क्या होगा, इस विचार से ही मेरे दिल में सनसनी की एक लहर दौड़ जाती थी। किंतु सारा सीन पूरा हो गया और कुछ न हुआ। हर संवाद के बाद एक थका देने वाली मनहूसियत के साथ आकाशदीप जलते और बुझते जाते, स्टार्ट और कट की आवाज़ें गरजतीं और जब शाम को सीन के क्लाईमेक्स का समय आया तो राजकिशोर ने बड़ी भावुकता से नीलम का हाथ पकड़ा, लेकिन केमरे की ओर पीठ करके अपना हाथ चूमा और अलग कर दिया।

मेरा ख्याल था कि नीलम अपना हाथ खींचकर राजकिशोर के मुंह पर ऐसा चांटा जड़ेगी कि रिकॉर्डिंग रूम में पी.एन. बोधा के कानों के पर्दे फट जाएंगे लेकिन इसके विरुद्ध नीलम के पतले होंठों पर एक नीरस मुस्कान दिखाई दी, जिसमें स्त्री की कोमल भावनाओं का कोई चिह्न नाममात्र भी नहीं था।

मुझे भारी निराशा हुई थी। लेकिन मैंने उसका जिक्र नीलम से नहीं किया। दो-तीन दिन गुजर गए और जब उसने भी उस बारे में मुझसे कुछ न कहा तो मैंने यह नतीजा निकाला कि उसे उस हाथ घूमने वाली बात की गंभीरता का ज्ञान नहीं था, वरना यों कहना चाहिए कि उसके बेफिक्र दिमाग में उसका ख्याल तक नहीं आया था और उसकी वजह सिर्फ यह हो सकती थी कि वह उस वक्त राजकिशोर की जुबान से जो औरत को बहन कहने का आदी था, प्रेमालाप सुन रही थी।

नीलम का हाथ चूमने के बजाए राजकिशोर ने अपना हाथ क्यों चूमा था, क्या उसने बदला लिया था, क्या उसने स्त्री को अपमानित करने की कोशिश की थी– ऐसे कई प्रश्न मेरे दिमाग में पैदा हुए, लेकिन कोई जवाब न मिला।

चौथे दिन जब मैं अपनी आदत के अनुसार नागपाड़े में श्यामलाल की दुकान पर गया तो उसने मुझसे शिकायत भरे लहजे में कहा, ''मंटो साहब,

आप तो हमें अपनी कंपनी की कोई बात सुनाते ही नहीं। आप बताना नहीं चाहते या फिर आपको कुछ मालूम नहीं होता। पता है राज भाई ने क्या किया?''

इसके बाद उसने अपने तरीके से वह कहानी कहनी शुरू की कि 'वन की सुंदरी' में एक सीन था, जिसमें डायरेक्टर साहब ने राज भाई को मिस नीलम का मुंह चूमने का ऑर्डर दिया था।

इस पर राज भाई ने कहा, ''ना साहब, मैं ऐसा काम कभी नहीं करूंगा। मेरी अपनी पत्नी है। इस गंदी औरत का मुंह चूमकर क्या मैं उसके अपवित्र होंठों से अपने होंठ मिला सकूंगा। बस साहब, तुरंत डायरेक्टर साहब को सीन बदलना पड़ा और राज भाई ने भी कच्ची गोलियां नहीं खेलीं। जब वक्त आया तो उसने इस सफाई से अपना हाथ चूमा कि देखने वालों को यही मालूम हुआ कि उस साली का हाथ चूमा है।''

मैंने उस बातचीत का जिक्र नीलम से नहीं किया, इसलिए कि जब वह सारे किस्से से ही बेख़बर थी तो उसे व्यर्थ दुःखी करने से क्या लाभ।

बंबई में मलेरिया आमतौर से फेल जाता है। मालूम नहीं कौन-सा महीना था और कौन-सी तारीख थी। केवल इतना याद है कि 'वन की सुंदरी' का पांचवां सेट लग रहा था और बारिश बड़े जोरों पर थी कि नीलम अचानक बहुत तेज बुखार में घिर गई। चूंकि मुझे स्टूडियो में कोई काम नहीं था, इसलिए मैं घंटों उसकी तीमारदारी करता रहा। मलेरिया ने उसके चेहरे के सांवलेपन में एक अजीब किस्म का दुःखदायी पीलापन पैदा कर दिया था। उसकी आंखों और उसके पतले होंठों के कोनों में जिनमें अवर्णनीय मुस्कुराहट खेलती थी, अब उसमें बेबसी की झलक दिखाई देती थी।

कुनेन की टिकियों से उसका शरीर काफी कमजोर हो गया था, इसलिए उसे अपनी कमजोर आवाज को जोर लगाकर ऊंचा उठाना पड़ता था। उसका विचार था कि शायद उसके कान भी खराब हो गए हैं।

एक दिन जब उसका बुखार बिलकुल दूर हो गया और वह बिस्तर पर लेटी नम्र स्वर में ईदन बाई की बीमारी में सहायक होने का धन्यवाद दे रही थी, तभी नीचे से मोटर के हॉर्न की आवाज आई। मैंने देखा कि वह आवाज सुनकर नीलम के बदन पर एक ठंडी फुरफुरी-सी दौड़ गई।

थोड़ी देर बार कमरे का सागौनी दरवाजा खुला और राजकिशोर खादी के सफेद कुरते और तंग पायजामे में अपनी पुरानी किस्म की बीवी के साथ कमरे में घुसा। ईदन बाई को ईदन बहन कहकर उसने सलाम किया। मेरे साथ हाथ मिलाया और अपनी बीवी की, जो तीखे-तीखे कट वाली घरेलू किस्म की स्त्री थी, हम सबसे परिचित कराकर वह नीलम के पलंग

मंटो की इक्कीस कहानियां

पर बैठ गया। कुछ क्षणों तक वह यों ही मुस्कराता रहा, फिर उसने नीलम की ओर देखा और पहली बार उसकी धुली हुई आंखों में एक भारी भावुकता का बेड़ा तैरता हुआ दिखा।

मैं अभी पूरी तरह संभल ही न पाया था कि उसने क्षमा-याचना के भाव से कहना शुरू किया, ''मैं बहुत दिनों से इरादा कर रहा था कि आपकी बीमारी की हालत देखने आऊं, लेकिन इस कमबख्त मोटर का इंजन कुछ ऐसा खराब हुआ कि दस दिन कारखाने में पड़ी रही। आज आई तो मैंने शांति (अपनी बीवी की ओर इशारा करते हुए) से कहा, भई चलो, इसी वक्त उठो। रसोई का काम कोई और कर लेगा। आज इत्तफाक से रक्षाबंधन का त्योहार भी है। नीलम बहन की कुशलता भी पूछ आएंगे और उनसे राखी भी बंधवा आएंगे।''

यह कहकर उसने अपनी खादी के कुरते से एक रेशमी फुंदने वाला गजरा निकाला। नीलम के चेहरे पर पीलापन और ज्यादा दुःखदायी हो गया।

राजकिशोर जान-बूझकर नीलम की ओर नहीं देख रहा था, इसलिए उसने ईदन बाई से कहा, ''लेकिन ऐसे नहीं, खुशी का मौका है, बहन बीमार बन राखी नहीं बांधेगी। शांति, चलो उठो। इनको लिपस्टिक आदि लगाओ। मेकअप बक्स कहां है?''

सामने मेंटल पीस पर नीलम का मेकअप बक्स पड़ा था। राजकिशोर ने लंबे-लंबे पग उठाए और उसे ले आया। नीलम चुप थी। उसके पतले होंठ भिंच गए थे, जैसे वह अपनी चीख बड़ी मुश्किल से रोक रही थी।

जब शांति ने पतिव्रता स्त्री की भांति उठकर नीलम का मेकअप करना चाहा तो उसने कोई प्रतिवाद न किया। ईदन बाई ने एक बेजान लाश को सहारा देकर उठाया और जब शांति ने बहुत ही बेढंगेपन से होंठों पर लिपस्टिक लगाना शुरू किया तो वह मेरी ओर देखकर मुस्कराई। नीलम की वह मुस्कराहट एक चीख थी।

मेरा ख्याल था, नहीं मुझे यकीन था कि एकदम कुछ होगा... नीलम के भिंचे हुए होंठ एक धमाके के साथ बंद हो गए और जिस तरह बरसात में पहाड़ी नाले बड़े-बड़े मजबूत बंध तोड़कर दीवानों की तरह आगे बढ़ जाते हैं, उसी तरह नीलम अपनी रुकी हुई भावुकता से तूफानी बहाव में हम सबके कदम उखाड़कर खुदा जाने किन गहराइयों में धकेल ले जाएगी लेकिन आश्चर्य है कि वह बिलकुल चुप रही। उसके चेहरे का दुखदायी पीलापन गजरे और लाली के ढेर में छिपता रहा और वह पत्थर की मूर्ति की भांति बेबस बनी रही। अंत में जब मेकअप पूरा हो गया तो उसने राजकिशोर से आश्चर्यजनक रूप से दृढ़तापूर्वक कहा, ''लाइए, अब मैं

राखी बांध दूं।''

रेशमी फुंदनों वाला गजरा थोड़ी देर में राजकिशोर की कलाई में था और नीलम, जिसके हाथ कांपने चाहिए थे, बड़े धैर्य और शांति के साथ उसमें गांठ दे रही थी।

इस कार्य के बीच में एक बार फिर मुझे राजकिशोर की धुली हुई आंखों में एक कोमल भावुकता की झलक नजर आई, जो तुरंत ही उसकी हंसी में गायब हो गई। राजकिशोर ने एक लिफाफे में रीति के अनुसार नीलम को कुछ रुपए दिए, जो उसने धन्यवाद देकर अपने तकिये के नीचे रख लिए।

जब वे लोग चले गए और मैं और नीलम अकेले रह गए तो उसने मुझ पर एक उजड़ी-सी निगाह डाली, फिर तकिए पर सिर रखकर चुपचाप लेट गई। पलंग पर राजकिशोर अपना थैला भूल गया था। जब नीलम ने उसे देखा तो पांव से एक ओर रख दिया।

मैं लगभग दो घंटे तक उसके पास बैठा अखबार पढ़ता रहा। जब उसने कोई बात नहीं की तो मैं बिना अलविदा कहे वापिस चला आया।

इस घटना के तीन दिनों बाद मैं नागपाड़े में अपनी नौ रुपये माहवार की कोठरी में बैठा शेव कर रहा था और दूसरी कोठरी में रहने वाली अपनी साथिन मिसिज फरनेंडेस की गालियां सुन रहा था कि एकदम कोई अंदर आया। मैंने पलटकर देखा, वह नीलम थी।

एक क्षण के लिए मैंने सोचा कि नहीं कोई और है। उसके होंठों पर गहरे लाल रंग की लिपस्टिक कुछ इस तरह फैली हुई थी जैसे मुंह से खून निकलकर बहता रहा हो, जिसे पोंछा नहीं गया हो।

सिर का एक बाल भी सही हालत में नहीं था।

सफेद साड़ी की बूटियां उड़ी हुई थीं। ब्लाउज के तीन-चार हुक खुले हुए थे और उसकी सांवली छातियों पर खराशें नजर आ रही थीं।

नीलम को उस हालत में देखकर मुझसे यह पूछते न बना कि तुम्हें क्या हुआ है और मेरी कोठरी का पता लगाकर कैसे पहुंची हो।

पहला काम मैंने यह किया कि दरवाजा बंद कर दिया। जब मैं कुरसी खींच कर उसके पास बैठा तो उसने अपने लिपस्टिक से लिथड़े हुए होंठ खोले और कहा, ''मैं सीधी यहां आ रही हूं।''

मैंने धीमे से पूछा, ''कहां से?''

''अपने घर से... और मैं तुमसे यह कहने आई हूं कि अब वह जो बकवास शुरू हुई थी, खत्म हो गई है।''

''कैसे?''

"मुझे मालूम था कि वह फिर मकान पर आएगा। ऐसे वक्त आएगा जब और कोई नहीं होगा। और वह आया... अपना थैला लेने के लिए।" यह कहते हुए उसके पतले होंठों पर, जो लिपस्टिक ने बिलकुल बेशक्ल कर दिए थे, हल्की-सी अर्थपूर्ण मुस्कराहट आई।

"वह अपना थैला लेने आया था। मैंने कहा, चलिए दूसरे कमरे में पड़ा है। मेरा भाव शायद बदला हुआ था, क्योंकि वह कुछ घबरा-सा गया। मैंने कहा घबराइए नहीं। जब हम दूसरे कमरे में घुसे तो मैं थैला देने के बजाय ड्रेसिंग टेबल के सामने बैठ गई और मेकअप करना शुरू कर दिया।" इतना कहकर वह चुप हो गई। सामने मेरी टूटी हुई मेज पर शीशे के गिलास में पानी पड़ा था। उसे उठाकर नीलम गटागट चढ़ा गई।

फिर साड़ी के छोर से अपने होंठ पोंछकर उसने आगे बताना शुरू किया, "मैं एक घंटे तक मेकअप करती रही। जितनी लिपस्टिक होंठों पर थुप सकती थी, मैंने थोपी। जितनी लाली मेरी गालों पर चढ़ सकती थी, मैंने चढ़ाई। वह चुपचाप एक कोने में खड़ा-खड़ा मेरी शक्ल देखता रहा। जब मैं बिलकुल चुड़ैल बन गई तो मजबूत पैरों के साथ चलकर मैंने दरवाजा बंद कर दिया...।"

मैंने पूछा, "फिर क्या हुआ?"

अपने सवाल का जवाब पाने के लिए जब मैंने नीलम की ओर देखा तो वह मुझे बिलकुल दूसरी नजर आई। साड़ी से होंठ पोंछने के बाद उसके होंठों की रंगत कुछ अजीब-सी हो गई थी। उस समय तो वह चुड़ैल नजर नहीं आ रही थी, लेकिन जब उसने मेकअप किया होगा तो जरूर चुड़ैल दिखाई देती होगी।

मेरे सवाल का जवाब उसने तुरंत ही नहीं दिया। टाट की चारपाई से उठकर वह मेरी मेज पर बैठ गई और कहने लगी, "मैंने उसको झंझोड़ दिया... जंगली बिल्ली की तरह मैं उसके साथ चिपट गई। उसने मेरा मुंह नोचा, मैंने उसका.... बहुत देर तक हम दोनों एक दूसरे के साथ कुश्ती लड़ते रहे...। ओह, उसमें बला की ताकत थी... लेकिन... लेकिन... जैसा कि मैं तुमसे एक बार कह चुकी हूं...मैं बहुत जबर्दस्त औरत हूं... मेरी कमजोरी... मेरा शरीर तप रहा था। मेरी आंखों से चिंगारियां निकल रही थीं... मेरी हड्डियां कड़ी हो रही थीं। मैंने उसे पकड़ लिया। मैंने उससे बिल्लियों की तरह लड़ना शुरू किया... मुझे मालूम नहीं था क्यों... मुझे पता नहीं था किसलिए... बेसोचे-समझे उससे भिड़ गई। हम दोनों ने कोई भी ऐसी बात जुबान से न निकाली जिसका मतलब कोई दूसरा समझ सके... मैं चीखती रही... वह केवल हूं-हूं करता रहा... उसके सफेद खादी के कुर्ते

की कई बोटियां मैंने इन उंगलियों से नोचीं... उसने मेरे बाल... कई लटें जड़ से निकाल डालीं... उसने अपनी सारी ताकत खर्च कर दी। लेकिन मैंने इरादा कर लिया था कि जीत मेरी ही होगी... वह कालीन पर मुर्दे की तरह लेटा था... और मैं इतनी हांफ रही थी, ऐसा लगता था कि मेरी सांस एकदम रुक जाएगी... इतना हांफते हुए भी मैंने उसके कुरते को तार-तार कर दिया। उस समय जब मैंने उसका चौड़ा-चकला सीना देखा तो मुझे मालूम हुआ कि वह बकवास क्या थी... वही बकवास जिसके बारे में हम दोनों सोचते थे और कुछ समझ नहीं पाते थे....।''

यह कहकर वह तेजी से उठ खड़ी हुई और अपने बिखरे हुए बालों को एक ओर हटाकर कहने लगी, ''सादिक, कमबख्त का शरीर वाकई खूबसूरत है। जाने मुझे क्या हुआ, एकदम मैं उस पर झुकी और उसे काटना शुरू कर दिया और वह सी-सी करता रहा। लेकिन जब मैंने उसके होंठों से अपने लहू-भरे होंठ लगाए और उसे एक खतरनाक चुंबन दिया तो वह फल बेचने वाली औरत की तरह ठंडा हो गया और मैं उठ खड़ी हुई। मुझे उससे घिन महसूस होने लगी। मैंने पूरी ऊंचाई से उसकी तरफ नीचे देखा, उसके सुंदर शरीर पर मेरे खून और लिपस्टिक की लाली ने बहुत बुरे बेल-बूटे बना दिए थे। मैंने अपने कमरे पर नजर फिराई तो हर चीज बनावटी नजर आई। मैंने जल्दी से दरवाजा खोला कि कहीं मेरा दम न घुट जाए और सीधी तुम्हारे पास चली आई।''

यह कहकर वह चुप हो गई, मुर्दे की तरह चुप। मैं डर गया। उसका एक हाथ तो चारपाई से नीचे लटक रहा था, मैंने छुआ, वह आग की तरह गर्म था।

''नीलम....नीलम....।''

मैंने कई बार उसे जोर से पुकारा, लेकिन उसने कोई जवाब न दिया। आख़िर मैंने जब बहुत जोर से भयानक आवाज में ''नीलम'' कहा तो वह चौंकी और उठकर जाते हुए उसने केवल यह कहा, ''सआदत, मेरा नाम राधा है।''

मंटो की इक्कीस कहानियां

12

खाली बोतलें, खाली डिब्बे

मैं इस बात को लेकर आज भी हैरान हूं कि कुंवारे मर्दों को खाली बोतलों और खाली डिब्बों में इतनी दिलचस्पी क्यों होती है? मर्दों से मेरा मतलब उन मर्दों से है, जो आमतौर पर शादी के मामले में कोई दिलचस्पी नहीं रखते।

इस किस्म के कई मर्द सनकी और अजीब-ओ-गरीब आदतों वाले भी होते हैं। लेकिन यह बात समझ में नहीं आती कि उन्हें खाली बोतलों और डिब्बों से इतना प्यार क्यों होता है? ऐसे मर्दों का परिंदे और जानवर पालना तो समझ में आता है कि तन्हाई में कोई तो साथी होना चाहिए, लेकिन खाली बोतलें और खाली डिब्बे भला इनकी क्या दिलजोई कर सकते हैं।

सनक और ऊल-जलूल आदतों की वजह ढूंढना कोई मुश्किल नहीं है। उसके लिए तो बड़ी आसानी से यह कहा जा सकता है कि कुदरती ख्वाहिशों की खिलाफत ऐसे बिगाड़ पैदा कर सकती है, लेकिन इसकी मनोवैज्ञानिक बारीकियों में जाना अलबत्ता ख़ासी मशक्कत की मांग करता है।

मेरे एक अजीज हैं। उम्र है पचास के आस-पास। कबूतर और कुत्ते पालने का शौक है। इन पर एक नहीं, कई खब्त हरदम सवारी गांठती हैं। यह साहिबान बाजार से हर रोज दूध की बालाई खरीद लाते हैं। चूल्हे पर रखकर उसका रोगन निकालते हैं कि और इस रोगन में अपने लिए अलग से सालन तैयार करते हैं। इनका ख्याल है कि इस तरह खालिस घी तैयार होता है। पानी पीने के लिए अपना घड़ा अलग रखते हैं। उसके मुंह पर हमेशा मलमल का टुकड़ा बंधा रहता है ताकि कोई कीड़ा-मकोड़ा अंदर न चला जाए मगर हवा बराबर दाखिल होती रहे। पाखाना जाते वक्त सब कपड़े उतारकर एक छोटा-सा तौलिया बांध लेते हैं और लकड़ी की खड़ाऊं

पहन लेते हैं। अब कौन इनकी बालाई के रोगन, घड़े का पानी, मलमल का टुकड़ा, अंग के तौलिए और लकड़ी की खड़ाऊं के मनोवैज्ञानिक विश्वास को हल करने बैठे?

मेरे एक कुंवारे दोस्त हैं। देखने में बड़े ही नॉर्मल इंसान। हाईकोर्ट में रीडर हैं। इन्हें हर जगह से हर वक्त बदबू आती रहती है। चुनांचे उनका रूमाल हमेशा उनकी नाम से चिपका रहता है। इन्हें खरगोश पालने का शौक है।

एक और कुंवारे हैं। उन्हें जब मौका मिले, नमाज़ पढ़ना शुरू कर देते हैं। लेकिन इसके बावजूद उनका दिमाग बिलकुल सही है। दुनिया की सियासत में नजर बहुत गहरी है। तोतों को बातें सिखाने में महारत रखते हैं।

मिलिटरी के एक मेज़र हैं– बड़ी उम्र के और दौलतमंद। मेज़र साहब को हुक्के जमा करने का शौक है। गुड़गुड़िया, पेचवान, चमोड़े, मतलब कि हर किस्म का हुक्का उनके पास मौजूद है। मेज़र कई मकानों के मालिक हैं, लेकिन रहते हैं होटलों में एक कमरा किराये पर लेकर। बटेरें आपकी जान हैं।

एक कर्नल साहब हैं रिटायर्ड। बहुत बड़ी कोठी में अकेले दस-बारह छोटे-बड़े कुत्तों के साथ रहते हैं। हर ब्रांड की ह्विस्की इनके यहां मौजूद रहती है। हर रोज शाम को चार पेग पीते हैं और अपने साथ किसी-न-किसी लाड़ले कुत्ते को भी पिलाते हैं।

मैंने अब तक जितने विवाह-विमुखों का जिक्र किया है, इन सबमें एक समानता है। ये सभी खाली बोतलों और डिब्बों को जमा करने में थोड़ी-बहुत दिलचस्पी रखते हैं।

दूध की बालाई से खालिस घी तैयार करने वाले मेरे अजीज घर में जब कोई खाली बोतल देखते हैं तो उसे धो-धाकर अपनी अलमारी में सजा देते हैं ताकि जरूरत के वक्त काम आए।

हाईकोर्ट के रीडर, जिनको हर जगह हर वक्त बू आती रहती है, सिर्फ ऐसी बोतलें और डिब्बे जमा करते हैं जिनके बारे में वह पूरी तसल्ली कर लेते हैं कि अब उनसे बू आने की कोई गुंजाइश नहीं है।

जब मौका मिले, नमाज़ पढ़ने वाले खाली बोतलें आबदस्त के लिए और टीन के खाली डिब्बे वजू के लिए दर्जनों की तादाद में जमा रखते हैं। उनके ख्याल के मुताबिक ये दोनों चीजें सस्ती और पाकीजा रहती हैं।

किस्म-किस्म के हुक्के जमा करने वाले मेज़र साहब खाली बोतलें और खाली डिब्बे जमा करके बेचने का शौक रखते हैं।

अलबत्ता रिटायर्ड कर्नल साहब को सिर्फ व्हिस्की की खाली बोतलें जमा करने का शौक है। आप कर्नल साहब के घर जाएं, तो एक छोटे साफ-सुथरे कमरे में कई शीशे की अलमारियों में आपको व्हिस्की की खाली बोतलें सजी हुई नजर आएंगी। पुराने-से-पुराने ब्रांड की व्हिस्की की खाली बोतल भी आपको उनके इस नायाब खजाने में मिल जाएगी। जिस तरह लोगों को टिकट और सिक्के जमा करने का शौक होता है, उसी तरह उनको व्हिस्की की खाली बोतलें जमा करने और उनकी नुमाइश करने का शौक है।

मेरी जानकारी में कर्नल साहब का कोई अजीज रिश्तेदार नहीं है। दुनिया में एकदम अकेले हैं। अलबत्ता दस-बारह कुत्तों की सोहबत में हरदम रहने से उन्हें अकेलापन महसूस नहीं होता। कुत्तों की देखभाल वह उसी तरह करते हैं, जिस तरह कोई भी स्नेही बाप अपनी औलाद की करता है। यों तो उनका सारा दिन इन्हीं पालतू गैरइंसानों के साथ गुजर जाता है, फिर भी जब कभी फुरसत में होते हैं तब अलमारियों में रखी अपनी चहेती बोतलें संवारने लगते हैं।

आप कह सकते हैं कि खाली बोतलें तो ठीक, ये खाली डिब्बे क्यों साथ लगा दिए हैं? क्या यह जरूरी है कि तन्हाई पसंद मर्दों को खाली बोतलों के साथ-साथ खाली डिब्बों में भी दिलचस्पी हो? फिर डिब्बे और बोतलें, सिर्फ खाली क्यों? भरी हुई क्यों नहीं?

मैं आपसे शायद पहले भी अर्ज कर चुका हूं कि मैं खुद इस तुक पर हैरान हूं। यह और इस किस्म के दूसरे बहुत से सवाल अक्सर मेरे दिमाग में भी पैदा होते रहते हैं, लेकिन कोशिश करने पर भी मैं उनका जवाब नहीं तलाश पाता।

खाली बोतलें और खाली डिब्बे खालीपन की निशानी हैं। चूंकि तन्हाई पसंद मर्दों की जिंदगी में भी एक स्थायी खालीपन होता है, इसीलिए हो सकता है, इन्हें ये अपने समान लगती हों, सो वे इन्हें इतना पसंद करते हों। फिर यह सवाल पैदा होता हो कि क्या वे अपने खालीपन को एक अन्य खालीपन से पूरा करते हैं?

कुत्तों, बिल्लियों, खरगोशों और बंदरों के बारे में आदमी समझ सकता है कि वे खाली जिंदगी का खालीपन एक हद तक भर सकते हैं। दिल बहला सकते हैं। नाज़-नखरे कर सकते हैं। दिलचस्प कामों के लायक हो सकते हैं। प्यार का जवाब भी दे सकते हैं। लेकिन खाली बोतलें और डिब्बे दिलचस्पी का क्या सामान पेश कर सकते हैं?

बहुत संभव है आपको आगे बयान की जा रही घटनाओं में इन सवालों का जवाब मिल जाए।

दस वर्ष पहले जब मैं बंबई गया तो वहां एक मशहूर फिल्म कंपनी की एक फिल्म लगभग बीस हफ्तों से चल रही थी। हीरोइन पुरानी थी, लेकिन हीरो नया था, जो इश्तहारों में छपी हुई तस्वीरों में नौजवान दिखाई देता था।

अखबारों में उसकी एक्टिंग की तारीफ पढ़ी तो मैंने वह फिल्म देखी। फिल्म अच्छी-खासी थी। कहानी ध्यान खींचने वाली थी। उस नए हीरो का काम भी इस लिहाज़ से तारीफ़ के काबिल था कि उसने पहली बार केमरे का सामना किया था।

पर्दे पर किसी एक्टर या एक्ट्रेस की उम्र का अंदाज़ा लगाना आमतौर पर मुश्किल होता है क्योंकि मेकअप जवान को बूढ़ा और बूढ़े को जवान बना देता है। लेकिन यह नया हीरो नौजवान था। कॉलेज-छात्र की तरह तरोताज़ा और चाक-चौबंद। वह खूबसूरत तो नहीं था, फिर भी उसके गठे हुए जिस्म का हर अंग अपनी जगह दुरुस्त और वाजिब था।

इस फ़िल्म के बाद उस एक्टर की मैंने कई अन्य फिल्में देखीं। अब वह मंज गया था। चेहरे के लड़कपन और बच्चों जैसे भोलेपन की जगह उम्र और तजुर्बे के हाव-भाव ने ले ली थी। उसकी गिनती अब चोटी के कलाकारों में होने लगी थी।

फ़िल्मी दुनिया में स्कंडल आम होते हैं। आए दिन सुनने में आता है कि फलां एक्टर का फलां एक्ट्रेस के साथ संबंध हो गया है। फलां एक्ट्रेस फलां एक्टर को छोड़कर फलां डायरेक्टर के पहलू में चली गई है। लगभग हर एक्टर और एक्ट्रेस के साथ कोई-न-कोई रोमांस जल्दी या देर से लिपट जाता है। लेकिन इस हीरो की जिंदगी, जिसका मैं जिक्र कर रहा हूं, इन बखेड़ों से पाक थी।

नतीजा यह था कि अखबारों में इसकी चर्चा नदारद रहती थी। भूले से भी किसी रिसाले ने यह इजहार नहीं किया था कि फिल्मी दुनिया में रहकर भी रामस्वरूप की जिंदगी जिस्मानी कामनाओं से पाक है। सच पूछिए तो इस बारे में मैंने भी कभी गौर नहीं किया था। इसलिए कि मुझे एक्टर और एक्ट्रेसों की निजी जिंदगी में कोई दिलचस्पी नहीं थी। फिल्म भर देखी, फिल्म के विषय में अच्छी या बुरी राय कायम की और बस।

जब रामस्वरूप से मेरी मुलाकात हुई तो मुझे उसके बारे में बहुत ही दिलचस्प बातें मालूम हुईं। यह मुलाकात उसकी पहली फिल्म देखने के आठ साल बाद हुई थी।

शुरू-शुरू में तो वह बंबई से बहुत दूर एक गांव में रहता था। फिर फिल्मी सरगरमियां बढ़ीं तो उसने शिवाजी पार्क में समुद्र के किनारे एक

दरम्याना फ्लैट ले लिया। उससे मेरी मुलाकात उसके फ्लैट में हुई थी, जिसमें किचन सहित चार कमरे थे।

इस फ्लैट में रहने वाले परिवार में आठ प्राणी थे। खुद रामस्वरूप, उसका नौकर जो खानसामा का काम भी अंजाम देता था, तीन कुत्ते, दो बंदर और एक बिल्ली।

रामस्वरूप और उसका नौकर दोनों ही कुंवारे थे। तीन कुत्ते और एक बिल्ली के मुकाबले में न कोई कुतिया थी और न ही कोई बिल्ला। अलबत्ता इस परिवार में एक बंदर भी था और एक बंदरिया भी। दोनों ज्यादातर जाली वाले पिंजरों में बंद रहते थे।

इन आधा दर्जन गैरइंसानों से रामस्वरूप को बेइंतहा मुहब्बत थी। नौकर के साथ भी उसका सलूक बहुत अच्छा था, लेकिन उसमें भावनाओं का दखल बहुत कम था। लगे-बंधे काम थे, जो तयशुदा वक्त पर मशीन की-सी बेजान पाबंदी के साथ जैसे अपने आप हो जाते थे।

इसके अलावा ऐसा मालूम होता था जैसे रामस्वरूप ने अपने नौकर को अपनी जिंदगी के तमाम तौर-तरीकों के बारे में परचे में लिखकर दे दिए हों, जिन्हें नौकर ने बखूबी न केवल याद कर लिया हो, उन पर पूरी तरह अमल भी करता हो।

अगर रामस्वरूप कपड़े उतारकर निकर पहनने लगे तो नौकर फौरन तीन-चार सोडे और बर्फ के फ्लास्क शीशे वाली तिपाई पर रख देता था। इसका मतलब था कि साहब रम पीकर अपने कुत्तों के साथ खेलेंगे। इस दौरान जब किसी का टेलीफोन आएगा तो कह दिया जाएगा कि साहब घर पर नहीं हैं।

रम की बोतल या सिगरेट का डिब्बा जब खाली होगा तो उसे फेंका या बेचा नहीं जाएगा बल्कि एहतियात से उस कमरे में रख दिया जाएगा जहां खाली बोतलों और डिब्बों के अंबार लगे हैं।

कोई औरत मिलने के लिए आएगी तो उसे दरवाजे से ही यह कहकर वापिस कर दिया जाएगा कि रात साहब की शूटिंग थी, इसलिए सो रहे हैं। मुलाकात करने वाली शाम को या रात को आए तो उससे यह कहा जाता है कि साहब शूटिंग पर गए हैं।

रामस्वरूप का घर लगभग वैसा ही था, जैसा आमतौर पर अकेले रहने वाले कुंवारे मर्दों का होता है। यानी वह सलीका, करीना और रखरखाव गायब था; जो उन घरों में पाया जाता है जिनमें कुंवारे मर्द नहीं शादीशुदा जोड़े रहते हैं। सफाई थी लेकिन उसमें रूखापन था।

पहली बार जब मैं उसके फ्लैट में दाखिल हुआ तो मुझे यूं लगा जैसे मैं चिड़ियाघर के उस हिस्से में दाखिल हो गया हूं जो शेर, चीते और दूसरे गैरइंसानों के लिए तय किया होता है। इसकी वजह यह थी कि उसे फ्लैट में वैसी ही बू आ रही थी।

एक कमरा सोने का था, दूसरा बैठने का, तीसरा खाली बोतलों और डिब्बों का। उसमें रम की वे तमाम बोतलें और सिगरेट के वे तमाम डिब्बे मौजूद थे, जो रामस्वरूप ने पीकर खाली किए थे। कोई तरीका नहीं थी। बोतलों पर डिब्बे, डिब्बों पर बोतलें औंधी-सीधी पड़ी थीं। एक कोने में कतार है तो दूसरे कोने में अंबार। गर्द जमी हुई है और बासी तंबाकू और बासी रम की मिली-जुली तेज बू आ रही है।

मैंने जब पहली बार यह कमरा देखा तो बहुत हैरान हुआ। अनगिनत बोतलें और डिब्बे थे-सब खाली। मैंने रामस्वरूप से पूछा, 'क्यों भाई, यह क्या माजरा है?'

रामस्वरूप बोला, 'कौन-सा माजरा?'

मैंने कहा, 'यह कबाड़खाना।'

'जमा हो गया है' सिर्फ यह कहकर वह चुप हो गया।

मैंने सोचा इतना कूड़ा जमा होने में सात-आठ साल से कम समय तो नहीं ही लगा होगा। मेरा अंदाज़ा गलत निकला। मुझे बाद में मालूम हुआ कि उसका यह जखीरा दस साल में जमा हुआ था।

जब वह शिवाजी पार्क में रहने आया था, तो वे तमाम बोतलें उठवाकर अपने साथ ले आया था, जो उसके पुराने मकान में जमा हो चुकी थीं।

एक बार मैंने उससे कहा, 'रामस्वरूप, तुम ये बोतलें और डिब्बे बेच क्यों नहीं देते? मेरा मतलब है, अव्वल तो हाथों-हाथ बेचते रहना चाहिए। पर अब इतना अंबार जमा हो चुका है और जंग के कारण दाम भी अच्छे मिल सकते हैं, मैं समझता हूं कि तुम्हें यह कबाड़खाना उठवा देना चाहिए।'

उसने जवाब में सिर्फ इतना कहा, 'जाने भी दो यार, कौन हर बार कबाड़ी के साथ बक-बक करे।'

इस जवाब से तो यही जाहिर होता था कि उसे खाली बोतलों और डिब्बों से कोई दिलचस्पी नहीं है। लेकिन मुझे नौकर से मालूम हुआ कि अगर उस कमरे में कोई बोतल या डिब्बा इधर-का-उधर हो जाए तो वह तूफान मचा देता था।

रामस्वरूप को औरत में कतई दिलचस्पी नहीं थी। मैं और वह खासे बेतकल्लुफ हो आए थे। बातों-बातों में मैंने कई बार उससे जानना चाहा, 'क्यों भाई, शादी कब करोगे?'

उसकी तरफ से हर बार इस किस्म का जवाब मिला, 'शादी करके क्या करूंगा?'

मैंने सोचा वाकई रामस्वरूप शादी करके क्या करेगा? क्या वह अपनी बीवी को खाली बोतलों और डिब्बों वाले कमरे में बंद कर देगा या सब कपड़े उतारकर, निकर पहन कर, रम पीकर उसके साथ खेला करेगा?

मैं उससे शादी-ब्याह का जिक्र तो अक्सर करता था लेकिन बहुत कोशिशों के बावजूद उसे किसी औरत में रुचि लेते नहीं देख सका।

रामस्वरूप से मेल-मुलाकात हुए कई साल गुजर गए। इस दौरान कई बार मैंने यह अफवाह उड़ती सुनी कि उसे शीला नाम की एक एक्ट्रेस से इश्क हो गया है। मुझे इस अफवाह पर बिलकुल यकीन नहीं आया। अव्वल तो रामस्वरूप से ऐसी कोई उम्मीद ही नहीं थीं, दूसरे जरा-सी भी समझ-बूझ रखने वाले नौजवान तक को शीला से इश्क नहीं हो सकता था, क्योंकि वह इस कदर मुरझाई हुई थी कि दिल की मरीज मालूम होती थी।

शुरू-शुरू में जब वह एक-दो फिल्मों में आई थी तो किसी कदर काबिले बरदाश्त भी थी। लेकिन बाद में तो वह इतनी बेरौनक, बेनूर और बेरंग हो गई थी कि महज तीसरे दर्जे की फिल्मों तक सिकुड़कर रह गई थी।

मैंने सिर्फ एक बार शीला के बारे में रामस्वरूप से पूछा तो उसने मुस्कराकर कहा, 'मेरे लिए क्या वही रह गई थी?'

इसी दौरान उसका सबसे प्यारा कुत्ता स्टालिन निमोनिया का शिकार हो गया। रामस्वरूप ने दिन-रात पूरे मन से उसका इलाज करवाया लेकिन वह फिर से तंदुरुस्त होकर न जिया।

स्टालिन कुत्ते की मौत से रामस्वरूप को बहुत सदमा पहुंचा। कई दिन उसकी आंखें गम से नम रहीं। इसके बाद जब रामस्वरूप ने एक दिन बाकी कुत्ते किसी दोस्त को दे दिए तो मैंने ख्याल किया कि उसने स्टालिन की मौत के सदमे के कारण ऐसा किया है, वरना वह इनकी जुदाई कभी सहन नहीं करता।

कुछ समय बाद जब उसने बंदर और बंदरिया को भी विदा कर दिया तो मुझे खासी हैरत हुई। मैंने फिर सोचा कि उसका दिल अब किसी अन्य मौत का सदमा बरदाश्त नहीं करना चाहता।

अब वह निकर पहनकर रम पीते हुए सिर्फ अपनी बिल्ली नरगिस से खेलता था। वह भी उससे बहुत प्यार करने लगी थी, क्योंकि रामस्वरूप का सारा मनोरंजन अब नरगिस तक सीमित हो गया था।

अब उसके घर सड़ी-चीजों की बू नहीं आती थी। सफाई में कुछ सीमा तक नजर आने वाला सलीका और करीना भी पैदा हो चला था। उसके चेहरे पर हल्का-सा निखार आ गया था। यह सब कुछ इस कदर आहिस्ता-आहिस्ता हुआ था कि उसकी शुरूआत कैसे और किससे हुई— यह पता लगाना मुश्किल था।

दिन गुजरते गए। रामस्वरूप की ताजी फिल्म रिलीज हुई तो मैंने उसकी कलाकारी में नई ताजगी देखी। मैंने उसे बधाई दी तो वह मुस्कराया, 'लो हिव्स्की पियो।'

मैंने ताज्जुब से पूछा, 'हिव्स्की?'

हिव्स्की पर हैरानी की वजह यह थी कि मेरी जानकारी में तो रामस्वरूप सिर्फ रम पीने का आदी था।

पहली मुस्कराहट को होंठों में जरा सिकोड़ते हुए उसने जवाब दिया, 'रम पी-पीकर तंग आ गया हूं।'

मैंने उससे और कुछ नहीं पूछा।

अगले रोज शाम को जब उसके पास गया तो वह कमीज-पाजामा पहने रम नहीं हिव्स्की पी रहा था। देर तक हम ताश खेलते और हिव्स्की पीते रहे। इस दौरान मैंने नोट किया कि हिव्स्की का स्वाद उसकी जुबान और तालू पर ठीक नहीं बैठ रहा। घूंट भरने के बाद वह कुछ इस तरह मुंह बनाता था जैसे किसी बिना चखी चीज से उसका वास्ता पड़ा है।

चुनांचे मैंने उससे कहा, 'तुम्हारी तबियत हिव्स्की को कबूल नहीं कर रही?'

उसने मुस्कराकर जवाब दिया, 'आहिस्ता-आहिस्ता कबूल कर लेगी?'

रामस्वरूप का फ्लैट दूसरी मंजिल पर था। एक दिन मैं उधर से गुजर रहा था कि देखा नीचे गैराज के पास खाली बोतलों और डिब्बों के अंबार के अंबार पड़े हैं। सड़क पर दो छकड़े खड़े हैं, तीन-चार कबाड़ी उन छकड़ों में खाली बोतलों और डिब्बों को लाद रहे हैं। मेरी हैरानी की कोई सीमा न रही।

भला यह खजाना रामस्वरूप के अलावा और किसका हो सकता था? आप यकीन जानिए, उस खजाने को रामस्वरूप से जुदा होते देखकर मैंने अपने मन में एक अजीब किस्म का दर्द महसूस किया।

दौड़ा-दौड़ा ऊपर गया। घंटी बजाई। दरवाजा खुला। मैंने अंदर दाखिल होना चाहा तो नौकर ने, मेरे लिए तो पहली बार, यों आदतन, रास्ता रोकते हुए कहा, 'साहब रात शूटिंग पर गए थे। इस वक्त सो रहे हैं।' मैं हैरत और गुस्से से बौखला गया। कुछ बड़बड़ाया और लौट गया।

उसी शाम रामस्वरूप मेरे घर आया। उसके साथ शीला थी। नई बनारसी साड़ी में सजी हुई। रामस्वरूप ने उसकी तरफ इशारा करके मुझसे कहा, 'मेरी धर्मपत्नी से मिलो।' यदि मैंने ह्विस्की के चार पेग न पिए होते तो यकीनन यह सुनकर मैं बेहोश हो गया होता।

रामस्वरूप और शीला सिर्फ थोड़ी देर बैठे और चले गए। मैं देर तक सोचता रहा कि बनारसी साड़ी में शीला किसकी तरह लग रही थी? दुबले-पतले बदन पर हल्के बादामी रंग की कागजी-सी साड़ी। किसी जगह फूली हुई किसी जगह दबी हुई। एकाएक मेरी आंखों के सामने एक खाली बोतल आ गई– बारीक कागज में लिपटी हुई।

शीला औरत थी– बिलकुल खाली औरत। हो सकता है, एक खालीपन ने दूसरे खालीपन को भर दिया हो।

13

चुगद

लड़कों और लड़कियों की प्रेम-कहानियों का ज़िक्र हो रहा था।

प्रकाश, जो बहुत देर से खामोश बैठा अंदर-ही-अंदर बहुत शिद्दत से सोच रहा था, एक दम फट पड़ा - ''सब बकवास है सौ में से निन्यावे प्रेम-कथाएं निहायत ही भौंडे, लचर और बेहूदा तरीकों पर अमल में आती हैं... एक बाकी रह जाता है, उसमें आप अपनी शायरी रख लीजिए या अपनी बुद्धिमता और प्रतिभा भर दीजिए... मुझे हैरानी है, तुम सब अनुभवी हो, औसत आदमी के मुकाबले में ज्यादा समझदार हो... जो सच्चाई है, तुम्हारी आंखों से ओझल भी नहीं है, फिर यह क्या हिमाकत है कि तुम बराबर इस बात पर जोर दिए जा रहे हो कि औरत को आकर्षित करने के लिए नर्म-नाज़ुक शायरी, सुंदर शक्ल, अच्छे ढंग का लिबास; इत्र, लैवेंडर और जाने किस-किस खुराफात की जरूरत है... और मेरी समझ से यह चीज तो बिलकुल बत्तर है कि औरत से इश्क लड़ाने से पहले तमाम पहलू सोचकर एक स्कीम बनाने की जरूरत है...।''

चौधरी ने जवाब दिया - ''हर काम करने से पहले आदमी को सोचना पड़ता है।''

प्रकाश ने फौरन ही कहा - ''मानता हूं लेकिन यह इश्क लड़ाना मेरे नजदीक काम नहीं। यह एक... भई, तुम गौर क्यों नहीं करते। कहानी लिखना एक काम है; इसे शुरू करने से पहले सोचना जरूरी है; लेकिन इश्क को आप काम कैसे कह सकते हैं। यह एक... यह एक... मेरा मतलब है, इश्क मकान बनाना नहीं, जो आपको पहले नक्शा बनवाना पड़े। एक लड़की या औरत आपके सामने आती है, आपके दिल में कुछ गड़बड़-सी होती है; फिर यह इच्छा पैदा होती है कि वह आपके साथ लेटी हो... इसे

आप काम कहते हैं? यह एक हैवानी तलब है, जिसे पूरा करने के लिए हैवानी तरीके ही इस्तेमाल करने चाहिए। जब तक कुत्ता कुतिया से इश्क लड़ाना चाहता है तो वह बैठकर स्कीम तैयार नहीं करता, इसी तरह सांड जब बू सूंघकर गाय के पास जाता है तो उसे बदन पर इत्र लगाना नहीं पड़ता। बुनियादी तौर पर हम सब हैवान हैं, इसलिए इश्क और मुहब्बत में, दुनिया की इस सबसे पुरानी तलब में इंसानियत का ज्यादा दखल नहीं होना चाहिए।''

मैंने कहा– ''तो इसका यह मतलब हुआ कि शेर-ओ-शायरी, चित्रकारी, मूर्ति बनाना यह सब ललित कलाएं केवल बेकार हैं।''

प्रकाश ने सिगरेट सुलगाया और अपना जोश कद्र-ए-किफायत से इस्तेमाल करते हुए कहा– ''केवल बेकार नहीं... मैं समझ गया, तुम क्या कहना चाहते हो। तुम्हारा मतलब यह है कि जब ललित कलाओं के अस्तित्व का कारण औरत है तो फिर यह बेकार कैसे हुई? असल बात यह है कि इनके अस्तित्व का कारण खुद औरत नहीं हैं, बल्कि मर्द की औरत के बारे में हद से बढ़ी हुई खुशफहमी है। मर्द जब औरत के बारे में सोचता है तो और सब कुछ भूल जाता है। वह चाहता है कि औरत को औरत न समझे। औरत को महज औरत समझने से उसकी भावनाओं को ठेस पहुंचती है। वह चाहता है कि उसे खूबसूरत-से-खूबसूरत रूप में देखे। यूरोपीय देशों में जहां, औरतें फैशन की दिलदादा हैं, जरा उनसे जाकर पूछो कि उनके बालों, उनके कपड़ों और उनके जूतों के नित नए फैशन कौन आविष्कार करता है?''

चौधरी ने अपने विशिष्ट बेतकल्लुफाना अंदाज में प्रकाश के कांधे पर हौले-से तमाचा मारा– ''तुम बहक गए हो यार... जूतों के डिजाइन कौन बनाता है, सांड गाय के पास जाता है तो उसे लैवंडर लगाना नहीं पड़ता। यहां बातें हो रही थीं कि लड़कों और लड़कियों के वही रूमान कामयाब होते हैं, जो शरीफाना ढंग से शुरू हों।''

प्रकाश के होंठों के कोने कटाक्ष से सिकुड़ गए- ''चौधरी साहब! आप बिलकुल बकवास करते हैं। शराफत को रखिए आप अपने सिगरेट के डिब्बे में, और ईमान से कहिए, वह लौंडिया जिसके लिए आप पूरा एक बरस अपने रूमालों को बेहतरीन-से-बेहतरीन लैवंडर लगाकर स्कीमें बनाते रहे, क्या आपको मिल गई थी?''

चौधरी ने तरह खिसियाकर जवाब दिया- ''नहीं।''

''क्यों?''

"वह किसी और से मुहब्बत करती थी।"

"किससे? एक उल्लू के पट्ठे से, एक फेरीवाले बजाज से जिसको न तो गालिब के शेर याद थे, न कृष्णचंदर के अफसाने। जो आपके मुकाबले में लैवंडर लगे रूमाल से नहीं, अपने मैले तहमद से नाक साफ करता था। "प्रकाश हंसा— "चौधरी साहब! मुझे अच्छी तरह याद है, आप बड़ी मेहनत से उसे खत लिखा करते थे। उन खतों में आपने आसमान के तमाम तारे नोचकर चिपका दिए थे, चांद की सारी चांदनी समेटकर फैला दी थी, मगर उस फेरीवाले बजाज ने आपकी नफासत पसंद तबियत पर आप मर मिटे थे। एक आंख मारकर अपने थानों को गठरी में बांधा था और चलता बना था। इसका जवाब है आपके पास?"

चौधरी मिनमिनाया— "मेरा ख्याल है, जिन रास्तों पर मैं चल रहा था, गलत थे। उसका मनोवैज्ञानिक अध्ययन भी जो मैंने किया था, दुरुस्त साबित न हुआ था।"

प्रकाश मुस्कराया— चौधरी साहब क्या, जिन रास्तों पर चल रहे थे, रास्ते गलत थे। उसका मनोवैज्ञानिक अध्ययन भी जो आपने किया था, निसंदेह गलत था और जो कुछ आप अब कहना चाहते हैं, वह भी ठीक नहीं हैं। आपको खतकशी और मनोवैज्ञानिक अध्ययन की जहमत उठानी ही नहीं चाहिए थी। अपनी नोटबुक निकालकर रख लीजिए कि सौ में सौ मक्खियां शहद की तरफ भागी आएंगी और सौ में से निन्यावे लड़कियां भौंड़ेपन से आकृष्ट होंगी...।" प्रकाश के लहजे में एक ऐसा कटाक्ष था जिसका रुख चौधरी की तरफ इतना नहीं था, जितना खुद उसकी अपनी तरफ।

चौधरी ने सिर हिलाया और कहा— "तुम्हारा फलसफा मैं कभी नहीं समझ सकता।"

"कोशिश करो और समझो, यह कोई ऐसी मुश्किल चीज नहीं है। किस्सा यह है कि एक आसान बात को तुमने मुश्किल बना दिया है। तुम आर्टिस्ट हो। नोटबुक निकालकर यह भी लिख लो कि आर्टिस्ट अव्वल दर्जे के बेवकूफ होते हैं। मुझे बहुत तरस आता है उन पर... कमबख़्तों की बेवकूफी में भी निश्छलता होती है। दुनिया भर के मसले हल कर देंगे, पर जब किसी औरत से मुठभेड़ होगी तो जनाब ऐसे चक्कर में फंस जाएंगे कि एक गज दूर खड़ी औरत तक पहुंचने के लिए पिशावर का टिकट लेंगे और वहां पहुंचकर सोचेंगे, वह औरत आंखों से ओझल कैसे हो गई। चौधरी साहब क्या हुआ, निकालिए अपनी नोटबुक और लिखिए कि आप अव्वल दर्जे के चुग़द (उल्लू) हैं।'

मंटो की इक्कीस कहानियां

चौधरी खामोश रहा ।

मुझे एक बार फिर महसूस हुआ कि प्रकाश जान-बूझकर चौधरी को आईना बनाकर खुद अपनी शक्ल देख रहा है और खुद को गालियां दे रहा है। मैंने उससे कहा– ''प्रकाश ऐसा लगता है कि चौधरी के बजाय तुम अपने आपको गालियां दे रहे हो।''

आशा के विपरीत उसने जवाब दिया– ''तुम बिलकुल ठीक कहते हो, इसलिए कि मैं भी एक आर्टिस्ट हूं, यानी मैं भी, जब दो और दो चार होते हैं, तो खुश नहीं होते हैं, मैं भी चौधरी साहब की तरह अमृतसर के कंपनी बाग में औरत से मिलकर फ्रंटियर मेल पिशावर जाता हूं और वहां आंखें मल-मलकर सोचता हूं कि वह औरत गायब कहां हो गई?'' यह कहकर प्रकाश खूब हंसा; फिर वह चौधरी को संबोधित करता हुआ बोला– ''चौधरी साहब! हाथ मिलाइए,... हम दोनों फिसड्डी घोड़े हैं। इस दौड़ में सिर्फ वही कामयाब होगा, जिसके जहन में सिर्फ एक चीज हो कि उसे दौड़ना है। यह नहीं कि वह काम और वक्त का सवाल हल करने बैठ जाए। इतने कदमों में इतना फासला इतने वक्त में तय होता है तो इतने कदमों में कितना फासला कितने वक्त में तय होगा। इश्क न ज्योमेट्री है न बीजगणित, बस बकवास है बकवास, इसलिए इसमें गिरफ्तार होने वाले को बकवास ही से मदद लेनी चाहिए।''

चौधरी ने उकताए हुए लहजे में कहा– ''क्या बकवास करते हो यार!''

''तो सुनो!'' प्रकाश जमकर बैठ गया– ''मैं तुम्हें एक सच्चा वाकिया सुनाता हूं। मेरा एक दोस्त है; मैं उसका नाम नहीं बताऊंगा... दो बरस हुए, वह एक जरूरी काम से चम्बा गया, दो रोज के बाद लौटकर उसे डलहौजी चला आना था और इसके फौरन बाद अमृतसर पहुंचना था, मगर वह तीन महीने तक लापता रहा। न उसने घर खत लिखा, न मुझे। जब वह वापिस आया तो उसकी जुबानी मुझे मालूम हुआ कि वह तीन महीने चम्बा ही में रहा था कि वहां की एक खूबसूरत लड़की से इश्क हो गया था।''

चौधरी ने पूछा– ''नाकाम रहा होगा।''

प्रकाश के होंठों पर अर्थपूर्ण मुस्कराहट पैदा हुई– ''नहीं-नहीं, वह कामयाब रहा। जिंदगी में उसे एक शानदार तजुर्बा हासिल हुआ। तीन महीने वह वापिस चम्बा की सर्दियों में ठिठुरता उस लड़की से इश्क करता रहा। हुआ यूं कि वह वापिस डलहौजी आने वाला था कि पहाड़ी की एक पगडंडी पर मेरे दोस्त की एक अत्यंत सुंदर लड़की से मुठभेड़ हो गई और तमाम सृष्टि सिकुड़कर उस लड़की में समा गई और वह लड़की फैलकर

विस्तार इख़्तियार कर गई, मेरे दोस्त को मुहब्बत हो गई थी... क़िबला चौधरी साहब, सुनिए... पंद्रह दिनों तक वह गरीब अपनी मुहब्बत को चम्बा के बर्फ जमा देने वाले वातावरण में दिल के अंदर दबाए छुप-छुपकर दूर-दूर से उस लड़की को देखता रहा, मगर वह उस लड़की के पास जाकर बात करने की हिम्मत न कर सका। हर दिन गुजरने पर वह सोचता कि दूरी कितनी अच्छी चीज़ है; ऊंची पहाड़ी पर वह बकरियां चरा रही है और नीचे सड़क पर उसका अपना दिल धड़क रहा है। आंखों के सामने जरा काव्यात्मक दृश्य लाइए और याद कीजिए। इस पहाड़ी पर सच्चा आशिक खड़ा है और उस पहाड़ी पहर उसकी सुंदर बदन महबूबा; दरमियांन में स्वच्छ पानी का नाला बह रहा है। सुब्हानल्लाह, कैसा मनोरम दृश्य है, चौधरी साहब क़िबला!''

चौधरी ने टोका– ''बकवास मत करो, और जो वाक़िया है, उसे बयान करो।''

प्रकाश मुस्कराया– ''तो सुनिए! पंद्रह रोज तक मेरा दोस्त इश्क के जबरदस्त हमले के प्रभाव को दूर करने में लीन रहा और सोचता रहा कि उसे जल्दी वापिस चला जाना चाहिए। इन पंद्रह दिनों में उसने कागज और कलम हाथ में लेकर तो नहीं, लेकिन दिमाग-ही-दिमाग में उस लड़की से अपनी मुहब्बत का कई बार जायजा लिया। लड़की के जिस्म की हर चीज़ उसे पसंद थी और सवाल यह था कि उसे हासिल कैसे किया जाए। क्या एकदम बगैर किसी परिचय के वह उससे बातें करना शुरू कर दे? बिलकुल नहीं, यह कैसे हो सकता है? क्यों, हो कैसे नहीं सकता? मगर सोचो, अगर उसने मुंह फेर लिया और जवाब दिए बगैर वह अपनी बकरियों को हांकती हुई पास से गुजर गई। तो देखो, जल्दबाजी कभी सफल नहीं होती। लेकिन उससे बात किए बगैर उसे हासिल कैसे किया जा सकता है? हां, एक तरीका है कि उसके दिल में अपनी मुहब्बत पैदा की जाए; उसको अपनी तरफ आकर्षित किया जाए; हां ठीक है, लेकिन आकर्षित कैसे किया जाए, हाथ के इशारे से? नहीं-नहीं, बिलकुल पोच बात है... सो क़िबला चौधरी साहब, उन पंद्रह दिनों में हमारा हीरो यही सोचता रहा। सोलहवें दिन अचानक बावली पर उस लड़की ने उसकी तरफ देखा और मुस्करा दी। हमारे हीरो के दिल की बांछें तो खिल गईं, लेकिन उसकी टांगें कांपने लगीं। उसने अपनी टांगों के बारे में सोचना शुरू किया– जब उसे उस लड़की की मुस्कराहट का ख्याल आया तो उसने अपनी सोच से अलग कर दीं और उस लड़की की पिंडलियों के बारे में सोचने लगा, जो उठे हुए घांघरे में से उसे नजर आई थीं। कितनी सुडौल हैं! वह दिन दूर नहीं, जब वह उन पर बहुत

मंटो की इक्कीस कहानियां

आहिस्ता-आहिस्ता हाथ फेर सकेगा। पंद्रह दिन और गुजर गए। इधर वह मुस्कराती हुई पास से गुजरती रही, उधर हमारे हीरो साहब जवाबी मुस्कराहट की रिहर्सल करते रहे। सवा महीना हो गया और उसका इश्क सिर्फ होंठों पर ही मुस्कराता रहा। आखिर एक दिन खुद उस लड़की ही ने खामोशी तोड़ी और बड़ी अदा से एक सिगरेट मांगी। आपने सारी डिबिया ही उसके हवाले कर दी और सारी रात कंपकंपाहट पैदा करने वाले ख्याल देखते रहे। दूसरे दिन हमारे हीरो साहब ने एक आदमी को डलहौजी भेजा और सिगरेटों के पंद्रह पैकेट मंगवाकर एक छोटे-से लड़के के हाथ अपनी महबूबा को भिजवा दिया। जब लड़की ने सारे पैकेट अपनी झोली में डाले तो आपके दिल को खड़े-खड़े बहुत प्रसन्नता हुई। होते-होते वह दिन भी आ गया, जब दोनों पास-पास बैठकर बातें करने लगे। कैसी बातें? किबला चौधरी साहब, बताइए हमारा हीरो क्या बातें करता था उस लड़की से?''

चौधरी ने उकताए हुए लहजे में जवाब दिया– ''मुझे क्या मालूम!''

प्रकाश मुस्कराया– ''मुझे मालूम है किबला चौधरी साहब घर से चलते वक्त वह बातों की एक बहुत लंबी-चौड़ी सूची तैयार कर लिया करता था। मैं उससे यह कहूंगा, मैं उससे वह कहूंगा; जब वह नाले के पास कपड़े धोती होगी तो मैं आहिस्ता-आहिस्ता जाकर उसकी आंखें भींच लूंगा, फिर उसकी बगलों में गुदगुदी करूंगा लेकिन जब वह उसके पास पहुंचता, आंखें मींचने और गुदगुदी करने के ख्याल से ही उसे शर्म आ जाती। क्या बचपना है! वह उससे कुछ दूर हटकर बैठ जाता और भेड़-बकरियों की बातें करता रहता। कई दफा उसे ख्याल आया कि कब तक यह भेड़-बकरियां उसकी मुहब्बत चरती रहेंगी; दो महीने से कुछ दिन ऊपर हो गए हैं और वह अभी तक उसके जिस्म को हाथ तक नहीं लगा सका है। वह सोचता कि वह हाथ कैसे, कोई बहाना तो होना चाहिए। फिर वह सोचता रहा कि बहाने से हाथ लगाना बिलकुल बकवास है; उसकी तरफ से खामोश इजाजत मिलनी चाहिए कि वह उसके बदन के जिस भी हिस्से को चाहे, हाथ लगा सकता है। तब खामोश इजाजत का सवाल आ जाता; उसे पता कैसे चलेगा कि उसने खामोश इजाजत दे दी है। किबला चौधरी साहब, इस बात की खोज लगाते-लगाते पंद्रह दिन और गुजर गए।''

चौधरी खामोश रहा।

प्रकाश ने सिगरेट सुलगाया और मुंह से धुआं निकालते हुए कहने लगा– ''इस दौरान में वे काफी घुल-मिल गए थे। इस दौरान-गुफ्तगू में हमारे हीरो ने कई बार लड़की से अपने ऊंचे खानदान का जिक्र किया;

अपने आवारा दोस्तों पर कई बार लानतें डालीं जो पहाड़ी देहातों में जाकर गरीब लड़कियों को खराब करते हैं; कभी दबी जुबान में और कभी ऊंची आवाज में अपनी तारीफ भी की। इन तमाम बातों का असर हमारे हीरो के हक में बुरा हुआ। अब वह कैसे उस लड़की से पर अपनी काम-वासना संबंधी कामना प्रकट करता। उस पर जाहिर था कि मामला बहुत टेढ़ा और पेचदार हो गया है, मगर उसके इश्क की भावना सलामत थी। उसे उम्मीद थी कि एक रोज लड़की खुद अपना हाथ उसके हवाले कर देगी। कुछ दिन और बीत गए, एक रोज कपड़े धोते-धोते लड़की ने, जिसके हाथ साबुन से भरे हुए थे, उससे कहा– "तुम्हारी माचिस खत्म हो गई है, मेरी जेब से निकाल लो। जेब लड़की की बाईं छाती के उभार पर थी। हमारा हीरो झेंप गया। लड़की ने फिर कहा– "निकाल लो न ।" थोड़ी सी हिम्मत करके उसने अपना कांपता हुआ हाथ बढ़ाया और दो उंगलियां बड़ी सावधानी से लड़की की जेब में डालीं। माचिस बहुत नीचे थी। वह घबरा गया कि उंगलियां कहीं और न जा टकराएं, उसने हाथ खींच लिया और लड़की से कहा– "तुम्हारी जेब से माचिस फिर कभी निकालूंगा।" लड़की ने शरीफ नज़रों से उसकी तरफ देखा और मुस्करा दी। हमारे हीरो ने सोचा कि उसने आधा मैदान मार लिया है और वह दूसरा आधा मैदान मार लेने की स्कीमें बनाने लगा।" प्रकाश चुप हो गया।

चौधरी उसकी तरफ देख रहा था।

प्रकाश ने कहना शुरू किया– "एक रोज सुबह-सवेरे वह नाले के तरफ बैठा दूसरी तरफ बुलंदी लड़की को बकरियां चराता हुआ देख रहा था और लड़की की उभरी हुई जेब के नीचे के माल पर गौर कर रहा था कि नीचे सड़क पर बावली के पास एक लारी रुकी। लारी से एक सिक्ख ड्राइवर बाहर निकला और बावली से पानी पीकर उसने ऊपर लड़की की तरफ देखा। यह देखकर मेरे दिल में एक जलन-सी पैदा हो गई। बावली की मुंडेर पर खड़े होकर उस मोबिल ऑयल से लिथड़े हुए सिख ड्राइवर ने एक बार फिर सावित्री की तरफ देखा और अपना गलीज़ हाथ उठाकर उसने सावित्री को इशारा किया। मेरे जी में आया कि पास पड़ा हुआ पत्थर उस पर लुढ़का दूं। इशारा करने के बाद उसने अपने दोनों हाथ मुंह के इधर-उधर रखकर निहायत ही भौंडे तरीके से पुकारा– "ओये जानी, मैं सदके जाऊं!" मेरे तन-बदन में आग लग गई। सिक्ख ड्राइवर ने ऊपर चढ़ना शुरू कर दिया, मेरा दिल घुटने लगा। चंद मिनटों ही में वह हरामज़ादा

उसके पास खड़ा था, लेकिन मुझे यकीन था कि अगर उसने कोई बदतमीजी की तो वह छड़ी से उसकी ऐसी मरम्मत करेगी कि वह सारी उम्र याद रखेगा। मैं उस मरम्मत के बारे में सोच रहा था कि एकदम वे दोनों मेरी आंखों से ओझल हो गए। मैं भागा नीचे सड़क की तरफ; बावली के पास पहुंचकर मैंने सोचा, क्या हिमाकत है और चिंता कैसी? लेकिन फिर मुझे ख़्याल आया, कहीं वह उल्लू का पट्ठा जबरदस्ती न कर बैठे, इसलिए मैंने पहाड़ी पर तेजी से चढ़ना शुरू कर दिया। बड़ी मुश्किल चढ़ाई थी, जगह-जगह खारदार झाड़ियां थीं, जिनको पकड़-पकड़कर आगे बढ़ना पड़ता था। मैं बहुत दूर ऊपर चला गया, पर वे दोनों कहीं नजर न आए। हांफते-हांफते मैंने अपने सामने की झाड़ी पकड़कर खड़ा होने की कोशिश की तभी क्या देखता हूं झाड़ी के दूसरी तरफ पत्थरों पर सावित्री लेटी हुई है और उस गलीज़ ड्राइवर की दाढ़ी सावित्री के चहरे पर बिखरी हुई है। मेरे जिस्म के सारे बाल जल गए। एक करोड़ गालियां उन दोनों के लिए मेरे दिल से निकलीं... एक पल के लिए मैंने सोचा तो मुझे महसूस हुआ कि दुनिया का सबसे बड़ा चुग़द मैं उसी वक्त नीचे उतरा और सीधा लारियों के अड्डे का रुख किया।''

प्रकाश के माथे पर पसीने की नन्ही-नन्ही बूंदें चमक रही थीं।

14

गुरमुख सिंह की वसीयत

पहले छुरा भौंकने की इक्का-दुक्का वारदातें होती थीं, अब दोनों तरफ से बाकायदा लड़ाई की ख़बरें आने लगी थीं, जिनमें चाकू-छुरों के अलावा, किरपानें, तलवारें और बंदूकें भी आमतौर पर इस्तेमाल की जाती थीं। कभी-कभी देसी बम फटने की ख़बरें भी मिलती थीं।

अमृतसर में करीब-करीब हर एक का ख़्याल था कि ये साम्प्रदायिक दंगे देर तक नहीं चलेंगे। जैसे ही ठंडा हुआ, माहौल फिर अपनी असली हालत पर आ जायेगा। इससे पहले, ऐसे कई दंगे अमृतसर में हो चुके थे जो बहुत देर नहीं चले थे दस-पंद्रह दिन तक मार-काट का हंगामा रहता, फिर अपने आप शांत हो जाता था। चुनांचे पुराने तर्जुबों के आधार पर लोगों का यही ख़्याल था कि यह आग थोड़ी देर के बाद अपना जोर खत्म करके, ठंडी हो जाएगी लेकिन ऐसा न हुआ। बल्कि जोर दिन-पर-दिन बढ़ता ही गया।

हिंदुओं के मुहल्लों में जो मुसलमान रहते थे, भागने लगे। इसी तरह से हिंदु, जो मुसलमानों के मुहल्लों में थे, अपना घर-बार छोड़कर, सुरक्षित स्थानों पर रुख करने लगे। पर यह इंतजाम सबके ख़्याल में अस्थायी था— उस समय तक के लिए, जब तक माहौल, दंगों के ज़हर से पाक़-साफ न हो जाये।

मियां अब्दुल हई, रिटायर्ड सब-जज को सौ फ़ीसदी विश्वास था हालात बहुत जल्द ठीक हो जायेंगे। यही वजह थी कि वे ज्यादा परेशान नहीं थे। उनका एक लड़का था— ग्यारह बरस का। एक लड़की थी— सत्रह बरस की। एक पुराना नौकर था जिसकी उम्र उत्तर के करीब थी। छोटा-सा परिवार था। जब दंगे शुरू हुए तो मियां साहब ने काफी राशन घर में जमा

कर लिया था। उस तरफ से बिलकुल संतुष्ट थे कि अगर खुदा-न-खास्ता, हालात कुछ ज्यादा खराब हो गये और दुकान-वग़ैरा बंद हो गयीं तो उन्हें खाने-पीने के मामले में मुश्किल नहीं होगी। पर उनकी जवान लड़की, सुग़रा बहुत चिंतित थी। उनका घर तीन-मंजिला था, दूसरी इमारतों की अपेक्षा काफी ऊंचा। उसकी मम्टी से शहर का तीन-चौथाई हिस्सा, बखूबी नजर आता था। सुग़रा अब कई दिनों से देख रही थी कि नज़दीक-दूर, कहीं-न-कहीं आग लगी होती थी। शुरू-शुरू में तो फायर बिग्रेड की टन-टन सुनायी देती थी, पर अब वह भी बंद हो गई थी, इसलिए कि जगह-जगह आग भड़कने लगी थी।

रात को अब कुछ और ही नज़ारा होता। गुप्त अंधेरे में, आग के बड़े-बड़े शोले उठते, मानो देव हैं, जो अपने मुंह से आग के फव्वारे छोड़ रहे हैं। फिर अजीब-अजीब-सी आवाजें आतीं जो 'हर-हर महादेव' और 'अल्लाह-हू-अकबर' के नारों के साथ मिलकर बहुत ही भयानक बन जातीं।

सुग़रा अपने बाप से, घर और घबराहट का जिक्र नहीं करती थी, इसलिए कि वे एक बार घर में कह चुके थे कि डरने की कोई बात नहीं, सब ठीक-ठाक हो जायेगा। मियां साहब की बातें अक्सर दुरुस्त हुआ करती थीं। सुग़रा को इससे थोड़ा-सा इत्मीनान था। पर जब बिजली कट गयी और साथ ही नलों में पानी आना बंद हो गया तो उसने मियां साहब को अपनी चिंता बतायी और डरते-डरते राय दी कि चंद रोज के लिए शरीफपुरे में चले जायें जहां अड़ोस-पड़ोस के सारे मुसलमान आहिस्ता-आहिस्ता जा रहे थे। मियां साहब ने अपना फैसला न बदला और कहा— ''बेकार घबराने की कोई जरूरत नहीं हालात बहुत जल्द ठीक हो जायेंगे।'' पर हालात बहुत जल्द ठीक न हुए और दिन-पर-दिन बिगड़ गये। वह मोहल्ला, जिसमें मियां अब्दुल हई का मकान था, मुसलमानों से खाली हो गया और खुदा का करना ऐसा हुआ कि मियां साहब पर एक दिन फ़ासिज गिरा, जिसकी वजह से उन्होंने चारपाई पकड़ ली। लड़का बशारत भी, जो पहले अकेला घर में ऊपर-नीचे, तरह-तरह के खेलों में लगा रहता था अब बाप की चारपाई के साथ लगकर बैठ गया और हालात की नज़ाकत समझने लगा।

वह बाजार, जो उनके मकान से मिला था, सुनसान पड़ा था। डॉक्टर गुलाम मुस्तफ़ा की डिस्पैंसरी, मुद्दत से बंद पड़ी थी। उससे कुछ दूर हटकर, डॉ. गुरांदित्ता थे। सुग़रा काफी चिंताजनक थी। सुग़रा इतनी परेशान थी कि उसके होश-हवास खो गये थे। बशारत को अलग ले जाकर उसने कहा—

''खुदा के लिए तुम ही कुछ करो। मैं जानती हूं कि बाहर निकलना खतरे से खाली नहीं। पर तुम जाओ किसी को भी बुला लाओ। अब्बा जी की हालत बहुत खतरनाक है।''

बशारत गया, पर फौरन ही लौट आया। उसका चेहरा हल्दी की तरह पीला पड़ गया था। चौक में उसने एक लाश देखी थी– खून से तर-बतर और पास ही बहुत-से आदमी ठाठे बांधे एक दुकान लूट रहे थे। सुग़रा ने अपने डरे हुए भाई को सीने से लगा लिया और सब्र-शुक्र करके बैठ गयी, पर उससे अब अपने बाप की हालत नहीं देखी जाती थी। मियां साहब के शरीर का दायां हिस्सा बिलकुल सुन्न हो गया जैसे उसमें जान ही न हो। बोली में भी फर्क पड़ गया था और वे ज्यादातर इशारों से ही बातें करते थे जिसका मतलब यह था कि - सुग़रा घबराने की कोई बात नहीं। खुदा की मेहरबानी से सब ठीक हो जायेगा।

कुछ भी ठीक न हुआ। रोज़े खत्म होने वाले थे। मियां साहब का ख्याल था कि ईद से पहले-पहले फिज़ा बिलकुल साफ हो जाएगी। पर अब ऐसा लगता था कि शायद ईद ही का दिन, कयामत का दिन होगा क्योंकि अब शहर के करीब-करीब हर हिस्से से धुएं के बादल उठते दिखायी देते थे। रात को बम फटने की ऐसी-ऐसी भयानक आवाजें आती थीं कि सुग़रा और बशारत पल भर के लिए भी सो नहीं पाते थे। सुग़रा को तो यूं भी बाप की तीमारदारी के लिए जागना पड़ता था। पर अब ऐसा लगता था कि ये धमाके उसके दिमाग के अंदर हो रहे हैं। कभी वह अपने लकवा-मारे बाप की तरफ देखती कभी अपने सहमे हुए भाई तरफ़। सत्तर बरस का बूढ़ा नौकर अकबर था जो न होने के बराबर था। वह सारा दिन और सारी रात अपनी कोठरी में पड़ा, खांसता-खंखारता और बलग़म थूकता रहता था।

एक दिन तंग आकर सुग़रा उस पर बरस पड़ी– ''तुम किस मर्ज़ की दवा हो। देखते नहीं हो, मियां साहब की क्या हालत है। असल में तुम पहले दर्जे के नमकहराम हो। अब खिदमत का मौका आया है तो दमे का बहाना करके यहां पड़े रहते हो। वे भी खादिम थे जो मालिक के लिए अपनी जान तक कुर्बान कर देते थे।''

सुग़रा अपना जी हल्का करके चली गयी। बाद में उसको अफ़सोस हुआ कि नाहक उस गरीब की इतनी डांट-फटकार की। रात का खाना थाल में लगाकर उसकी कोठरी में गयी तो देखा खाली है। बशारत ने घर में इधर-उधर तलाश की पर वह न मिला। बाहर के दरवाजे की कुण्डी खुली थी जिसका मतलब यह था कि वह मियां साहब के लिए कुछ करने गया

है। सुग़रा ने बहुत दुआएं मांगी कि खुदा उसे कामयाब करे, लेकिन दो दिन गुजर गये और वह न आया।

शाम का वक्त था। सुग़रा और बशारत ऐसी कई शामें देख चुके थे जब ईद के हंगामे होते थे। जब आसमान पर चांद देखने के लिए उनकी नज़रें जमी रहती थीं। दूसरे दिन ईद थी, सिर्फ चांद को एलान करना था। दोनों इस एलान के लिए कितने बेताब हुआ करते थे आसमान में चांद वाली जगह पर अगर बादल का कोई हठीला टुकड़ा जम जाता तो कितनी कोफ्त होती थी उन्हें, पर अब चारों तरफ धुएं के बादल थे। सुग़रा और बशारत, दोनों ममटी पर चढ़े। दूर, कहीं-कहीं कोठों पर लोगों के साये धब्बों की सूरत में दिखायी देते थे, पर पता नहीं वे चांद देख रहे थे या जगह-जगह सुलगती और भड़कती हुई आग!

चांद भी कुछ ऐसा ढीठ था कि धुएं की चादर में भी नजर आ गया। सुग़रा ने हाथ उठाकर दुआ मांगी कि खुदा मेहरबानी करे और उसके बाप को तंदुरुस्त कर दे। बशारत मन-ही-मन कोफ्त महसूस कर रहा था कि गड़बड़ की वजह से एक अच्छी-भली ईद खराब हो गयी।

दिन अभी पूरी तरह ढला नहीं था। यानी शाम की स्याही अभी गहरी नहीं हुई थी। छिड़काव किये हुए आंगन में मियां साहब की चारपाई बिछी थी। वे उस पर बेहिस लेटे थे और दूर आकाश पर नजरें जमाये जाने क्या सोच रहे थे ईद का चांद देखकर जब सुग़रा ने पास आकर उन्हें सलाम किया तो उन्होंने इशारे से जवाब दिया। सुग़रा ने सिर झुकाया तो उन्होंने वह बाजू जो ठीक था उठाया और उस पर प्यार से हाथ फेरा सुग़रा की आंखों से टप-टप आंसू गिरने लगे तो मियां साहब की आंखें भी नम हो गयीं। लेकिन उन्होंने तसल्ली देने के लिए, मुश्किल से अपनी लकवा-मारी जुबान से ये शब्द निकाले— ''अल्लाह तआला सब ठीक कर देगा।''

ठीक उसी समय बाहर दरवाजे पर दस्तक हुई। सुग़रा का कलेजा धक से रह गया। उसने बशारत की ओर देखा जिसका चेहरा कागज की तरह सफेद हो गया था।

दरवाजे पर दस्तक हुई मियां साहब ने सुग़रा से कहा— ''देखो, कौन है?''

सुग़रा ने सोचा कि शायद बुड्ढा अकबर हो। इस ख़्याल से ही उसकी आंखें तमतमा उठीं। बशारत का बाजू पकड़कर उसने कहा— ''जाओ देखो, शायद अकबर आया है।''

यह सुनकर मियां साहब ने इनकार में यूं सिर हिलाया जैसे वे कह रहे हों— ''नहीं, अकबर नहीं है।''

सुग़रा ने कहा– "तो और कौन हो सकता है अब्बा जी?"

मियां अब्दुल हई ने अपनी जुबान पर जोर देकर कुछ कहने की कोशिश की कि बशारत आ गया वह बहुत डरा हुआ था। एक सांस ऊपर, एक नीचे। सुग़रा को मियां साहब की चारपाई से एक ओर हटाकर उसने धीरे से कहा– "एक सिक्ख है।"

सुग़रा की चीख निकल गयी– "सिक्ख! क्या कहता है?"

बशारत ने कहा– "कहता है, दरवाजा खोलो।"

सुग़रा ने कांपते हुए बशारत को खींचकर अपने साथ चिपटा लिया और बाप की चारपाई पर बैठ गयी और अपने बाप की तरफ वीरान नजर से देखने लगी।

मियां अब्दुल हई के पतले-पतले, बेजान होंठों पर एक अजीब-सी मुस्कराहट पैदा हुई– "जाओ, गुरमुख सिंह है।"

बशारत ने इंकार में सिर हिलाया– "और कोई है?"

मियां साहब ने फैसले-भरे स्वर में कहा– "जाओ सुग़रा, वही है।"

सुग़रा उठी वह गुरमुख सिंह को जानती थी। पैंशन लेने से कुछ समय पहले उसके बाप ने इस नाम के सिक्ख का कोई काम किया था। सुग़रा को अच्छी तरह याद नहीं था। शायद उसको एक झूठे मुकदमे से बचाया था तब से वह, हर छोटी ईद से एक दिन पहले, रूमाली सेवैयों का थैला लेकर आया करता था। उसके बाप ने कई बार उससे कहा था– "सरदार जी, आप यह तकलीफ़ न किया करें।" पर वह हाथ जोड़कर जवाब दिया करता था– "मियां साहब, वाहे गुरुजी की कृपा से आप सब कुछ हैं। यह तो एक तोहफ़ा है जो मैं जनाब की खिदमत में हर साल लेकर आता हूं। मुझ पर जो आपने एहसान किया था उसका बदला तो मेरी पुश्तें भी नहीं चुका सकतीं खुदा आपको खुश रखे।"

सरदार गुरमुख सिंह को हर साल ईद से पहले सेवैयों का थैला लाते इतना अर्सा हो गया कि सुग़रा को हैरत हुई कि उसने दस्तक सुनकर यह क्यों न-ख्याल किया कि वही होगा। पर बशारत भी तो उसको दसियों बाद देख चुका था। फिर उसने क्यों कहा, कोई ओर है, और कौन हो सकता है, यह सोचती हुई सुग़रा ड्योढ़ी पर पहुंची दरवाजा खोले या अंदर ही से पूछे, इसके बारे में वह अभी फ़ैसला कर ही रही थी कि दरवाजे पर जोर से दस्तक हुई। सुग़रा का दिल जोर-जोर से धड़कने लगा। बड़ी मुश्किल से उसने हलक से आवाजा निकाली– "कौन है?"

बशारत पास खड़ा था, उसने दरवाजे की एक झिरी की तरफ इशारा किया और सुग़रा से कहा– "इसमें से देखो।"

सुग़रा ने झिरी में से देखा। गुरमुख सिंह नहीं था। वह तो बहुत बूढ़ा था। लेकिन यह जो बाहर, दरवाजे पर खड़ा था, जवान था। सुग़रा अभी झिरी पर आंख जमाये, उसका जायज़ा ही ले रही थी कि उसने फिर दरवाज़ा खटखटाया। सुग़रा ने देखा कि उसके हाथ में कागज का थैला था, वैसा ही जैसा गुरमुख सिंह लाया करता था।

सुग़रा ने झिरी से आंख हटायी और ज़रा ऊंचे स्वर में दस्तक देने वाले से पूछा– ''कौन हैं आप?''

बाहर से आवाज आयी– ''जी मैं... सरदार गुरमुख सिंह का बेटा हूं संतोख।''

सुग़रा का डर बहुत हद तक दूर हो गया। बड़ी शिष्टता से उसने पूछा– ''फ़रमाइए आप कैसे आये हैं?''

बाहर से आवाज आयी– ''जी... जज साहब कहां हैं?''

सुग़रा ने जवाब दिया– ''बीमार हैं।''

सरदार संतोख सिंह ने ख़ेद-भरे स्वर में कहा– ''आह! फिर उसने कागज का थैला खड़खड़ाया ''जी यह सेवइयां हैं। सरदार जी का देहांत हो गया है। वे मर गये हैं।''

सुग़रा ने जल्दी से पूछा– ''मर गये हैं?''

बाहर से आवाज आयी– ''जी हां, एक महीना हो गया है, मरने से पहले उन्होंने मुझे ताक़ीद की थी कि देखो बेटा, मैं जज साहब की ख़िदमत में, पूरे दस बरस से हर छोटी ईद पर सेवइयां ले जाता रहा हूं। यह काम मेरे मरने के बाद अब तुम्हें करना होगा। मैंने उन्हें वचन दिया था, सो पूरा कर रहा हूं, सेवइयां ले लीजिए।''

सुग़रा पर इस बात का इतना असर हुआ कि उसकी आंखों में आंसू आ गये। उसने थोड़ा-सा दरवाजा खोला। सरदार गुरमुख सिंह के लड़के ने सेवइयों का थैला आगे बढ़ा दिया जो सुग़रा ने पकड़ लिया और कहा– ''खुदा, सरदार जी को जन्नत नसीब करे।''

गुरमुख सिंह का लड़का कुछ रुककर बोला– ''जज साहब बीमार हैं?''

सुग़रा ने जवाब दिया– ''जी हां''

''क्या बीमारी है?''

'''फ़ालिज।''

''ओह! सरदार जी जिंदा होते तो उन्हें यह सुनकर बहुत दुःख होता। मरते दम तक उन्हें जज साहब का एहसान याद था। कहते थे कि वे इंसान

नहीं, देवता हैं... अल्लाह मियां उन्हें जिंदा रखें। उन्हें मेरा सलाम कहिएगा।''
और यह कहकर वह चबूतरे से उतर गया। सुग़रा सोचती ही रह गयी कि
वह उसे ठहराये और कहे कि वह जज साहब के लिए किसी डॉक्टर का
बंदोबस्त कर दे।

सरदार गुरमुख सिंह का लड़का, संतोख सिंह, जज साहब के चबूतरे से
उतरकर, चंद गज़ आगे बढ़ा तो ठाठ बांधे हुए चार आदमी उसके पास आये।

दो के पास जलती मशालें थीं और दो के पास मिट्टी के तेल के टीन
और कुछ दूसरी, आग लगाने की चीजें।

एक ने संतोख से पूछा– ''क्यों सरदार जी, अपना काम कर आये?''

संतोख ने सिर हिलाकर जवाब दिया– ''हां, कर आया।''

उस आदमी ने ठाठे के अंदर हंसकर पूछा– ''तो क्या कर दें मामला
ठंडा जज साहब का?''

''हां, जैसी तुम्हारी मर्जी!'' यह कहकर, गुरमुख सिंह का लड़का चल
दिया।

15

देख कबीरा रोया

"भाइयो, औरतों का मसला हमारा सबसे बड़ा मसला है। इसका हल हमें सबसे पहले सोचना है। अगर हम गाफिल रहे तो ये औरतें चकलों में चली जायेंगी। तुम्हारा फर्ज़ है कि तुम इनको इस खौफनाक भविष्य से बचाओ और अपने घरों में उनके लिए जगह पैदा करो। अपनी, अपने भाई की या अपने बेटे की शादी करने से पहले तुम्हें इन औरतों को हरगिज भूलना नहीं चाहिये।"

कबीर फूट-फूटकर रोने लगा। तकरीर करने वाला रुक गया। कबीर की तरफ इशारा करके उसने बुलंद आवाज़ में हाज़रीन से कहा– "देखो, इस शख्स के दिल पर कितना असर हुआ है!"

कबीर ने रुंधी हुई आवाज़ में कहा– "अल्फाज के बादशाह! तुम्हारी तकरीर ने मेरे दिल पर कुछ असर नहीं किया। मैंने जब सोचा कि किसी मालदार औरत से शादी करने की खातिर अभी तक कुंवारे बैठे हो तो मेरी आंखों में आंसू आ गये।"

मुल्क का सबसे बड़ा नेता चल बसा तो चारों तरफ मातम-ही-मातम छा गया। अक्सर लोग बाजुओं पर सियाह बिल्ले बांधकर फिरने लगे। कबीर ने यह देखा तो उसकी आंखों में आंसू आ गये। सियाह बिल्ले वालों ने उससे पूछा– "क्या दुःख है?"

कबीर ने जवाब दिया– "यह काले रंग की चिंदियां अगर जमा कर ली जायें, तो सैकड़ों की सतरपोशी कर सकती हैं।"

सियाह बिल्ले वालों ने कबीर को पीटना शुरू कर दिया– "तुम कम्युनिस्ट हो। पाकिस्तान के गद्दार हो।"

कबीर हंस पड़ा– लेकिन दोस्तों! मेरे बाजू पर तो किसी रंग का बिल्ला नहीं!"

कतारबद्ध फौजों के सामने जनरल ने तकरीर करते हुए कहा– ''अनाज कम है, कोई परवाह नहीं। फसलें तबाह हो गई हैं, कोई फिक्र नहीं। हमारे सिपाही भूखे ही लड़ेंगे।''

फौजियों ने ज़िंदाबाद के नारे लगाने शुरू कर दिये।

कबीर चिल्ला-चिल्लाकर रोने लगा। जनरल को गुस्सा आया चुनांचे वह पुकार उठा– ''ऐ शख्स! बता सकता है, तू क्यों रोता है?''

कबीर ने रोनी आवाज में कहा– ''ऐ मेरे बहादुर! भूख से कौन लड़ेगा।''

दो लाख आदमियों ने 'कबीर मुर्दाबाद के नारे शुरू कर दिये।

16

किर्चें और किर्चियां

''हिन्दुस्तान के मशहूर निडर नेता के दाखिले पर कश्मीर में पांबदी लगा दी गयी।''

''और यह भी एक तमाशा है कि यह मशहूर और निडर लीडर खुद काश्मीरी है।''

सआदत हसन मण्टो भी काश्मीरी है।''

और उस पर तीन मुकदमे अश्लील के अपराध में चल चुके हैं।''

''राजनीति भी अश्लील है।''

''हिन्दुस्तान के मशहूर और निडर लीडर पर धारा 292 ताज़ीरात-ए हिंद के तहत मुकदमा चलाना चाहिए।''

''और सेशन में बरी कर देना चाहिए।''

''इसलिए कि अभी तक अश्लीलता का सही निश्चय नहीं हुआ।''

''और न अभी तक इसकी सही और निश्चित परिभाषा ही पता लगी है।''

''हिन्दुस्तान के मशहूर और निडर नेता जो काश्मीरी हैं।''

''ज़िंदाबाद।''

''सआदत हसन मण्टो।''

''हिन्दुस्तान के मशहूर, निडर और जज़्बाती लीडर ने काश्मीर में अपने दाखिले की पांबदी के बावजूद धावा बोल दिया।''

''डोगरा हुकूमत होशियार बाश।''

''बा अदब, बा मुलाहज़ा, होशियार-निगाहें रूबरू।''

''राष्ट्रपति की सवारी आती है।''

''हम डोगरे नहीं– दो गुरे हैं– हमारे दो गुर हैं।''

"तुम दो गुरे हो– मगर गोरे नहीं जो हज़ार गुरे थे– तुम मुझे नहीं रोक सकते।"

"हम तो नहीं रोक सकते– लेकिन ये संगीने और कि मैं रोक सकती है। जो बनायी इसलिए गयी है।

"ये क्यों बनायी गयी हैं?"

"मालूम नहीं– जिन्होंने बनायी हैं, उनसे पूछो।"

"तुम काश्मीरी हो।"

"हमें मालूम नहीं– हम सिर्फ किर्चें हैं– हम सिर्फ वे हैं, जो हम नहीं हैं, लेकिन हमें तुम्हारे वजूद ने जन्म दिया है– तुम चले जाओ– वापिस इलाहबाद चले जाओ जहां के अमरूद बहुत मशहूर हैं– हम अपनी तेज-तेज किर्चों से काट-काट कर खाते रहे हैं– जाओ वापिस चले जाओ, ऐसा न हो कि हम तुम्हें भी इलाहाबादी अमरूद समझकर खा जाएं।"

"मैं बड़ा जज़्बाती आदमी हूं– मैं अमरूद भी बन जाऊंगा– मगर यहां अमरूद की खुदाई नहीं देखूंगा– तुम्हारा महाराज अमरूद है– इलाहबाद का अमरूद होने का उसे गर्व कभी हासिल नहीं हो सकता– मैं काश्मीरी हूं, बगुगोशा हूं, ग्लास हूं, सेब हूं– मैं बड़ी-से-बड़ी चीज हूं। यहां से बाहर निकलकर तमाम हिन्दुस्तान से पूछो कि मैं कौन हूं। मेरा बाप मोती था– बड़ा नायाब मोती– क्या तुम उसकी आव-ब-ताव भूल गये हो?"

"जो बिंध बया सो मोती– क्या वह बिंध गया था?"

"वह बिंध नहीं था, कई बार बांधा गया था– उसको पीटा भी गया था।"

"तो वह मोती नहीं था– हमने उसकी ज्योति कभी नहीं देखी।"

"तुमने उसकी जूती भी नहीं देखी और न तुम इस लायक हो कि उसे देखो।"

"पकड़ लो।"

"पकड़ लो।"

"नहीं, संगीनों की नोक पर रोक लो।"

"मैं इसकी परवाह नहीं करता।"

"उठाओ, इस सिरफिरे को, मोटर में डालो और काश्मीर की सरहद से बाहर छोड़ आओ।"

"हां– आदमी बुरा नहीं– हालांकि बातें बहुत बुरी करता है।"

"जो हमें नहीं सिखायी गयीं।"

"पकड़ो।"

"डालो मोटर में।"

"और छोड़ जाओ सरहद पर।"

"हिन्दुस्तान के मशहूर, निडर और जज़्बाती लीडर को पकड़ो– बड़ी सावधानी के साथ– जिस तरह कि तुम बच्चे को उठाते हो। और यूं समझो कि तुम इसे मोटर में नहीं, बल्कि एक झूले में डाल रहे हो– झूला झुलाते हुए उसे वहीं छोड़ आओ जहां से उसने हमारी नींद हराम करने की ठानी थी– हम डोगरे हैं।

"हम दो गुरे हैं।"

"हम हरीसिंह हैं।

"हमने रम पी हुई है।"

इसलिये हम– बा आदाब हैं, बा-मुलाहज़ा हैं– होशियार हैं।

"राष्ट्रपति की सवारी वापिस करो।"

"लो भई बंटवारा हो गया।"

"क्या बंटवारा हो गया?"

"बरें सग़ीर?"

"बुरें सग़ीर?"

"किसने बंटवारा किया?"

"माफ करना, मैं हिन्दू हूं– मेरा मुल्क अब यह हिन्दुस्तान है।"

"कौन-सा हिन्दुस्तान?"

"जिसे रेड क्लिफ ने हमारे खाते में दर्ज किया है।"

"तो इसमें माफी की क्या जरूरत थी?"

"जरूरत थी....।"

"अब तुम बोलो– अब तुम हिन्दू हो– तुम्हारी जुबान हिन्दी होनी चाहिए।"

"मगर हमारे मुल्क के लंगोटीधारी नेता ने कहा था...।"

"वह मारा जायेगा।"

"उसे कौन मार सकता है?"

"हम मारेंगे।"

"तुम?"

"हमारी कौम में से कोई भी आदमी उठेगा और ऐसे फिरकापरस्त आदमी को हक देगा।"

"यह जरूर होना चाहिए।"

"यह जरूर होगा।"

''कब?''

''हो जाएगा अपने वक्त पर।''

''यह वक्त कब आएगा?''

''वक्त के आने और ले जाने के सवाल पर कई बार ग़ौर हो चुका है। मगर सुना है कि यह हुकूमत के अफसरों के अधिकार की बात नहीं– सुना है कि एक रब है जो इस महकमे का बड़ा अफसर है।''

''वह किसी को चूं-चा की इजाज़त नहीं देता और अपनी मनमानी करता है।''

''उसे सजा मिलनी चाहिए।''

''उनके लिए हमारी ताज़ीरात-ए-हिन्द बिलकुल बेअसर है।''

''यह क्या हो रहा है, भाई साहब।''

''अलस्सलाम अलेकम।''

''वालेकम अस्सलाम।''

''दुनिया की सबसे बड़ी इस्लामी हुकूमत वजूद में आ रही है।''

''सुना है, बिगुल काफी बजे थे– पटाखे भी छूटे थे।''

''शरारत थी?''

''हर इंकलाब एक शबरात होता है।''

''लेकिन हर शबरात नहीं होता है।''

''तुम बकवास करते हो ऐसा मालूम होता है कि अभी साम्राज्ञी बंधनों में गिरफ्तार हो।''

''तुम बुर्जुआ हो– तुम्हें परोलतारियों से कोई निस्बत नहीं।''

''च: निस्बत खाक राबा आलम-ए-पाक।''

''यह सआदत हसन मण्टो नहीं बोल रहा।''

''जी नहीं...। उसे तो अर्सा हुआ मरे हुए– उसका ठंडा गोश्त बोल रहा है।''

''कहां से?''

''कब्र से।''

''ऐसा क्योंकर हो सकता है– उसके खिलाफ तो फतवा दे चुके हैं कि काफिर है, काफिर की कब्र कैसे बन सकती है?''

''खुद-ब-खुद बन गयी है।''

''गलत है– चारों दिशाओं में ऐलान कर दो कि यह उस खबीस की कब्र नहीं– किसी नामालूम दरवेश की है। जो सिर्फ अंदरूनी तौर पर

अश्लील था और ख़ूफ़िया अंदाज में अपने इस मर्ज का इलाज करता रहा था।''

''ठीक है।''

''ठीक है।''

''बहुत ही ठीक तौर पर ठीक है।''

''खुदा बख़्शीश करने वाला है।''

''खुदा मण्टो को भी इस नयामत से नाजे।''

''आमीन।''

''आमीन।''

''यह तो जहन्नुम नहीं बहिशत है।''

''अगर फिरदोस वर रुए जमीं अस्त।''

''हमीं अस्त व हमीं अस्त व हमीं अस्त।''

''दग़ादर डरा।''

इसका क्या मतलब हुआ?''

''मतलब इसका वही कुछ है जो हम सबका मतलब है।''

''तो हम जरूर कश्मीर ले लेंगे।''

''जरूर...।''

''यू.एन.ओ. फैसला करेगी।''

''किसका?''

''हमारी किस्मत का।''

''पहले तो ऐसे फैसले खुदा किया करता था।''

''अब जमीनी जन्नत का फैसला जमीनी 'देवता' करेगा।''

''वह जमीनी 'देवता' कौन है?''

''उसके कई नाम हैं– उसका नाम रहीम हो सकता है। ग्राहक भी हो सकता है। यानी कि ग्राहक हुआ– अगर दोनों कौमों ने– दोनों मुल्कों ने इसे मान लिया तो...''

''वरना?''

''वरना–सब बकवास है।''

''महरबा।''

''महरबा।''

''ज़िंदाबाद।''

''जन्नत के हम हक़दार हैं।''

"यकीनन– इसका हिंद लफ्ज़ क्या है– यह नेताजी ऑल इण्डिया रेडियो से पूछकर बतायेंगे– इसका मतलब उनकी समझ में आयेगा या नहीं– इसके बारे में उन्होंने अभी तक कुछ नहीं कहा।"

"जन्नत को हम स्वर्ग कहते हैं, नेताजी।"

"मैंने इसका नाम आज सुना है।"

"यह बड़ा 'अचरज' मैंने आज सुना है।"

"यह रेडियाई जुबान है– वह जुबान, जो आपके होते हुए यहां पल रही है।"

"मैं बड़ा बद-जुबान हूं– मझे इस जुबान से कोई सरोकार नहीं।"

"यह सरोकार क्या होता है?"

"इससे सरकार का कोई ताल्लुक नहीं। इससे सिर्फ मेरा ताल्लुक रहा है, मेरे सारे खानदान का ताल्लुक लेकिन तुम इन सब पर लानत डालो। लेकिन मैं तुमसे साफ लफ्ज़ों में कहना चाहता हूं कि मुझे कश्मीर चाहिए, इसलिए कि मैं वहां पैदा हुआ था।"

"मण्टो वहां पैदा नहीं हुआ?"

"दुनिया का कोई इंसान वहां पैदा नहीं हुआ।"

"अगर कोई इंसान पैदा होता रहा है तो हमेशा कश्मीर से बाहर पैदा होता रहा है।"

"इसकी वजह?"

"क्यों?"

"खुद कश्मीर से पूछो।"

"खुद पैदा करने वाले से पूछो।"

"यह बड़ी अजीब-वो-गरीब बात है।"

"इस अजीब-वो-गरीब बात का दूसरा यू.एन.ओ. है।"

"यह भी काफी अजीब-वो-गरीब नाम है।"

"अजीब-वो-गरीब का नाम ही सियासत है।"

"और उसका दूसरा नाम सआदत।"

> "ई सआदत बजोरे बाजू नीस्त
> तानाह बख्शद-खुदा-ए-काश्मीरी।"

"लेकिन अफसोस कि वह है तो नहीं।"

"डॉ. ग्राहम ज़िंदाबाद।"

"मुर्दाबाद।"

"साला कुछ करता ही नहीं है।"

''नहीं यार! रिपोर्टें लिखता है– और यह बड़ा मुश्किल काम है।''

''मुश्किलें ज़िंदाबाद।''

''आजाद काश्मीर ज़िंदाबाद।''

''जन्नत के भी टुकड़े हुए हैं।''

''आधा हमारा – आधा उसका।''

''साबुत और सालिम जन्नत।''

''हक्का कि वा अक़ूबत-ए-दोज़ख बराबर अस्त
रफ्तन बपाये मरवे हमसाया दर बहिस्त।''

''यह कौन है?''

''मण्टो।''

''नहीं– शेख सादी– जो अपने वक्त का मण्टो था।''

17

बाजू की गली से

दंगे जोरों पर थे। एक दिन मैं और अशोक बम्बई टॉकीज़ से वापिस आ रहे थे। रास्ते में उसके घर देर तक बैठे रहे। शाम को उसने कहा– ''चलो, मैं तुम्हें छोड़ आऊं।'' शॉर्टकट की वजह से वह मोटर को खालिस इस्लामी मुहल्ले में से ले गया। सामने से एक बारात आ रही थी। जब मैंने बैण्ड की आवाज सुनी तो मैं चौंक गया। एकदम अशोक का हाथ पकड़कर मैं चिल्लाया– ''दादामुनि, यह तुम किधर आ निकले?''

अशोक मेरा मतलब समझ गया। मुस्कराकर उसने कहा– ''कोई फिक्र न करो।''

मैं क्यों न फिक्र करता। मोटर ऐसे इस्लामी मुहल्ले में थी जहां किसी हिन्दू का गुजर नहीं हो सकता था और अशोक को कौन नहीं पहचानता था, कौन नहीं जानता था कि वह हिन्दू है– एक बहुत बड़ा हिन्दू जिसका कत्ल महत्त्वपूर्ण होता। मुझे अरबी जुबान में कोई दुआ याद नहीं थी। कुरान की कोई मौजूं व मुनासिब आयत भी नहीं आती थी। दिल-ही-दिल में अपने ऊपर लानतें भेज रहा था और धड़कते हुए दिल से अपनी जुबान में बेजोड़-सी दुआ मांग रहा था कि ऐ खुदा, मुझे सुर्खरू रखियो। ऐसा न हो कोई मुसलमान अशोक को मार दे और सारी उम्र उसका खून अपनी गर्दन पर महसूस करता रहूं। यह गर्दन कौम की नहीं मेरी अपनी गर्दन थी, मगर यह ऐसी जलील हरकत के लिए दूसरी कौम के सामने शर्म की वजह से झुकना नहीं चाहती।

जब मोटर बारात के पास पहुंची तो लोगों ने चिल्लाना शुरू कर दिया– ''अशोक कुमार! अशोक कुमार!'' मैं बिलकुल जम गया। अशोक स्टेरिंग पर हाथ रखे खामोश था। मैं खौफ और हरास की यखबस्तगी से निकलकर

मंटो की इक्कीस कहानियां

हुजूम से यह कहने वाला था कि देखो, होश करो। मैं मुसलमान हूं। यह मुझे घर छोड़ने जा रहा है तभी दो नौजवानों ने आगे बढ़कर कहा– अशोक भाई, अगला रास्ता नहीं मिलेगा। इधर बाजू की गली से चले जाओ।''

'अशोक भाई?' अशोक उनका भाई था और मैं कौन था– मैंने उसी वक्त अपने लिबास की तरफ देखा जो खादी का था। मालूम नहीं उन्होंने मुझे क्या समझा होगा। हो सकता है कि उन्होंने अशोक की मौजूदगी में मुझे देखा ही न हो।

मोटर जब उस इस्लामी मुहल्ले से निकली तो मेरी जान में जान आई। मैंने जब अल्लाह का शुक्र अदा किया तो अशोक हंसा– ''तुम ख्वाहमख्वाह घबरा गये। आर्टिस्टों को ये लोग कुछ नहीं कहते।''

चंद रोज बाद बम्बई टॉकीज़ में नजीर अजमेरी की कहानी (जो 'मजबूर' के नाम से फिल्म बंद हुई) पर जब मैंने कड़ी नुक्ताचीनी की और उसमें कुछ तब्दीलियां करनी चाहीं तो नजीर अजमेरी ने अशोक वाचा से कहा– ''मण्टो को आप ऐसे मुबाहसों के दौरान न बिठाया करें। वह चूंकि खुद अफसाना-नवीस है इसलिए मुतासिब (पूर्वाग्रही) है।''

मैंने बहुत गौर किया। कुछ समझ में नहीं आया। आखिर मैंने अपने आप से कहा– ''मण्टो भाई– आगे रास्ता नहीं मिलेगा, मोटर रोक लो, इधर बाजू की गली से चले जाओ।''

और मैं चुपचाप बाजू की गली से पाकिस्तान चला आया, जहां मेरे अफसाने 'ठंडा गोश्त' पर मुकदमा चलाया गया।

18

एक ख़त

तुम्हारा लम्बा ख़त मिला, जिसे मैंने दो बार पढ़ा। दफ्तर में इसके एक-एक लफ्ज़ पर मैंने गौर किया और शायद इसी वजह से उस दिन मुझे रात के दस बजे तक काम करना पड़ा। इसलिए कि मैंने बहुत-सा वक्त इस सोच-विचार में गवा दिया था। तुम जानते हो, इस सरमायापरस्त दुनिया में अगर मजदूर निश्चित वक्त के एक-एक लम्हे के बदले, अपनी जान के टुकड़े तोलकर न दे तो उसे अपने काम की मज़दूरी नहीं मिल सकती। लेकिन यह रोना रोने से क्या फायदा?

शाम को अज़ीज़ साहब (जिसके यहां मैं आजकल ठहरा हुआ हूं) दफ्तर में तशरीफ लाए और कमरे की चाबियां दे कर कहने लगे– ''मैं जरा काम से कहीं जा रहा हूं, शायद देर में आना हो, इसलिए तुम मेरा इंतज़ार किए बिना, चले जाना।'' लेकिन फिर फौरन ही उन्होंने चाबियां जेब में डालीं और कहने लगे– ''नहीं तुम मेरा इंतजार करना। मैं दस बजे तक लौट आऊंगा।''

दफ्तरी काम से फारिग हुआ तो दस बज चुके थे। सख्त नींद आ रही थी। आंखों में बड़ी प्यारी-गुदगुदी हो रही थी। जी चाहता था, कुर्सी पर ही सो जाऊं।

नींद की इसी झोंक में ग्यारह बजे तक मैंने अज़ीज़ साहब का इंतज़ार किया, पर वे न आए। आखिर थककर मैंने घर की राह ली। मेरा ख्याल था कि वे उधर-से-उधर ही चले गए होंगे और आराम से सो रहे होंगे। धीरे-धीरे आधा मील का फासला तय करने के बाद, मैं तीसरी मंजिल पर चढ़ा और जब अंधेरे दरवाजे की कुण्डी की तरफ हाथ बढ़ाया तो लोहे के ताले की ठंडक ने मुझे बताया कि अज़ीज़ साहब अभी तशरीफ नहीं लाए।

सीढ़ियां चढ़ते समय मेरे थके हुए अंग सुकून-भरी नींद को महसूस करके और भी ढीले हो गए थे और जब मुझे निराशा का सामना करना पड़ा तो और शिथिल हो गए। देर तक काठ की सीढ़ी के एक जीने पर सिर को घुटनों में दबाए, अज़ीज़ साहब का इंतज़ार करता रहा, पर वे न आए आख़िरकार मैं उठा और तीन मंजिलें उतरकर, नीचे बाजार में आया और ऐसे ही टहलना शुरू कर दिया। टहलते-टहलते पुल पर जा निकला, जिसके नीचे से रेलगाड़ियां गुजरती हैं। इस पल के पास ही बड़ा चौक है। यहां लगभग आधा घंटे तक मैं बिजली के एक खम्भे के साथ लगकर खड़ा रहा और अपने सामने नीम-रोशन बाजार को इस उम्मीद पर देखता रहा कि अज़ीज़ साहब घर की तरफ लौटते नजर आ जाएंगे। आधा घंटे के इंतज़ार के बाद मैंने अचानक सिर उठाकर खम्भे के ऊपर देखा। बिजली का कुमकुमा मेरी हंसी उड़ा रहा था, जाने क्यों?

थकावट और नींद के झोंके की वजह से मेरी कमर टूट रही थी और मैं चाहता था, थोड़ी देर के लिए बैठ जाऊं। बंद दुकानों के चबूतरे मुझे दावत दे रहे थे, पर मैंने उनकी दावत क़बूल न की और चलता-चलता पुल की पथरीली मुंडेर पर चढ़कर बैठ गया। चौड़ा बाजार बिलकुल खामोश था। आना-जाना लगभग बंद था। अलबत्ता कभी-कभी दूर से मोटर के हॉर्न की रोनी आवाज खामोश फिज़ा में कम्पन पैदा करती हुई ऊपर की तरफ उड़ जाती थी। मेरे सामने सड़क के दोनों ओर बिजली के ऊंचे खम्भे दूर तक फैले चले गए थे, जो नींद और उसके एहसास से अनजान लगते थे। उनको देखकर मुझे रूस के मशहूर कवि म्यातलफ़ की नज़्म के कुछ शेर याद आ गए। यह नज़्म 'चिराग-ए-राह' के नाम समर्पित की गयी है। म्यातलफ सड़क के किनारे झिलमिलाती रोशनियों को देखकर कहता है—

ये नन्हे दीप, ये नन्हे सरदार,
सिर्फ अपने लिए चमकते हैं,
जो कुछ ये देखते हैं, जो कुछ ये सुनते हैं
किसी को नहीं बताते।

रूसी कवि ने कुछ ठीक ही कहा है। मेरे पास ही एक गज के फासले पर बिजली का खम्भा गड़ा था और उसके ऊपर बिजली का एक चंचल आंखों वाला कुमकुमा नीचे झुका हुआ था। उसकी आंखें रोशन थीं, पर वह मेरे सीने की बेचैनी से बेख़बर था। उसे क्या पता, मुझ पर क्या बीत रही है।

सिगरेट सुलगाने के लिए मैंने जेब में हाथ डाला तो तुम्हारे वज़नी लिफाफे पर हाथ पड़ा। ज़ेहन में तुम्हारा खत पहले ही मौजूद था, चुनांचे मैंने लिफाफा खोलकर बसंती रंग के कागज निकालकर उन्हें पढ़ना शुरू किया। तुम लिखते हो– ''कभी तुम शैतान बन जाते हो, और कभी फरिश्ता नजर आने लगते हो।'' यहां भी दो-तीन आदमियों ने मेरे बारे में यही राय कायम की है और मुझे यकीन-सा हो गया है कि मैं सचमुच दो सीरतों का मालिक हूं। इस पर मैंने अच्छी तरह गौर किया है और जो नतीजा निकाला है, वह कुछ इस तरह बयान किया जा सकता है।

बचपन और लड़कपन में मैंने जो चाहा, वह पूरा न होने दिया गया। ज्यों कहो कि मेरी ख्वाहिशें कुछ इस तरह पूरी की गयीं कि उनकी पूर्ति मेरे आंसूओं और मेरी हिचकियों से लिपटी हुई थी। मैं शुरू ही से जल्दबाज, जज़्बाती और तुनुकमिज़ाज रहा हूं। अगर मेरा जी कोई मिठाई खाने को चाहा है और यह उसी वक्त पर पूरी नहीं हुई तो बाद में मेरे लिए उस मिठाई में कोई स्वाद नहीं रहा। इन बातों की वजह से मैंने हमेशा अपने गले में एक कड़वाहट-सी महसूस की और इस तल्खी की शिद्दत बढ़ाने में इस कमजोरी से जबरदस्ती नाजायज फायदा भी उठाया, वे मुझसे छल-कपट करते रहे और मजा यह है कि मैं उन तमाम दगाबाज़ियों के एहसास के बावजूद प्यार करता रहा। मुझे अच्छी तरह मालूम है कि वे अपनी हर राय नयी चाल की कामयाबी पर बहुत खुश होते थे कि उन्होंने मुझे बेवकूफ बना लिया और मेरी बेवकूफी देखो कि मैं सब कुछ जानते हुए भी, बेवकूफ बन जाता था।

जब इस सिलसिले में मुझे हर तरफ से निराशा हुई– यानी जिस किसी को मैंने दिल से चाहा, उसने मेरे साथ धोखा किया– तो मेरा मन बुझ गया और मैंने महसूस किया कि मैं रेगिस्तान में एक भौंरे की तरह हूं, जिसे रस चूसने के लिए नज़र की हद तक कोई फूल नजर नहीं आ सकता। लेकिन इसके बावजूद, मैं प्यार करने से बाज न आया ओर हमेशा की तरह किसी ने भी मेरी इस भावना की कद्र न की। जब पानी सिर से गुजर गया और अपने तथाकथित दोस्तों की बेवफाइयां और लापरवाहियां याद आने लगीं तो मेरे सीने के अंदर एक हलचल-सी मच गयी। मेरे वजूद के जज़्बाती, लाज़वाल और मुखर हिस्सों में एक जंग-सी छिड़ गयी। मेरा मुखर वजूद इन लोगों को घटिया और घृणित मानते हुए और पिछली घटनाओं की तकलीफ़देह तस्वीर दिखाते हुए, इस बात की मांग करता था कि मैं औरों के लिए अपना दिल पत्थर का बना लूं और मुहब्बत को हमेशा के लिए बाहर निकाल फेंकूं। लेकिन जज़्बाती वजूद उन तकलीफ़देह घटनाओं को दूसरे के रंग में

मंटो की इक्कीस कहानियां

पेश करते हुए, मुझे फख्र करने पर मजबूर करता कि मैंने जिंदगी का यही रास्ता अपनाया है। उसकी नजर में नाकामियां-ही-नाकामियां थीं। वह चाहता था कि मैं प्यार किए जाऊं कि यही कायनात की आत्मा है। अचेतन मन इस झगड़े में बिलकुल अलग-थलग रहा। ऐसा लगता है कि उस पर एक निहायत ही अजीब-ओ-गरीब नींद छायी हुई थी।

यह जंग खुदा जाने किस मनहूस दिन शुरू हुई कि मेरी जिंदगी का एक अंग बनकर रह गयी है। दिन हो या रात, जब कभी मुझे फुर्सत के कुछ लम्हें मिलते हैं, मेरे सीने के चटियल मैदान पर मेरे मुखर और जज़्बाती वजूद हथियार बांधकर खड़े हो जाते हैं और लड़ना शुरू कर देते हैं। उन लम्हों में जब उन दोनों के बीच लड़ाई जोरों पर हो, अगर कोई मेरे साथ बात करे तो मेरा लहजा यकीनन ही और किस्म का होता है। मेरे हलक में एक नाकाबिले बयान तल्खी घुल रही होती है। आंखें गर्म हाती हैं और शरीर का एक-एक अंग बेकल होता है। मैं बहुत कोशिश किया करता हूं कि अपने लहजे को तुर्श न होने दूं और कभी-कभी मैं इस कोशिश में सफल भी हो जाता हूं लेकिन अगर मेरे कानों को कोई अप्रिय चीज सुनायी दे या ऐसी कोई चीज महसूस करूं, जो मेरी तबियत के खिलाफ हो तो फिर मैं कुछ नहीं कर सकता। मेरे सीने की गहराइयों में जो कुछ भी उठता है, जुबान के रास्ते बाहर निकल जाता है और ऐसे मौकों पर जो शब्द भी मेरी जुबान पर आते हैं, बेहद तल्ख होते हैं। उनकी तल्खी और तुर्शी का एहसास मुझे उस समय कभी नहीं हुआ, इसलिए कि मैं अपने मिज़ाज से हमेशा और हर समय बाखबर रहता हूं और मुझे मालूम होता है कि कभी किसी को दुःख नहीं पहुंचा सकता। अगर मैंने अपने मिलने वालों में से या किसी दोस्त को नाखुश किया तो कारण मैं नहीं हूं बल्कि ये ख़ास लम्हें हैं, जब मैं पागल से बेहतर नहीं होता या तुम्हारे अलफाज़ में 'शैतान' होता हूं। हालांकि यह लफ्ज़ बहुत सख्त है और इसे मेरे पागलपन पर लागू नहीं किया जा सकता।

जब तुम्हारा पिछले से पिछला खत मिला था, उस समय मेरा मुखर अस्तित्व मेरे जज़्बाती वजूद पर हावी था और मैं अपने नर्म-नाजुक गोश्त को पत्थर में बदलने की कोशिश कर रहा था मैं पहले से अपने सीने की आग में फुंका जा रहा था कि ऊपर से तुम्हारे खत ने तेल डाल दिया।

तुमने बिलकुल सही कहा है– ''तुम दर्द-भरा दिल रखते हो, हालांकि इसको अच्छा नहीं समझते।'' मैं इसको अच्छा क्यों नहीं समझता? इस सवाल का जवाब, इंसानियत को कुचलने वाले हिन्दुस्तान की निजाम है, जिसमें लोगों की जवानी पर बुढ़ापे की मोहर लगा दी जाती है।

मेरा दिल दर्द से भरा हुआ है और यही वजह है कि मैं बीमार हूं और बीमार रहता हूं। जब तक मेरे सीने में दर्दमंदी है, मैं हमेशा बेचैन रहूंगा। तुम शायद इसे अत्युक्ति समझो, पर यह असलियत है कि यह ददमंदी मेरे लहू की बूंदों से पानी खुराक हासिल कर रही है। और एक दिन ऐसा आएगा, जब सिर्फ दर्द-ही-दर्द रह जाएगा और तुम्हारा दोस्त दुनिया की नजरों से गायब हो जाएगा। मैं अक्सर सोचता हूं दर्दमंदी की इस भावना ने मुझे कैसे-कैसे भयानक दुःख पहुंचाए हैं। यह क्या कम है कि मेरी जवानी के दिन बुढ़ापे की रातों में बदल गए हैं और जब मैं यह सोचता हूं तो इस बात का इरादा करने पर मजबूर हो जाता हूं कि मुझे अपना दिल पत्थर का बना लेना चाहिए। लेकिन अफ़सोस है, इस दर्दमंदी ने मुझे इतना कमजोर बना दिया है कि मुझसे यह नहीं हो सकता और चूंकि मुझसे यह नहीं हो सकता इसलिए मेरी तबियत कैफ़ियतें पैदा हो गयी है।

शेर मैं अब भी सही नहीं पढ़ सकता इसलिए कि शायरी से मुझे बहुत कम दिलचस्पी रही है। लेकिन मुझे इस बात का पूरे तौर पर एहसास है कि मेरी तबियत का झुकाव शायरी की तरफ है। शहर में बसने वाले लोगों की 'वज़नी शायरी' मुझे पसंद नहीं। देहात के हल्के-फुल्के गीत मुझे बेहद भाते हैं। ये इतने स्वच्छ होते हैं कि उनके पीछे दिल धड़कते हुए नज़र आ सकते हैं। तुम्हें हैरत है कि मैं 'रूमानी ट्रेजिडी' क्योंकर लिखने लगा और मैं खुद इस बात पर हैरान हूं।

कुछ लोग ऐसे हैं, जो अपने एहसास को दूसरों की जुबान में बयान करके अपना सीना खाली करना चाहते हैं। ये दिमाग से कोरे हैं और मुझे उन पर तरस आता है यह दिमागी गरीब, मराली मुफ़लिसी से ज्यादा तकलीफ़देह है। मैं माली मुफ़लिस हूं, मुझे यह कितना बड़ा इत्मीनान है कि मैं जो कुछ महसूस करता हूं वही जुबान से बयान कर लेता हूं।

मैंने अपने अफ़सानों के बारे में कभी गौर नहीं किया। अगर उनमें कोई चीज तुम्हारे कहने के मुताबिक, 'जलवागर' है तो वह मेरा 'बेकल वतन' है मेरा ईमान न अहिंसा पर है न हिंसा पर, दोनों पर है और दोनों पर नहीं। मौजूदा, बदलते हुए माहौल में रहते मेरे ईमान में स्थिरता नहीं रही। आज मैं एक चीज को अच्छा समझता हूं, लेकिन दूसरे दिन सूरज की रोशनी के साथ ही उस चीज का रूप बदल जाता है। उसकी तमाम अच्छाइयां, बुराइयां बन जाती हैं। इंसान का इल्म बहुत महदूद है और मेरा इल्म महदूद होने के अलावा बिखरा हुआ भी है। ऐसी सूरत में, तुम्हारे इस सवाल का जवाब मैं कैसे दे सकता हूं?

मंटो की इक्कीस कहानियां

मुझ पर लेख लिखकर क्या करोगे प्यारे! मैं अपने कलम की कैंची से अपना लिबास पहले ही तार-तार कर चुका हूं। खुदा के लिए मुझे और नंगा करने की कोशिश न करो। मेरे चहरे से अगर तुमने नकाब उठा दिया तो तुम दुनिया को एक बहुत ही डरावनी शक्ल दिखाओगे। मैं हड्डियों का ढांचा हूं, जिस पर मेरी कलम कभी-कभी पतली झिल्ली मढ़ती रही है। अगर तुमने झिल्लियों की यह तह उधेड़ डाली तो मेरा ख्याल है, जो डरावनी-सी सूरत तुम्हें मुंह खोले नजर आएगी, उसे देखने की हिम्मत तुम खुद में न पाओगे।

मेरी काश्मीर की जिंदगी...! हाय मेरी काश्मीर की जिंदगी! मुझे पता है, तुम्हें मेरी जिंदगी के इस खुशगवार टुकड़े के बारे में तरह-तरह की बातें मालूम होती रहती हैं। ये बातें जिन लागों के ज़रिये तुम तक पहुंची हैं, उनको मैं अच्छी तरह जानता हूं। इसलिए तुम्हारा यह कहना सही है कि उनको सुनकर, अभी तक कोई सही राय नहीं बना सके लेकिन मैं यह जरूर कहूंगा कि यह कहने के बावजूद तुमने एक राय बनायी है और ऐसा करने में बहुत जल्दबाजी से काम लिया है। अगर तुम मेरी तमाम तहरीरों को सामने रख लेते तो तुम्हें यह गलतफहमी हरगिज़-हरगिज़ न होती कि मैं काश्मीर में एक भोली-भाली लड़की से मिलता रहा हूं। मेरे दोस्त, तुमने मुझे सदमा पहुंचाया है।

वज़ीर कौन था? इसका जवाब थोड़े में यही हो सकता है कि वह एक देहाती लड़की थी। जवान और पूरी जवान! उस पहाड़ी लड़की के बारे में, जिसने मेरी जिंदगी की किताब के कुछ पन्नों पर चंद हसीन नक्शे बनाये हैं, मैं बहुत कुछ कह चुका हूं।

मैंने वज़ीर को 'बर्बाद' नहीं किया। अगर 'बर्बादी' से तुम्हारा मतलब 'जिस्मानी बर्बादी' है तो वह पहले ही से बर्बाद हो चुकी थी और वह इसी बर्बादी में अपनी खुशी तलाश करती थी। जवानी के नशे में मस्त, उसने इस ख्याल को अपने दिमाग में जगह दे रखी थी कि जिंदगी का असली आनंद और मजा अपना खून खौलाने में है और वह इस मक़सद के लिए हर वक्त ईंधन चुनती रहती थी। यह तबाही भरा ख्याल उसके दिमाग में कैसे पैदा हुआ, इसके बारे में बहुत कुछ कहा जाता है। हमारी जाति में ऐसे लोगों की कमी नहीं जिसका काम सिर्फ भोली-भाली लड़कियों से खेलना होता है। जहां तक मेरा अपना ख्याल है, वज़ीर उस चीज का शिकार थी, जिसे सभ्यता और संस्कृति का नाम दिया जाता है। एक छोटा-सा पहाड़ी गांव है, जो शहरों के शोर-हंगामे से बहुत दूर, हिमालय की गोद में आबाद है और अब तहज़ीब की तमद्दून की कृपा से उसका परिचय शहरों से हो गया है। दूसरे शब्दों में शहरों की जिंदगी उस जगह पहुंचनी शुरू हो गयी है।

खाली स्लेट पर तुम जो कुछ भी लिखोगे साफ तौर पर दिखाई देगा और साफ पढ़ा जाएगा। वज़ीर का सीना बिलकुल खाली था। दीनवी ख्यालात से पाक़ और साफ, लेकिन सभ्यता के खुरदरे हाथों ने उस पर निहायत भद्दे नक्शे बना दिए थे, जो मुझे इसकी गलत रविश का कारण दिखाई देते हैं।

वज़ीर का मकान या झोंपड़ा, सड़क के ऊपर, पहाड़ की ढलान में स्थित था और मैं उसकी मां के कहने पर, हर रोज उससे जरा ऊपर चीड़ के पेड़ों की छांव में, ज़मीन पर दरी बिछाकर कुछ लिखा-पढ़ा करता था और आम और वज़ीर मेरे पास भी अपनी भैंस चराया करती थी। चूंकि होटल हर रोज दरी उठाकर यहां लाना और फिर उसे वापिस ले जाना, मेरे जैसे आदमी के लिए यह एक मुसीबत थी, इसलिए मैं उसे उसके घर में ही छोड़ जाता था। एक दिन की बात है, मुझे नहाने में देर हो गयी और मैं टहलता-टहलता पहाड़ी के कठिन रास्तों को तय करके जब उनके घर पहुंचा और दरी मांगी तो उसकी बड़ी बहन से मालूम हुआ कि वज़ीर दरी लेकर ऊपर चली गई है। यह सुनकर मैं और ऊपर चढ़ा और जब उस बड़े पत्थर के पास आया, जिसे मैं मेज के रूप में इस्तेमाल करता था तो मेरी निगाहें वज़ीर पर पड़ीं। दरी अपनी जगह पर बिछी हुई थी और वह अपना हरा, कलफ लगा दुपट्टा ताने सो रही थी।

मैं देर तक पत्थर पर बैठा रहा। मुझे मालूम था, वह सोने का बहाना करके लेटी है। शायद उसका ख्याल था कि मैं उसे जगाने की कोशिश करूंगा और वह गहरी नींद का बहाना करके जागने में देर करेगी। लेकिन मैं खामोश बैठा रहा, बल्कि अपने चमड़े के थैले से एक किताब निकालकर उसकी तरफ पीठ करके पढ़ने में मसरूफ हो गया। जब आधा घंटा इस तरह गुजर गया तो लाचार होकर वह जागी। अंगड़ाई लेकर उसने अजीब-सी आवाज मुंह से निकाली।

मैंने किताब बंद कर दी और मुड़कर उससे कहा— ''मेरे आने से तुम्हारी नींद तो खराब नहीं हुई?''

वज़ीर ने आंखें मलकर लहजे को नींद का-सा बनाते हुए कहा— ''आप कब आये थे?''

अभी-अभी आकर बैठा हूं। सोना है तो सो जाओ।''

''नहीं, आज निगोड़ी नींद को जाने क्या हो गया। कमर सीधी करने के लिए जरा देर को यहां लेटी थी कि बस सो गयी। दो घंटे से क्या कम सोयी होऊंगी।'' उसके गीले होंठों पर मुस्कराहट खेल रही थी और उसकी आंखों में जो कुछ बाहर झांक रहा था, उसको मेरी कलम बयान करने में असमर्थ

है। मेरा ख्याल है, उस वक्त उसके दिल में यह एहसास करवटें ले रहा था कि उसके सामने एक मर्द बैठा है और वह औरत है– जवान औरत– जोबन की उमंगों का उबलता हुआ चश्मा!

थोड़ी देर के बाद वह गैर-मामूली तौर पर बातूनी बन गयी और बहक-सी गयी। मैंने उसकी भैंस और बछड़े का जिक्र छेड़ने के बाद एक दिलचस्प कहानी सुनायी, जिसमें एक बछड़े से उसकी मां के प्यार का किस्सा था। इससे उसकी आंखों की वे चिंगारियां ठंडी हो गयीं, जो कुछ देर पहले लपक रही थीं।

मैं ज़ाहिद नहीं हूं और न मैंने कभी इसका दावा किया है। गुनाह और सवाब, सजा और जजा के बारे में मेरे विचार दूसरों से अलग हैं और यकीनन तुम्हारे ख्यालों से भी बहुत अलग हैं। इसी तरह औरतों के बारे मेरे विचार बहुत अजीब-ओ-गरीब हैं। मैं इस वक्त इस बहस में नहीं पड़ना चाहता क्योंकि इसके लिए मन की शांति और समय चाहिए। पर बात आ गयी है तो एक घटना बयान करता हूं जिससे तुम मेरे ख्यालों के बारे में कुछ अंदाजा लगा सकोगे।

बातों-बातों में एक बार मैंने अपने एक दोस्त से कहा कि हुस्न अगर पूरे शबाब पर जोबन पर हो तो वह दिलकशी खो बैठता है। मुझे अब भी इस ख्याल पर यकीन है, पर मेरे दोस्त ने इसे एक बेमानी दलील बताया। हो सकता है, तुम्हारी निगाह में भी यह बेमानी हो। मगर मैं तुमसे अपने दिल की बात कहता हूं। उस हुस्न ने मेरे मन को कभी अपनी ओर नहीं खींचा, जो पूरे शबाब पर हो। उसको देखकर मेरी आंखें जरूर चौंधिया जाएंगी, मगर इसका यह मतलब नहीं कि उस हुस्न की तमाम केफ़ियतें मेरे दिल और दिमाग पर तारी हो गयी हैं। शोख और भड़कीले रंग कभी उसे बुलंदी तक नहीं पहुंच सकते, जो नर्म और नाजुक रंगों और लकीरों को हासिल है। वह हुस्न यकीनन इज्ज़त के काबिल है, जो आहिस्ता-आहिस्ता निगाहों में जज्ब होकर दिल में उतर जाए। रोशनी का चौंधियाने वाला शोला, दिल की जगह, नसों पर असर करता है, लकिन इस फ़िजूल बहस में पड़ने से क्या फायदा?

मैं कह रहा था कि मैं ज़ाहिद नहीं और यह कहते समय मैं दबी जुबान से बहुत-सी चीजों को स्वीकार भी कर रहा हूं, लेकिन उस पहाड़ी लड़की से जो शारीरिक लज्ज़तों पर मोहित थी, मेरे संबंध सिर्फ ज़हनी और रूहानी थे। मैंने शायद तुम्हें यह नहीं बताया कि मैं इस बात का कायल हूं कि अगर औरत से दोस्ती की जाए तो उसके अंदर अनोखापन होना चाहिए। उससे इस तरह मिलना चाहिए कि वह तुम्हें दूसरों से बिलकुल अलग समझने पर

मजबूर हो जाए। उसे तुम्हारे दिल की हर धड़कन में ऐसी पुकार सुनायी दे, जो उसके कानों के लिए नयी हो।

औरत और मर्द और उनका आपसी रिश्ता, हर बालिग आदमी को मालूम है। लेकिन माफ करना, यह रिश्ता मेरी नज़रों में पुराना हो चुका है। इसमें सरासर हैवानियत है। मैं पूछता हूं, अगर मर्द को अपनी मुहब्बत का केंद्र किसी औरत को ही बनना है तो वह इंसानियत के इस पाकीज़ा जज़्बे में हैवानियत को क्यों जगह दे? क्या इसके बिना प्यार-मुहब्बत नहीं हो सकती? क्या जिस्मानी मशक्क़त का नाम मुहब्बत है?

वज़ीर को यही भरम था कि शारीरिक लज़्ज़तों का नाम प्यार है और मेरा ख्याल है, जिस मर्द से भी वह मिलती थी, वह प्यार का मतलब इन्हीं शब्दों में बयान करता था। मैं उससे मिला और उसके सारे विचारों का विरोधी बनकर, मैंने उससे दोस्ती पैदा की। उसने अपने भड़कीले रंग के सपनों का फल मेरे वजूद में खोजने की कोशिश की, पर उसे निराशा हुई। लेकिन चूंकि वह गलत होने के साथ-साथ मासूम थी, मेरी सीधी-सादी बातों ने उस निराशा को हैरत में बदल दिया और धीरे-धीरे उसका यह आश्चर्य इस ख्वाहिश का रूप धारण कर गया कि वह इस नयी नस्म-राह की गहराइयों की जानकारी हासिल करे। यह ख्वाहिश यकीनन ही एक पाकज़ा मासूमियत में बदल जाती है और वह अपने औरतपन का पिछला गौरव फिर से हासिल कर लेती, जिसे वह गलत रास्ते पर चलकर खो बैठी थी। लेकिन अफसोस, मुझे उस पहाड़ी गांव से अचानक भीगी आंखों के साथ अपने शहर वापिस आना पड़ा।

मुझे वह अक्सर याद आती है क्यों? इसलिए कि विदा होते समय उसकी सदा मुस्कराती आंखों में दो छलकते हुए आंसू बता रहे थे कि वह मेरी भावना से काफी प्रभावित हो चुकी है और सच्ची मुहब्बत की एक नन्ही-सी किरन उसके सीने के अंधेरे में दाखिल हो चुकी है। काश! मैं वज़ीर को प्यार की तमाम ऊंचाइयों से परिचित करा सकता और पता है कि वह पहाड़ी लड़की मुझे हर चीज हासिल करा देगी, जिसकी खोज में मेरी जवानी बुढ़ापे के सपने देख रही है।

यही है मेरी दास्तान, जिसमें बकौल तुम्हारे, लोग अपनी दिलचस्पी का सामान तलाश करते हैं। तुम नहीं समझते और नए लोग समझते हैं कि मैं ये कहानियां क्यों लिखता हूं। फिर कभी समझाऊंगा।

19

महमूदा

मुस्तकीम ने महमूदा को पहली बार अपनी शादी पर देखा। आरसी मुसहफ़[1] रस्म अदा हो रही थी कि अचानक उसे दो बड़ी-बड़ी, असाधारण रूप से बड़ी आंखें दिखायी दीं। वे महमूदा की आंखें थीं जो अभी तक कुंवारी थीं।

मुस्तकीम औरतों और लड़कियों के झुरमुट में घिरा था। महमूदा की आंखें देखने के बाद उसे जरा अनुभव न हुआ कि आरसी मुसहफ़ की रस्म कब शुरू और कब खत्म हुई। उसकी दुल्हन कैसी थी, यह बताने के लिए उसे मौका दिया गया, मगर महमूदा की आंखें उसको दुल्हन और उसके बीच एक काले मखमली पर्दे की भांति बाधक हो गयीं।

उसने चोरी-चोरी कई बार महमूदा की ओर देखा, उसकी हमउम्र लड़कियां सब चहचहा रही थीं। मुस्तकीम से बड़े जोरों पर छेड़खानी हो रही थी, मगर वह अलग-थलग खिड़की के पास घुटनों पर ठोड़ी जमाए खामोश बैठी थी। उसका रंग गोरा था, बाल तख्तियों पर लिखने वाली स्याही की भांति काले तथा चमकीले थे। उसने सीधी मांग निकाल रखी थी जो उसके अंडाकार चेहरे पर बहुत जंचती थी। मुस्तकीम का अनुमान था कि उसका कद छोटा है, अत: जब उठा तो उसका प्रमाण भी मिल गया।

उसका लिबास बहुत साधारण था। दुपट्टा जब उसके सिर से ढलका और फर्श तक जा पहुंचा तो मुस्तकीम ने देखा कि उसका सीना बहुत ठोस और मज़बूत है। भरा-भरा जिस्म, तीखी नाक, चौड़ी पेशानी, छोटा-सा मुंह और आंखें– जो देखने को सबसे पहले दिखायी देती थीं।

1. एक प्रथा, जिसके अनुसार दुल्हन के अंगूठे में एक बड़े शीशे वाली अंगूठी पहनाते हैं जिसमें दूल्हा को दुल्हन की सूरत दिखाई जाती है।

मुस्तकीम अपनी दुल्हन को घर ले आया। दो-तीन मास बीत गए। वह खुश था इसलिए कि उसकी पत्नी सुंदर तथा सुघड़ थी, लेकिन वह महमूदा की आंखें न भूल सका था। उसे ऐसा महसूस होता था कि उसके दिल व दिमाग पर छा गयी है।

मुस्तकीम को महमूदा का नाम मालूम नहीं था। एक दिन उसने अपनी बीवी कुलसुम से यों ही पूछा– ''वह लड़की कौन थी जो, हमारी शादी पर जब आरसी मुसहफ़ की रस्म अदा हो रही थी– एक कोने में खिड़की के पास बैठी थी?''

कुलसुम ने जवाब दिया– ''मैं क्या कह सकती हूं? उस वक्त कई लड़कियां थीं। मालूम नहीं आप किसके बारे में पूछ रहे हैं?''

मुस्तकीम ने कहा– ''वह...वह, जिसकी बड़ी-बड़ी आंखें थीं।''

कुलसुम समझ गयी– ''ओहो, आप का मतलब महमूदा से है! हां, वाकई उसकी आंखें बहुत बड़ी हैं, लेकिन बुरी नहीं लगतीं। गरीब घराने की लड़की, बहुत कम बोलने वाली और शरीफ। कल ही उसकी शादी हुई है।''

मुस्तकीम को सहसा एक धक्का लगा– ''उसकी शादी हो गयी कल?''

''हां, मैं कल वहीं तो गयी थी। मैंने आपसे कहा नहीं था कि मैंने उसे एक अंगूठी दी है।''

''हां-हां, मुझे याद आ गया, लेकिन मुझे यह मालूम नहीं था कि तुम जिस सहेली की शादी पर जा रही हो, वही लड़की है, बड़ी आंखों वाली। कहां शादी हुई है उसकी?''

कुलसुम ने गिलौरी बनाकर अपने पति को देते हुए कहा– ''अपने अज़ीज़ों में। खाविंद उसका रेलवे वर्कशॉप में काम करता है, डेढ़ सौ रुपये माहवार तनख़्वाह है। सुना है, बेहद शरीफ आदमी है।''

मुस्तकीम ने गिलौरी कल्ले के नीचे दबायी– ''चलो अच्छा हो गया। लड़की भी जैसा कि तुम कहती हो शरीफ है।''

कुलसुम से न रहा गया। उसे आश्चर्य हो रहा था कि उसका पति महमूदा में इतनी दिलचस्पी क्यों ले रहा है? उसने कहा– ''ताज्जुब है कि आपने उसे एक नजर देखने पर याद रखा।''

मुस्तकीम ने कहा– ''उसकी आंखें कुछ ऐसी हैं कि आदमी उन्हें भूल नहीं सकता। क्या मैं झूठ बोल रहा हूं?''

कुलसुम दूसरा पान बना रही थी। थोड़ी-सी फुर्सत के बाद वह अपने पति से कहने लगी– ''मैं तो इसके बारे में कुछ नहीं कह सकती। मुझे तो

उसकी आंखों में कोई आकर्षण दिखायी नहीं देता। मर्द न जाने किन निगाहों से देखते हैं।''

मुस्तकीम ने यही उचित समझा कि इस विषय पर अब आगे बातचीत नहीं होनी चाहिए। इसलिए उत्तर में वह मुस्कराकर उठा और अपने कमरे में चला गया। इतवार की छुट्टी थी। सदा की भांति उसे अपनी पत्नी के साथ मैटिनी शो देखने जाना चाहिए था, मगर महमूदा का जिक्र छेड़कर उसने दिमाग को बोझिल बना लिया था।

उसने आरामकुर्सी में लेटकर तिपाई पर से एक किताब उठायी जिसे वह दो बार पढ़ चुका था। उसने पहला पन्ना निकाला और पढ़ने लगा, परंतु अक्षर गड़मड़ होकर महमूदा की आंखें बन जाते। मुस्तकीम ने सोचा, शायद कुलसुम ठीक कहती थी कि उसे महमूदा की आंखों में कई आकर्षण नजर नहीं आता, हो सकता है किसी और मर्द को भी नजर न आए। एक सिर्फ मैं हूं जिसे दिखायी दिया है पर क्यों? मैंने ऐसा कोई इरादा नहीं किया था, मेरी कोई इच्छा नहीं थी कि वह मेरे दिल-व-दिमाग पर छा गयी, इसमें न उन आंखों का दोष है, न मेरी आंखों का जिनसे मैंने उन्हें देखा।

इसके बाद मुस्तकीम ने महमूदा के विवाह के बारे में सोचना आरंभ किया, हो गयी उसकी शादी, चलो अच्छा हुआ। लेकिन दोस्त यह क्या बात है कि तुम्हारे दिल में हल्की-सी टीस उठती है, क्या तुम चाहते हो कि उसकी शादी न हो? सदा कुंवारी रहे क्योंकि तुम्हारे दिल में उससे शादी करने की इच्छा तो कभी उत्पन्न नहीं हुई, तुमने उसके बारे में कभी एक क्षण के लिए भी नहीं सोचा कि यह जलन कैसी? इतनी देर तुम्हें उसे देखने का कभी विचार नहीं आया, पर अब तुम क्यों उसे देखना चाहते हो? और यदि कभी उसे देख भी लो क्या कर लोगे? बोलो ना, क्या करोगे?

मुस्तकीम के पास इसका कोई जवाब नहीं था। असल में उसे मालूम ही नहीं था कि वह क्या चाहता है? यदि कुछ चाहता भी तो क्यों चाहता है?

महमूदा की शादी हो चुकी थी और वह भी केवल एक दिन पहले, यानी उस समय जबकि मुस्तकीम पुस्तक पढ़ रहा था, महमूदा निश्चय ही दुल्हन के लिबास में या तो अपने मायके में या अपनी ससुराल में शरमाई-लजाई बैठी थी। वह खुद शरीफ थी, उसका पति भी शरीफ था, रेलवे वर्कशॉप में नौकर था और डेढ़ सौ रुपये मासिक वेतन पाता था। बड़ी खुशी की बात थी। मुस्तकीम की हार्दिक इच्छा थी कि वह खुश रहे— आजीवन सुखी रहे। लेकिन उसके दिल में जाने क्यों एक टीस-सी उठती जो उसे व्याकुल कर देती थी।

मुस्तकीम अंत में इस नतीजे पर पहुंचा कि यह सब बकवास है । उसे महमूदा के बारे में बिलकुल कुछ नहीं सोचना चाहिए। दो वर्ष व्यतीत हो गए। इस दौरान में उसे महमूदा के बारे में कुछ मालूम न हुआ और न उसने कुछ मालूम करने का प्रयत्न किया, यद्यपि वह और उसका पति बम्बई (अब मुम्बई) में डोंगरी की गली में रहते थे। मुस्तकीम हालांकि डोंगरी से बहुत दूर माहिम में रहता था, लेकिन अगर वह चाहता तो बड़ी आसानी से महमूदा को देख सकता था।

एक दिन कुलसुम ही ने उससे कहा– ''आपकी उस बड़ी-बड़ी आंखों वाली महमूदा के नसीब बहुत बुरे निकले।''

चौंककर मुस्तकीन ने चिंतित स्वर में पूछा– ''क्यों, क्या हुआ?''

कुलसुम ने गिलौरी बनाते हुए कहा– ''उसका खाविंद एकदम मौलवी हो गया है।''

''तो उससे क्या हुआ?''

आप सुन तो लीजिए। वह हर वक्त मज़हब की बातें करता रहता है, लेकिन वही ऊटपटांग किस्म की। वज़ीफे करता है, चिल्ले काटता है, महमूदा को मजबूर करता है कि वह भी ऐसा ही करे। फकीरों के पास घंटों बैठा रहता है। घर-बार से बिलकुल खाफिल हो गया है। दाढ़ी बढ़ाई है, हाथ में हर वक्त तस्बीह होती है, काम पर कभी जाता है कभी नहीं जाता। कई-कई दिन गायब रहता है। वह बेचारी कुढ़ती रहती है। घर में खाने को कुछ होता नहीं, इसलिए फाके करती है और जब उससे शिकायत करती है तो आगे से जवाब मिलता है– फाकाक़शी अल्लाह तबारक ताली को बहुत प्यारी है।'' कुलसुम ने सब कुछ एक सांस में कहा।

मुस्तकीम ने पनदनियां से थोड़ी-सी छालियां उठाकर मुंह में डालीं– ''कहीं दिमाग तो नहीं चल गया उसका?''

कुलसुम ने कहा– ''महमूदा का तो यही ख्याल है। ख्याल क्या उसे तो यकीन है। गले में बड़े-बड़े मनकों वाली माला डाले फिरता है, कभी-कभी सफेद रंग का चोला भी पहनता है।''

मुस्तकाम गिलौरी लेकर अपने कमरे में चला गया और आराम-कुर्सी में लेटकर सोचने लगा, यह क्या हो गया ऐसा पति तो बड़ा दुःखदायी होता है। गरीब किस मुसीबत में फंस गयी। मेरा ख्याल है कि पागलपन के कीटाणु उसके अंदर शुरू ही से मौजूद होंगे जो अब एकदम उभर आए हैं, लेकिन सवाल यह है कि अब महमूदा क्या करेगी? उसका तो यहां कोई रिश्तेदार भी नहीं। कुछ लोग शादी करने लाहौर से आए थे और वापिस चले गए थे। क्या

महमूदा ने अपने मां-बाप को लिखा होगा? नहीं, नहीं उसके मां-बाप तो जैसा कि कुलसुम ने एक बार कहा था, उसके बचपन में ही मर गए थे। शादी उसके चाचा ने की थी। डोंगरी में शायद उसकी जान-पहचान का कोई हो। लेकिन नहीं जान-पहचान का कोई होता तो वह फाके क्यों मारती? कुलसुम क्यों न उसे अपने यहां ले आएं? पागल हुए हो मुस्तकीम, होश के नाखून लो।

मुस्तकीम ने एक बार फिर इरादा किया कि महमूदा के बारे में नहीं सोचेगा, इसलिए कि उससे कोई लाभ नहीं होगा, बेकार मगज़मारी की।

बहुत दिनों के बाद कुलसुम ने एक रोज उसे बताया कि महमूदा का पति, जिसका नाम जमील था, करीब-करीब पागल हो गया है।

मुस्तकीम ने पूछा– ''क्या मतलब?''

कुलसुम ने जवाब दिया– ''मतलब यह कि अब रात को एक सेकंड के लिए नहीं सोता। जहां खड़ा है, बस वहीं घंटों खामोश खड़ा रहता है। महमूदा गरीब रोती रहती है। मैं कल उसके पास गयी थी। बेचारी का कई दिन का फाफा था। मैं बीस रुपये दे आयी, क्योंकि मेरे पास इतने ही थे।''

मुस्तकीम ने कहा– ''बहुत अच्छा किया तुमने। जब तक उसका पति ठीक नहीं होता कुछ-न-कुछ दे आया करो, ताकि गरीब को फाकों की नौबत तो न आए।''

कुलसुम ने कुछ सोच-विचार के बाद विचित्र स्वर में कहा – ''असल में बात कुछ और है।''

''क्या मतलब?''

''महमूदा का ख्याल है कि जमील ने महज एक ढोंग रचा रखा है। वह पागल-वागल हरग़िज नहीं। बात यह है कि वह।''

''वह क्या?''

''वह औरत के काबिल नहीं। यह कमजोरी दूर करने के लिए वह फकीरों और संन्यासियों से टोने-टोटके लेता रहता है।''

मुस्तकीम ने कहा– ''यह बात तो पागल होने से ज्यादा अफ़सोसजनक है। महमूदा के लिए तो यह समझो कि घरेलू जिंदगी एक बला बनकर रह गई है।''

मुस्तकीम अपने कमरे में चला गया और महमूदा की दुर्दशा के बारे में सोचने लगा। ऐसी स्त्री का जीवन क्या होगा जिसका पति सर्वथा निष्क्रिय है? कितनी उमंगें होंगी उसके हृदय में। उसके यौवन ने कितने कंपकंपा देने वाले स्वप्न देखे होंगे। उसने अपनी सहेलियों से कुछ नहीं सुना होगा? कितनी निराशा हुई होगी बेचारी को जब उसे चारों ओर शून्य-ही-शून्य दिखायी दिया होगा? उसने अपनी गोद हरी करने के बारे में भी कई बार

सोचा होगा। जब डोंगरी में किसी के यहां बच्चा होने की सूचना उसे मिली होगी तो बेचारी के दिल पर घूंसा-सा लगा होगा। अब क्या करेगी? ऐसा न हो, कहीं आत्महत्या कर ले! दो वर्ष तक उसने किसी को यह राज़ न बताया, परंतु उसका सीना फट गया। खुदा उसके हाल पर रहम करे।

बहुत दिन गुजर गए। मुस्तकीम और कुलसुम छुट्टियों में पंचगनी चले गए। वहां ढाई महीने रहे। वापिस आए तो एक मास के पश्चात् कुलसुम के यहां लड़का पैदा हुआ। वह महमूदा के घर न जा सकी। लेकिन एक दिन उसकी सहेली जो महमूदा को जानती थी, उसे बधाई देने आयी। उसने बातों-बातों में कुलसुम से कहा– ''कुछ सुना तुमने? वह महमूदा है ना, बड़ी-बड़ी आंखों वाली...।''

कुलसुम ने कहा– ''हां-हां, डोंगरी में रहती है।''

''खाविंद की बेपरवाही ने गरीब को बुरी बातों पर मजबूर कर दिया है।'' कुलसुम की सहेली ने कहा।

कुलसुम ने बड़े दुःख-भरे स्वर में पूछा– ''कैसी बुरी बातों पर?''

''अब उसके यहां गैर मर्दों का आना-जाना हो गया है।''

''झूठ?''

कुलसुम की सहेली का दिल धक-धक करने लगा। कुलसुम की सहेली ने कहा– ''नहीं कुलसुम, मैं झूठ नहीं कहती। मैं परसों उससे मिलने गयी थी, दरवाजे पर दस्तक देने ही वाली थी कि अंदर से नौजवान मर्द जो मेमन मालूम होता था, बाहर निकला और तेज़ी से नीचे उतर गया। मैंने उससे मिलना मुनासिब न समझा और वापिस चली आयी।''

''यह तुमने बहुत बुरी ख़बर सुनायी। खुदा उसे गुनाह के रास्ते से बचाये रखे! हो सकता है वह मेमन उसके खाविंद का कोई दोस्त हो।'' कुलसुम ने खुद को धोखा देते हुए कहा।

उसकी सहेली मुस्करायी– ''दोस्त चोरों की तरह दरवाजा खोलकर भागा नहीं करते।''

कुलसुम ने अपने पति से बात की तो उसे बहुत दुःख हुआ। वह कभी नहीं रोया था, लेकिन कुलसुम ने जब उसे यह दर्दनाक ख़बर बतायी कि महमूदा पाप-मार्ग पर जा रही है तो उसकी आंखों से आंसू आ गए। उसने उसी समय निश्चय कर लिया कि महमूदा उनके यहां रहेगी। अत: उसने अपनी पत्नी से कहा– ''यह बड़ी भयानक बात है। तुम ऐसा करो, अभी जाओ और महमूदा को यहां ले आओ।''

कुलसुम ने बड़े रूखेपन से कहा– ''मैं उसे अपने घर में नहीं रख सकती।''

"क्यों?" मुस्तकीम के स्वर में विस्मय था।

"बस मेरी मर्जी! वह मेरे घर में क्यों रहे? इसलिए कि आपको उसकी आंखें पसंद हैं।" कुलसुम के बोलने का ढंग बहुत विषैला और व्यंग्यपूर्ण था।

मुस्तकीम को बहुत क्रोध आया, किंतु वह उसे पी गया। कुलसुम से बहस करना व्यर्थ था। अब केवल यही हो सकता था कि वह कुलसुम को निकालकर महमूदा को ले आए। पर वह ऐसा कदम उठाने के बारे में सोच ही नहीं सकता था। मुस्तकीम की नीयत बिलकुल नेक थी और उसे खुद इसका एहसास था। असल में उसने किसी गंदे दृष्टिकोण से महमूदा को देखा ही नहीं था। हां, उसकी आंखें उसे बेहद पसंद थीं, इतनी कि वह बयान नहीं कर सकता था।

वह पाप के मार्ग पर अग्रसर हो चुकी थी और उसने सिर्फ कुछ कदम उठाए थे; उसे विनाश के गड्ढे से बचाया था। मुस्तकीम ने कभी नमाज़ नहीं पढ़ी थी, कभी रोज़ा नहीं रखा था, कभी खैरात नहीं दी थी। खुदा ने उसे कितना अच्छा मौका दिया था कि वह महमूदा को गुनाह के रास्ते से घसीटकर ले आए और तलाक वगैरह दिलवाकर उसकी किसी और से शादी कर दे। मगर वह यह सबाब का काम नहीं कर सकता था, इसलिए कि वह अपनी बीवी का दबेल था।

बहुत देर तक मुस्तकीम का अंत:करण उसे झिड़कता रहा। एक-दो बार उसने यत्न किया कि उसकी पत्नी सहमत हो जाए, पर जैसा कि मुस्तकीम को मालूम था, ऐसा प्रयत्न निरर्थक था।

मुस्तकीम का विचार था कि और कुछ नहीं तो कुलसुम महमूदा से मिलने जरूर जाएगी। मगर उसे निराशा हुई। कुलसुम ने उस रोज़ के बाद महमूदा का नाम तक न लिया।

अब क्या हो सकता था, मुस्तकीम खामोश रहा।

लगभग दो वर्ष बीत गए। एक दिन घर से निकलकर मुस्तकीम ऐसे ही दिल बहलाने के लिए फुटपाथ पर चहलकदमी कर रहा था कि उसने कसाइयों की बिल्डिंग की ग्राउंड की खोली के बाहर महमूदा की आंखों की झलक देखी। मुस्तकीम दो कदम आगे निकल गया, फौरन मुड़कर उसने देखा– महमूदा ही थी। वही बड़ी-बड़ी आंखें थीं, वह एक यहूदन के साथ जो उस खोली में रहती थी, बातें करने में व्यस्त थी।

इस यहूदन को सारा माहिम जानता था। अधेड़ उम्र की औरत थी। उसका काम ऐयाश मर्द के लिए लड़कियां उपलब्ध कराना था। उसकी अपनी दो जवान लड़कियां थीं जिनसे वह पेशा कराती थी। मुस्तकीम ने जब

महमूदा का चहेरा बड़े ही बेहूदा तरीके से मेकअप किए हुए देखा तो वह गरज उठा। अधिक देर तक वह दु:खद हृदय देखने की शक्ति उसमें न थी; वहां से फौरन चल दिया।

घर पहुंचकर उसने कुलसुम से इस घटना का जिक्र न किया, क्योंकि अब जरूरत ही नहीं रही थी महमूदा अब पूर्णतया शरीर बेचने वाली औरत बन चुकी थी। मुस्तकीम के सामने जब भी उसका बेहूदा, कामोत्तेजक रूप से मेकअप किया हुआ चेहरा आता तो उसकी आंखों में आंसू आ जाते। उसके अंत:करण ने उससे कहा– ''मुस्तकीम, जो कुछ तुमने देखा है उसका कारण तुम हो। क्या हो जाता यदि तुम अपनी बीवी की कुछ दिनों की नाराजगी बर्दाश्त कर लेते! ज्यादा-से-ज्यादा इस अर्से में वह मायके चली जाती। मगर महमूदा की जिंदगी उस गंदगी से तो बच जाती जिसमें वह इस समय धंसी हुई है। क्या तुम्हारी नीयत नेक नहीं थी? अगर तुम सच्चाई पर थे और सच्चाई पर रहते तो कुलसुम एक-न-एक दिन अपने आप ठीक हो जाती। तुमने बड़ा जुल्म किया, बहुत पाप किया।''

मुस्तकीम अब क्या कर सकता था? कुछ भी नहीं। पानी सिर से गुजर चुका था। चिड़िया सारा खेत चुग गयी होगी। अब कुछ नहीं हो सकता था। मरते हुए रोगी को अंतिम समय ऑक्सीजन सुंघाने वाली बात थी।

थोड़े दिनों के बाद बम्बई का वातावरण सांप्रदायिक दंगों के कारण बड़ा भयंकर हो गया था। बंटवारे के कारण देश के चारों ओर विनाश और लूट का बाजार गर्म था। लोग धड़ाधड़ हिन्दुस्तान छोड़कर पाकिस्तान आ रहे थे। कुलसुम ने मुस्तकीम को मजबूर किया कि वह भी बम्बई छोड़ दे। अत: जो पहला जहाज मिला, उसकी सीटें बुक कराके मियां-बीवी कराची पहुंच गए और छोटा-मोटा कारोबार शुरू कर दिया।

ढाई बरस बाद इस करोबार में उन्नति होने लगी। इसलिए मुस्तकीम ने नौकरी का विचार त्याग दिया। एक रोज शाम को दुकान से उठकर वह टहलते हुए सदर जा निकला। जी चाहा एक पान खाए; बीस-तीस कदम के फासले पर उसे दुकान नजर आयी जिस पर काफी भीड़ थी। आगे बढ़कर वह दुकान के पास पहुंचा; क्या देखता है कि महमूदा बैठी पान खा रही है। चहरे पर उसी किस्म का भद्दा मेकअप है, लोग उससे गंदे-गंदे मज़ाक कर रहे हैं और वह हंस रही है। मुस्तकीम के होश-ओ-हवास गायब हो गए। सोच रहा था कि वहां से भाग जाए कि महमूदा ने उसे पुकारा– ''इधर आओ दूल्हे मियां, तुम्हें एक फर्स्ट क्लास पान खिलाएं। हम तुम्हारी शादी में शरीक थे।''

मुस्तकीम बिलकुल पथरा गया।

20

मम्मी

उसका नाम मिसेज़ स्टेला जैक्सन था, मगर सब उसे मम्मी कहते थे। दर्मियाने कद की अधेड़ उम्र की स्त्री थी। उसका पति जैक्सन पहले महायुद्ध में मारा गया था। उसकी पेंशन स्टेला को लगभग दस साल से मिल रही थी।

वह पूना में कैसे आई, कब से वहां थी, इसके बारे में मुझे कुछ पता नहीं। दरअसल मैंने उसके बारे में कुछ जानने की कभी कोशिश ही नहीं की। वह इतनी दिलचस्प औरत थी कि उससे मिलकर सिवाय उसकी शख़्सीयत के और किसी चीज से दिलचस्पी नहीं रहती थी। उससे कौन जुड़ा हुआ है, यह जानने की जरूरत ही महसूस न होती थी, क्योंकि वह पूना के ज़र्रे-ज़र्रे से वाकिफ थी, जो हो सकता है कि एक हद तक अतिश्योक्ति हो, लेकिन मेरे लिए पूना वही पूना है। उसके वही ज़र्रे वे तमाम ज़र्रे हैं, जिनके साथ मेरी खुद यादें जुड़ी हुई हैं– और मम्मी की अजीब-ओ-ग़रीब शख़्सीयत उनमें से हर एक में मौजूद है।

उससे मेरी पहली मुलाकात पूना में ही हुई। मैं बहुत ही सुस्त किस्म का आदमी हूं। यों घुमक्कड़ी की बड़ी-बड़ी उमंगें मेरे दिल में मौजूद हैं और अगर आप मेरी बातें सुनें तो आपको लगेगा कि मैं कंचनजंघा या हिमालय की इसी तरह की किसी अन्य चोटी की सैर करने के लिए निकल जाने वाला हूं। ऐसा हो सकता है, लेकिन इससे भी ज्यादा उम्मीद इस बात की है कि वह चोटी सैर करके मैं वहां का होकर ही रहूं।

खुदा जाने कितने सालों से बम्बई में था। आप इससे अदांज़ा लगा सकते हैं कि जब मैं पूना गया तो बीवी मेरे साथ थी। एक लड़का होकर, उसको मरे करीब-करीब चार साल हो गए थे। इस बीच में, ठहरिए, ठहरिए, मैं हिसाब लगा लूं। आप यह सूझ लीजिए कि म्यूज़ियम देखने की फुर्सत नहीं

मिली थी। यह तो केवल इत्तफाक की बात थी कि मैं एकदम पूना जाने के लिए तैयार हो गया। जिस फिल्म कंपनी में नौकर था, उसके मालिकों में एक मामूली सी बात पर मनमुटाव हो गया और मैंने सोचा कि यह कड़वाहट दूर करने के लिए पूना हो आऊं। वह भी इसलिए कि वह पास था और मेरे कुछ दोस्त वहां रहते थे।

मुझे प्रभात नगर जाना था, जहां मेरा फिल्मों का एक पुराना साथी रहता था। स्टेशन से बाहर निकलने पर मालूम हुआ कि वह जगह काफी दूर है, लेकिन तब तक हम तांगा ले चुके थे।

सुस्त रफ्तार से चलने वाली चीजों में मेरी तबियत बहुत घबराती है, लेकिन मैं अपने दिल की रंजिश को दूर करने के लिए यहां आया था, इसलए मुझे प्रभात नगर आने की बहुत जल्दी थी। तांगा बहुत ही वाहियत किस्म का था, अलीगढ़ के इक्कों से यह ज्यादा वाहियात, जिसमें हर समय गिरने का खतरा बना रहता है। घोड़ा आगे चलता है और सवारियां पीछे। एक-दो गर्द से अटे बाजारों को पार करते-करते मेरी तबियत घबरा गई। मैंने अपनी बीवी से मशविरा किया और पूछा की ऐसी हालत में क्या करना चाहिए? उसने कहा कि धूप तेज है। मैंने जो और तांगे देखे हैं, वे भी इसी तरह के हैं। अगर इसे छोड़ दिया तो पैदल चलना होगा, जो जाहिर है कि इस सवारी से ज्यादा तकलीफ़देह है। बात ठीक थी धूप सचमुच बहुत तेज थी। घोड़ा एक फर्लांग और बढ़ा होगा कि पास से वैसा ही वाहियात किस्म का तांगा गुजरा। मैंने सरसरी तौर पर उधर देखा, तभी एकदम कोई चिल्लाया– ''ओए मंटो के घोड़े!''

मैं चौंक पड़ा। चड्ढा था, एक घिसी हुई मेम के साथ। दोनों साथ-साथ जुड़कर बैठे थे। मेरी पहली प्रतिक्रिया बड़ी दुःखद थी कि चड्ढा की सौंदर्यप्रियता कहां गई, जो ऐसी लगामी के साथ बैठा है। उम्र का ठीक अदांजा तो मैंने उस समय नहीं किया था, मगर उस औरत की झुर्रियां पाउडर और रूज़ की तहों में से साफ दिखाई देती थीं। इतना शोख मेकअप था कि देखने से आंखों को तकलीफ़ होती थी।

मैंने चड्ढा को काफी समय के बाद देखा था। वह मेरा बेतकल्लुफ दोस्त था। 'ओए मंटो के घोड़े!' के जवाब में मैंने कुछ इसी किस्म का नारा लगाया होता, लेकिन उस औरत को उसके साथ देखकर मेरी बेतकल्लुफी झिर्रियां-झिर्रियां हो गई।

मैंने अपना तांगा रुकवा लिया। चड्ढा ने भी अपने कोचवान को ठहरने के लिए कहा। फिर उसने उस औरत से अंग्रेज़ी में कहा– ''मम्मी, जस्ट ए मिनट!''

मंटो की इक्कीस कहानियां

तांगे से कूदकर वह मेरी ओर अपना हाथ बढ़ाते हुए चिल्लाया– ''तुम. ..! तुम यहां कैसे आए?'' फिर उसने उस औरत का बढ़ा हुआ हाथ बड़ी बेतकल्लुफी से मेरी पुरतकल्लुफ़ बीवी से मिलाते हुए कहा– ''भाभीजान, आपने कमाल कर दिया। इस गुलमुहम्मद को आखिर आप खींचकर यहां ले ही आईं।''

मैंने उससे पूछा– ''तुम जा कहां रहे हो?''

चड्ढा ने ऊंचे स्वर में कहा– ''एक काम से जा रहा हूं। तुम ऐसा करो सीधे।'' वह एकदम पलटकर मेरे तांगे वाले से मुखातिब हुआ– ''देखो, साहब को हमारे घर ले जाओ; किराया-विराया मत लेना इनसे।'' उधर से जल्द ही निपटकर उसने बेफ़िक्र-सा होकर मुझसे कहा– ''तुम जाओ, नौकर वहां होगा, बाकी तुम देख लेना।''

और वह फुदक कर अपने तांगे में उस बूढ़ी मेम के साथ जा बैठा, जिसको उसने मम्मी कहा था। इससे मुझे एक प्रकार का सकून मिला, बल्कि यों कहिए कि जो बोझ एकदम उन दोनों को साथ-साथ देखकर मेरे सीने पर आ पड़ा था, काफी हद तक हल्का हो गया था।

उसका तांगा चलकर एक डाक बंगले की तरफ इमारत के पास रुका। तांगेवाला नीचे उतरकर बोला– ''चलिए साहब...!''

मैंने पूछा– ''कहां?''

उसने जवाब दिया– ''चड्ढा साहब का मकान यही है।''

''ओह! मैंने सवालिया नजर से अपनी बीवी की ओर देखा। उसके तेवरों ने मुझे बताया कि वह चड्ढा के मकान में रहने के हक में नहीं थी। सच पूछिए तो वह पूना आने के ही हक में नहीं थी। उसको यकीन था कि मुझको वहां पीने-पिलाने वाले दोस्त मिल जाएंगे। गम गलत करने का बहाना पहले से मौजूद है, इसलिए दिन-रात उड़ेगी। मैं तांगे से उतर गया। छोटा-सा अटैची केस था, वह मैंने उठाया और अपनी बीवी से कहा– ''चलो!''

वह शायद मेरे तेवरों से भांप गई थी कि हर हालत में उसे मेरा फैसला मानना होगा, इसलिए उसने कोई हील-हुज्जत न की और चुपचाप मेरे साथ चल पड़ी।

बहुत मामूली किस्म का मकान था। ऐसा मालूम होता था कि मिलिट्री वालों ने टैम्परेरी तौर पर एक छोटा-सा बंगला बनाया था। उसे इस्तेमाल किया और फिर उठकर चलते बने। चूने और कीच का काम बड़ा कच्चा था। जगह-जगह से पलस्तर उखड़ा हुआ था और घर के भीतर का भाग वैसा ही था जैसा कि लापरवाह कुंवारे का हो सकता है, जो फिल्मों का

हीरो हो और ऐसी कंपनी में नौकर हो, जहां महीने की तनख्वाह हर तीसरे महीने मिलती हो और वह भी कई किस्तों में।

मुझे इस बात का पूरा एहसास था कि वह औरत, जो बीवी हो, ऐसे गंदे माहौल में यकीनन परेशानी और घुटन महसूस करेगी, लेकिन मैंने सोचा कि चड्ढा आ जाए तो उसके साथ ही प्रभात नगर चलेंगे। वहां जो मेरा फिल्मों का पुराना साथी रहता था, उसकी बीवी और बाल-बच्चे भी थे। वहां के माहौल में मेरी बीवी जैसे-तैसे दो-तीन दिन काट सकती थी।

नौकर भी अजीब बेफिक्र आदमी था। जब हम उस घर में पहुंचे तो सब दरवाजे खुले थे और वह मौजूद नहीं था। जब वह आया तो उसने हमारी मौजूदगी की ओर कोई ध्यान न दिया जैसे हम बरसों से वहीं बैठे रहने का इरादा किए हुए थे।

जब वह कमरे में दाखिल होकर हमें देखे बिना पास से गुज़र गया तो मैंने समझा कि कोई मामूली एक्टर है, जो चड्ढा के साथ रहता है, लेकिन जब मैंने उससे नौकर के बारे में पूछताछ की तो मालूम हुआ कि वही हजरत चड्ढा साहब के चहेते नौकर थे।

मुझे और मेरी बीवी दोनों को प्यास लग रही थी। उससे पानी को कहा तो वह गिलास ढूंढने लगा। बड़ी देर के बाद उसने एक टूटा हुआ जग अलमारी के नीचे से निकाला और बड़बड़ाया— ''रात एक दर्जन गिलास साहब ने मंगवाए थे, मालूम नहीं किधर गए।''

मैंने उसके हाथ में पकड़े हुए जग की ओर इशारा किया— ''क्या आप इसमें तेल लेने जा रहे हैं?''

'तेल लेने जाना' बम्बई का एक ख़ास मुहावरा है। मेरी बीवी इसका मतलब न समझी, मगर हंस पड़ी। नौकर बौखला गया— ''नहीं साहब... मैं तलाश कर रहा था कि गिलास कहां हैं।''

मेरी बीवी ने उसको पानी लाने से मना कर दिया। उसने वह टूटा हुआ जग वापिस अलमारी के नीचे इस तरह से रखा कि जैसे वही उसकी जगह थी, अगर उसे कहीं और रख दिया तो सारी तरकीब बिगड़ जाएगी। इसके बाद वह यों कमरे से बाहर निकला जैसे उसे मालूम था कि हमारे मुंह में कितने दांत हैं।

मैं पलंग पर बैठा था, जो शायद चड्ढा का था। इससे कुछ दूर हटकर दो आराम-कुर्सी थीं। उनमें से एक पर मेरी बीवी बैठी पहलू बदल रही थी। काफी देर तक हम दोनों खामोश रहे। इतने में चड्ढा आ गया। वह अकेला था। उसको इस बात का बिलकुल एहसास नहीं था कि हम उसके मेहमान

हैं और इस लिहाज से उसे हमारी ख़ातिरदारी करनी चाहिए। कमरे में दाखिल होते ही उसने मुझसे कहा– "वेट इज़ वेट।" तो तुम आ गए ओल्ड ब्वॉय! चलो, ज़रा स्टूडियो तक हो आएं। तुम साथ होगे तो एडवांस मिलने में आसानी हो जाएगी। आज शाम को।" मेरी बीवी पर उसकी नजर पड़ी तो वह रुक गया और खिलखिलाकर हंसने लगा– "भाभीजान, कहीं आपने इसे मौलवी तो नहीं बना दिया?" फिर जोर-जोर से हंसा– "मौलवियों की ऐसी-तैसी! उठो मण्टो, भाभीजान यहीं बैठती हैं, हम अभी आ जाएंगे।"

मेरी बीवी जल-भुनकर पहले कोयला थी अब बिलकुल राख हो गई थी। मैं उठा और चड्ढा के साथ हो लिया। मुझे मालूम था कि थोड़ी देर तक गुस्सा होकर वह सो जाएगी और वही हुआ। स्टूडियो घर के पास ही था। अफरा-तफरी में मेहता जी के सिर चढ़कर चड्ढा ने दो सौ रुपये वसूल कर लिए और पौन घंटे में जब हम वापिस आए तो देखा कि वह बड़े मजे से आराम-कुर्सी पर सो रही थी। हमने उसे परेशान करना ठीक नहीं समझा और दूसरे कमरे में चले गए, जो कबाड़खाने से मिलता-जुलता था। इसमें जो चीजें थीं, अजीब तरीके से टूटी हुई थीं, जो सब मिलकर एक मुकम्मल नज़ारा पेश कर रही थीं।

हर चीज पर गर्द जमी थी और उस जमी हुई गर्द में भी एक तरह का अपनापन था, जैसे उसकी मौजूदगी उस कमरे में जरूरी हो। चड्ढा ने जल्द ही अपने नौकर को ढूंढ निकाला और उसे सौ रुपये का नोट देकर कहा– "चीन के शहज़ादे! दो बोतलें थर्ड क्लास रम की ले आओ, मेरा मतलब है, 'श्री एक्स रम' की और आधा दर्जन गिलास।"

मुझे बाद में मालूम हुआ कि उसका नौकर सिर्फ चीन का ही नहीं, दुनिया के हर बड़े देश का शहज़ादा था। चड्ढा की जुबान पर जिस देश का नाम आ जाता, वह उसी का शहज़ादा बन जाता था। उस वक्त चीन का शहज़ादा सौ का नोट उंगलियों में से खड़खड़ाता चला गया।

चड्ढा ने टूटे हुए स्प्रिंगों वाले पलंग पर बैठकर अपने होंठ 'श्री एक्स रम' के स्वागत में चटकाते हुए कहा– "वेट इज़ वेट– आफ्टर ऑल, तुम इधर आ ही निकले।" फिर एकदम फिक्रमंद होकर बोला– "यार, भाभी का क्या होगा? वह तो घबरा जाएंगी।"

चड्ढा बिना बीवी के था, मगर दूसरों की बीवियों का बहुत ख्याल रखता था। वह उनकी इतनी कद्र करता था, मानो सारी उम्र कुंवारा रहना चाहता था। वह कहा करता था– "यह हीनता भाव है, जिसने मुझे अब तक इस नेमत से महरूम रखा है। जब शादी का सवाल आता है तो फौरन तैयार

हो जाता हूं, लेकिन बाद में यह सोचकर कि बीवी के काबिल नहीं हूं, सारी तैयारी कोल्ड स्टोरेज में डाल देता हूं।''

रम बहुत जल्दी आ गई, गिलास भी। चड्ढा ने छह मंगवाए थे और चीन का शहज़ादा तीन लाया था, बाकी तीन रास्ते में टूट गए थे। चड्ढा ने उसकी परवाह नहीं की और भगवान का शुक्रिया किया की बोतल सलामत रही। एक बोतल जल्दी-जल्दी खोलकर उसने कोरे गिलासों में रम डाली और कहा– ''तुम्हारे पूना आने की खुशी में।''

हम दोनों ने लम्बे-लम्बे घूंट भरे और गिलास खाली कर दिए।

दूसरा दौर शुरू करके चड्ढा उठा और कमरे में देखकर आया कि मेरी बीवी अभी तक सो रही है। उसको बहुत तरस आया। कहने लगा– ''पहले मैं चाय मंगवाता हूं।'' यह कहकर उसने रम का एक छोटा-सा घूंट लिया और नौकर को आवाज दी– ''जमैका के शहज़ादे।''

जमैका का शहज़ादा जल्द आ गया। चड्ढा ने उससे कहा– ''देखो, मम्मी से कहो, एकदम फर्स्ट क्लास चाय तैयार करके भेज दे।''

नौकर चला गया। चड्ढा ने अपना गिलास खाली किया तथा और पैग डालकर कहा– ''मैं इस वक्त ज्यादा नहीं पीऊंगा। पहले चार पैग मुझे बहुत जज़्बाती बना देते हैं। मुझे भाभी को छोड़ने तुम्हारे साथ प्रभात नगर जाना है।''

आधे घंटे के बाद चाय आ गई। बहुत साफ बर्तन थे और बड़े सलीके से ट्रे में रखे हुए थे। चड्ढा ने टीकोजी उठाकर चाय की खुशबू सूंघी और खुशी ज़ाहिर करता हुआ बोला– ''मम्मी इज़ ए ज्यूल...।'' फिर उसने इथोपिया के शहज़ादे पर बरसना शुरू कर दिया। उसने इतना शोर मचाया कि मेरे कान बिलबिला उठे। इसके बाद उसने ट्रे उठाई और मुझसे कहा– ''आओ।''

मेरी बीवी जग रही थी। चड्ढा ने ट्रे बड़ी सफाई से टूटी हुई तिपाई पर रखी और बड़े अदब से कहा– ''हाजिर है बेगम साहिबा।'' मेरी बीवी को यह मजाक पसंद न आया, लेकिन चाय का सामान चूंकि साफ-सुथरा था, इसलिए उसने इंकार न किया और दो प्यालियां पी लीं। उनसे उसको कुछ ताजगी मिली। उसके बाद हम दोनों की ओर मुड़कर उसने भेदभरी आवाज में कहा– ''आप अपनी चाय तो पहले ही पी चुके हैं।''

मैंने जवाब न दिया, मगर चड्ढा ने झुककर बड़ी ईमानदारी दिखाते हुए कहा– ''जी हां, यह गलती हमसे हो चुकी है; लेकिन हमें यकीन था कि आप जरूर माफ का देंगी?''

मेरी बीवी मुस्कराई तो वह खिलखिलाकर हंसा– ''हम दोनों बहुत ऊंची नस्ल के सुअर हैं, जिन पर हर हराम की चीज हलाल है। चलिए, अब हम आपको मस्जिद तक छोड़ आएं।''

मेरी बीवी को फिर चड्ढा का यह मजाक पसंद नहीं आया। असल में उसको चड्ढा ही से नफरत थी या यों कहिए कि उसे मेरे हर दोस्त से नफरत थी और चड्ढा उनमें सबसे ज्यादा खलता था क्योंकि कभी-कभी वह बेतकल्लुफी की हदें भी फांद जाता था। लेकिन चड्ढा को इसकी कोई परवाह नहीं थी। मेरा ख्याल है कि उसने कभी इसके बारे में सोचा ही नहीं था। वह ऐसी बेकार की बातों में दिमाग खर्च करना एक ऐसा 'इनडोर गेम समझता था, जो लूडो से कहीं अधिक बेमानी होता है। उसने मेरी बीवी के बिगड़े तेवरों को बड़ी खुश-खुश नजरों से देखा और नौकर को आवाज दी– ''जो कबाबिस्तान के शाहज़ादे! एक अदद तांगा लाओ – रोल्स रायस किस्म का।''

कब्रिस्तान का शहज़ादा चला गया और साथ ही चड्ढा भी। वह शायद दूसरे कमरे में गया था। एकांत मिला तो मैंने अपनी बीवी को समझाया कि कबाब होने की कोई जरूरत नहीं। आदमी की जिंदगी में ऐसे लम्हें आ ही जाया करते हैं, जिनका कभी ख्याल तक नहीं आता। इनसे गुजरने का सबसे अच्छा तरीका यही है कि उनको गुजर जाने दिया जाए। लेकिन असूलन उसने मेरी इस सीख पर कोई ध्यान नहीं दिया और बड़बड़ाती रही। इतने में कब्रिस्तान का शहज़ादा रोल्स रायल किस्म का तांगा लेकर आ गया और हम प्रभात नगर के लिए चल पड़े।

बहुत ही अच्छा हुआ कि मेरा फिल्मों का पुराना साथी घर में मौजूद नहीं था, उसकी बीवी थी। चड्ढा ने मेरी बीवी उसके सुपुर्द की और कहा– ''खरबूजा खरबूजे को देखकर रंग पकड़ता है। बीवी बीवी को देखकर रंग पकड़ती है, यह हम अभी आकर देखेंगे।'' फिर वह मुझसे बोला– ''चलो मण्टो, स्टूडियो में तुम्हारे दोस्त को पकड़ें।''

चड्ढा कुछ ऐसी अफरा-तफरी मचा दिया करता था कि दूसरों को सोचने-समझने का बहुत कम मौका मिलता था। उसने मेरी बांह पकड़ी और बाहर ले गया और मेरी बीवी सोचती रह गई। तांगे में सवार होकर अब चड्ढा ने कुछ सोचने के ढंग से कहा– ''यह तो गया, अब क्या प्रोगाम है?'' फिर खिलखिलाकर हंसा– ''मम्मी... ग्रेट... मम्मी!''

मैं उससे पूछने वाला था कि यह मम्मी किस चिड़ीमार की औलाद है कि चड्ढा ने बातों का ऐसा सिलसिला शुरू कर दिया कि मेरा सवाल बेमौत मर गया।

तांगा वापिस उस डाक बंगलेनुमा कोठी पर पहुंचा, जिसका नाम 'सईदा कॉटेज' था, लेकिन चड्ढा उसको 'रंजीदा कॉटेज' कहा करता था, क्योंकि उसमें रहने वाले सबके सब रंजीदा रहते हैं। हालांकि यह गलत था, जैसा कि मुझे बाद में मालूम हुआ।

उस कॉटेज में काफी आदमी रहते थे, हालांकि ऊपर ढंग से देखने में यह जगह बिलकुल गैरआबाद मालूम होती थी। सबके सब उसी फिल्म कंपनी के नौकर थे, जो महीने की तनख्वाह हर तीन महीने बाद देती थी और वह भी कई किस्तों में। एक-एक करके जब वहां के निवासियों से मेरा परिचय हुआ, तो पता चला कि सबके सब असिस्टेंट डायरेक्टर थे, कोई चीफ असिस्टेंट डायरेक्टर, कोई उसका सहायक और कोई उस सहायक का सहायक। हर दूसरा किसी पहले का सहायक था और अपनी निजी फिल्म कंपनी की बुनियाद डालने के लिए पैसा इकट्ठा कर रहा था। अपने पहनावे और हाव-भाव से हर कोई हीरो मालूम होता था। कंट्रोल का जमाना था लेकिन किसी के पास राशन कार्ड नहीं था। वे चीजें भी, जो थोड़ी-सी तकलीफ के बाद आसानी से मिल सकती थीं, ये लोग ब्लैक मार्केट से खरीदते थे। पिक्चर जरूर देखते थे। रेस का जमाना होगा तो रेस खेलते थे, नहीं तो सट्टा। जीतते कभी-कभी ही थे, लेकिन हारते हर रोज थे।

सईदा कॉटेज की आबादी बहुत घनी थी। चूंकि जगह कम थी, इसलिए मोटर गैरेज भी रहने के काम में लाया जाता था। उसमें एक फेमिली रहती थी। शीरी नाम की एक औरत थी, जिसका खाविंद शायद एकरूपता तोड़ने के लिए असिस्टेंट डायरेक्अर नहीं था।

वह उसी फिल्म कंपनी में नौकर था, लेकिन मोटर ड्राइवर था। मालूम नहीं वह कब आता था और कब जाता था, लेकिन मैंने उस शरीफ आदमी को वहां कभी नहीं देखा। शीरी का एक छोटा-सा लड़का भी था, जिसको सईदा कॉटेज के सभी निवासी फुर्सत के समय प्यार करते। शीरी, जो काफी हसीन थी अपना ज्यादातर समय गैरेज में गुजारती थी।

कॉटेज का बढ़िया हिस्सा चड्ढा और उसके दो साथियों के पास था। ये तीनों भी एक्टर थे, लेकिन हीरो नहीं थे। एक सईद था, जिसका फिल्मी नाम रंजीत कुमार था। चड्ढा कहा करता था कि सईद कॉटेज उसी गधे के नाम से मशहूर है, नहीं तो उसका नाम 'रंजीदा कॉटेज ही था। वह काफी खूबसूरत और कम-गो था चड्ढा कभी-कभी उसे कछुआ कहा करता था क्योंकि वह हर काम बहुत आहिस्ता-आहिस्ता करता था।

दूसरे एक्टर का मालूम नहीं था, लेकिन सब उसे गरीब नवाज़ कहते थे। वह हैदराबाद के एक खाते-पीते घराने से ताल्लुक रखता था और एक्टिंग के शौक में यहां चला आया था। तनख्वाह ढाई सौ रुपये माहवार मुकर्रर थी, लेकिन उसे नौकर हुए एक बरस हो गया था और इस बीच उसने केवल एक बार ढाई सौ रुपये एडवांस के रूप में लिए थे। वह भी चड्ढा के लिए, जिसे एक खूंखार पठान की अदायगी करनी थी। ऊटपटांग किस्म की जुबान में फिल्मी कहानियां लिखना उसका शगल था और कभी-कभी वह शायरी भी कर लिया करता था। कॉटेज का हर आदमी उसका कर्जदार था।

शकील और अकील दो भाई थे। दोनों किसी असिस्टेंट डायरेक्टर के असिस्टेंट थे और उसकी तरह अपनी फिल्म कंपनी बनाने के लिए पैसे जुटाने के चक्कर में थे।

तीन बड़े यानी चड्ढा, सईदा और गरीब नवाज़ शीरी का बहुत ख्याल रखते थे, लेकिन तीनों कभी इकट्ठे गैरेज में नहीं जाते थे। हालचाल पूछने का उनका कोई वक्त भी मुकर्रर न था। तीनों जब कॉटेज के बड़े कमरे में इकट्ठे होते, तो उनमें से कोई उठकर गैरेज में चला जाता और कुछ देर वहां बैठकर शीरी के घरेलू मामलों पर बातचीत करता रहता। बाकी दो अपने-अपने काम में लगे रहते।

जो असिस्टेंट किस्म के लोग थे, वे शीरी का हाथ बंटाया करते थे। कभी उसको बाज़ार से सौदा-सट्टा ला दिया, कभी लांड्री में उसके कपड़े धुलने दे आए और कभी उसके रोते बच्चे को बहला दिया। उनमें से 'रंजीदा' कोई भी न था, सब-के-सब प्रसन्न थे। अपने मुश्किल हालात की चर्चा भी करते तो बड़ी खुशी से। इसमें कोई शक नहीं कि उनकी जिंदगी बड़ी दिलचस्प थी।

हम कॉटेज के गेट में दाखिल होने जा रहे थे गरीब नवाज़ साहब बाहर आ रहे थे। चड्ढा ने उसकी ओर ध्यान से देखा और अपनी जेब में हाथ डालकर नोट निकाले। बिना गिने उसने कुछ गरीब नवाज़ को दे दिए और कहा– ''चार बोतलें स्कॉच की चाहिए, कमी आप पूरी कर दीजिएगा, बेशी हों तो मुझे वापिस मिल जाएं।''

गरीब नवाज़ के हैदराबादी होंठों पर गहरी सांवली मुस्कराहट आ गई। चड्ढा खिलखिलाकर हंसा और मेरी ओर देखकर उसने गरीब नवाज़ से कहा– ''यह मिस्टर मण्टो हैं... लेकिन इनसे तफसीली मुलाकात की इजाजत इस वक्त नहीं मिल सकती। यह रम पिए हैं। शाम को स्कॉच आ जाए तो... लेकिन आप जाइए।''

गरीब नवाज़ चला गया। हम अंदर दाखिल हुए। चड्ढा ने ज़ोर की जम्हाई ली और रम की बोतल उठाई जो आधी से ज्यादा खाली थी। उसने रोशनी में उसकी मिकदार का सरसरी तौर पर अंदाज़ा लगाया और नौकर को आवाज़ दी– ''कज़ाकिस्तान के शहज़ादे।'' जब वह न आया तो उसने गिलास में एक पैग डालते हुए कहा– ''ज्यादा पी गया है, कमबख्त।''

गिलास खत्म करते हुए वह कुछ फिक्रमंद हो गया– ''यार, भाभी को तुम ख्वाहमख्वाह यहां लाए। खुदा कसम, मुझे अपने सीने पर बोझ-सा महसूस हो रहा है।'' फिर खुद ही उसने अपने को हौसला बंधाया– ''लेकिन मेरा ख्याल है कि वे बोर नहीं होंगी वहां।''

मैंने कहा– ''हां– वहां, रहकर वह मेरे कत्ल का जल्दी इरादा नहीं कर सकती।'' यह कहकर मैंने अपने गिलास में रम डाली जिसका स्वाद बुझे हुए गुड़ जैसा था।

जिस कबाड़खाने में हम बैठे थे, उसमें सलाखों वाली दो खिड़कियां थीं, जिससे बाहर का खाली-खाली-सा हिस्सा नजर आता था। इधर से किसी ने चड्ढा का नाम लेकर जोर से पुकारा। मैं चौंक पड़ा और देखा कि म्यूज़िक डायरेक्टर वनकतरे हैं। कुछ समझ में नहीं आता था कि वह किस नस्ल का है। मंगोल है, हब्शी है, आर्य है या क्या बला है। कभी-कभी उसके किसी नखशिख देखकर आदमी किसी नतीजे पर पहुंचने ही वाला होता था कि उसके बदले में कोई ऐसा निशान नजर आ जाता कि जल्द ही नये सिरे से सोचना पड़ जाता। वैसे वह मराठा था, लेकिन शिवाजी की तीखी नाक के बजाय उसके चहरे पर बड़े हैरतअंगेज ढंग से मुड़ी हुई चपटी नाक थी, जो उसके ख्याल में उन सुरों के लिए बहुत जरूरी थी, जिनका सीधा ताल्लुक नाक से होता है। उसने मुझे देखा तो चिल्लाया– ''मण्टो-मण्टो सेठ।''

चड्ढा ने उससे ज्यादा ऊंची आवाज में कहा– ''सेठ की ऐसी-तैसी-चल, अंदर आ!''

वह जल्द अंदर गया। अपनी जेब से उसने हंसते हुए रम की बोतल निकाली और तिपाई पर रख दी– ''मैं साला इधर मम्मी के पास गया। वह बोला– तुम्हारा फ्रेंड आए ला, मैं बोला - साला यह फ्रेंड कौन होने को सकता... साला मालूम न था, साला मण्टो है।''

चड्ढा ने वनकतरे के कद्दू जैसे सिर पर एक धौल जमाई– ''अब चुप कर साले, तू रम ले आया... बस ठीक है।'' वनकतरे ने अपना सिर हिलाया और मेरा खाली गिलास उठाकर अपने लिए पैग बनाया– ''मण्टो, यह साला

आज मिलते ही कहने लगा– आज पीने को जी चाहता है... मैं एकदम कड़का... सोचा, क्या करूं...?''

चड्ढा ने एक और धप्प उसके सिर पर जमाया– ''बैठ बे, जैसे तूने सचमुच ही कुछ सोचा होगा।''

''सोचा नहीं तो साला यह इतनी बड़ी बाटली कहां से आया– तेरे बाप ने दिया?'' वनकतरे ने एक ही घूंट में रम खत्म कर दी। चड्ढा ने उसकी बात सुनी-अनसुनी कर दी और उससे पूछा– ''तू यह तो बता कि मम्मी क्या बोली...? बोली थी कि मोजेल कब आएगी? अरे हां... वह प्लेटीनम ब्लौंड।''

वनकतरे ने जवाब में कुछ कहना चाहा, लेकिन चड्ढा ने मेरी बांह पकड़कर कहना शुरू कर दिया– ''मण्टो! खुदा की कसम, क्या चीज़ है! सुना करते थे कि चीज प्लेटीनम ब्लौंड भी होती है, मगर देखने का मौका कब मिला। बाल हैं, जैसे चांदी के महीन लॉन... ग्रेट...खुदा की कसम मण्टो, बहुत ग्रेट... मम्मी ज़िंदाबाद!'' फिर उसने गुस्सैल नजरों से वनकतरे की ओर कड़ककर कहा– ''कनकुतरे के बच्चे... नारा क्यों नहीं लगाता... मम्मी ज़िंदाबाद!''

चड्ढा और वनकतरे दोनों ने मिलकर 'मम्मी ज़िंदाबाद' के कई नारे लगाए। इसके बाद वनकतरे ने चड्ढा के सवालों का फिर जवाब देना चाहा, उसने उसे चुप करा दिया– ''छोड़ो यार... मैं जज़्बाती हो गया हूं... इस वक्त यह सोच रहा हूं कि आमतौर पर माशूकों के बाल काले होते हैं, जिन्हें काली घटा कहा जाता है, मगर यहां कुछ और मामला हो गया है।'' फिर वह मुझसे मुखातिब हुआ– ''मण्टो, बड़ी गड़बड़ हो गई है, उसके बाल चांदी के तारों जैसे हैं– चांदी का रंग भी नहीं कहा जा सकता– मालूम नहीं, प्लेटीनम का रंग कैसा होता है, क्योंकि मैंने अभी तक यह धातु देखी नहीं... कुछ अजीब-सा ही रंग है– फौलाद और चांदी दोनों मिला दिए जाएं...।''

वनकतरे ने दूसरा पैग खत्म करते हुए कहा– ''और उसमें थोड़ी-सी थ्री क्लास रम मिक्स कर दी जाए।''

चड्ढा ने भिन्नाकर उसे एक बहुत ही मोटी गाली दी। ''बकवास न कर!'' फिर उसने बड़ी बेचारी नजरों से मेरी ओर देखा– ''यार... मैं सचमुच में जज़्बाती हो गया हूं.... वह रंग... खुदा की कसम, लाजवाब रंग है... वह तुमने देखा है... वह, जो मछलियों के पेट पर होता है... नहीं-नहीं, हर जगह होता है– पोमफ्रेट मछली... उसके वे क्या होते हैं...? नहीं-नहीं, सांपों के.. वे नन्हे-नन्हे खपरे... बस, उनका रंग...खपरे...यह शब्द मुझे एक हिन्दुस्तोड़े

ने बताया था... इतनी खूबसूरत चीज़ और भोंडा नाम... पंजाबी में हम इन्हें चाने कहते हैं। इस लफ़्ज़ में चिनचिनाहट है... यही, बिलकुल वही, जो उसके बालों में है। लटें नन्ही-नन्ही संपोलियां मालूम होती हैं, जो लोट लगा रही हों...।'' वह एकदम उठा- ''संपोलियों की ऐसी-तैसी! मैं जज़्बाती हो गया हूं।''

वनकतरे ने बड़े भोलेपन से पूछा- ''वह क्या होता है?''

''सेंटीमेंटल।'' चड्ढा ने जवाब दिया- लेकिन तू क्या समझेगा बालाजी बाजीराव और नाना फड़नवीस की औलाद!''

वनकतरे ने अपने लिए एक और एक पैग बनाया और मुझसे मुख़ातिब होकर कहा- ''यह साला चड्ढा समझता है कि मैं इंगलिश नहीं समझता हूं, मैट्रीक्यूलेट हूं... साला मेरा बाप मुझसे बहुत मोहब्बत करता था... उसने...।''

चड्ढा ने चिढ़कर कहा- ''उसने तुझे तानसेन बना दिया... और तेरी नाक मरोड़ दी, ताकि निकोड़े सुर आसानी से तेरी नाक से निकल सकें। बचपन में ही उसने तुझे धुपद गाना सिखा दिया था और दूध पीने के लिए तू मियां की तोड़ी में रोया करता था और पेशाब करते वक्त अड़ाना में और, तूने पहली बात पटदीप में की थी... और तेरा बाप...जगत उस्ताद था, बैजू बावरे के भी कान काटता था... और तू आज उसके कान काटता है... इसलिए तेरा नाम कनकुतरे है।'' इतना कहकर वह मेरी ओर मुड़ा- ''मण्टो, यह साला जब पीता है, अपने बाप की तारीफ शुरू कर देता है, वह इससे मोहब्बत करता था तो मुझ पर उसने क्या एहसान किया और उसने इसे मैट्रीक्यूलेट बना दिया तो इसका यह मतलब नहीं कि मैं अपनी बी.ए. की डिग्री फाड़कर फेंक दूं।''

वनकतरे ने इस बौछार पर आपत्ति जाहिर करनी चाही, मगर चड्ढा ने उसे वहीं दबा दिया- ''चुप रह... मैं कह चुका हूं कि मैं सैंटीमेंटल हो गया हूं... वे रंग, पोमफ्रेट मछली के... नहीं-नहीं... सांप के नन्हें-नन्हें खपरे... बस, इन्हीं का रंग... मम्मी ने खुदा जाने अपनी बीन पर कौन-सा राग बजाकर उस नागिन को बाहर निकाला है।''

वनकतरे सोचने लगा- ''पेटी मंगाओ, मैं बजाता हूं।''

चड्ढा खिलखिलाकर हंसने लगा- ''बैठ वे मेट्रीक्यूलेट के चाकुलेट...।'' उनके रम की बोतल में से बची हुई रम को अपने गिलास में उड़ेल लिया और मुझसे कहा- ''मण्टो अगर यह प्लेटिनम ब्लौंड न पटी तो चड्ढा हिमालय पहाड़ की चोटी पर धूनी रमाकर बैठ जाएगा...।'' और उसने गिलास खाली कर दिया।

वनकतरे ने अपनी लाई हुई बोतल खोलनी शुरू की– "मण्टो, मुगली एकदम चांगली है।"

मैंने कहा– "देख लेंगे।"

"आज ही, आज रात मैं एक पार्टी दे रहा हूं। यह बहुत ही अच्छा हुआ कि तुम आ गए और एक सौ आठ मेहता जी ने तुम्हारी वजह से एडवांस दे दिया, नहीं तो बड़ी मुश्किल हो जाती... आज रात...आज ही रात..।" चड्ढा ने बड़े भोंड़े सुरों में गाना शुरू कर दिया– "आज की रात साज़-ए-दर्द न छेड़।"

बेचारा वनकतरे इसकी इस ज़्यादती पर एक बार फिर आपत्ति करने ही वाला था कि तभी गरीब नवाज़ और रंजीत कुमार आ गए। दोनों के पास स्कॉच की दो-दो बोतलें थीं। वे उन्होंने मेज़ पर रख दीं।

रंजीत कुमार से मेरे अच्छे-खासे ताल्लुकात थे, लेकिन बेतकल्लुफी नहीं थी, इसलिए हम दोनों ने थोड़ी-सी "आप कब आए?" आज ही आया।" ऐसी रस्मी बातें कीं और गिलास टकराकर पीने लग गए।

चड्ढा वाकई बहुत जज़्बाती हो गया था। हर बात में वह उस प्लेटिनम ब्लौंड का जिक्र ले आता था। रंजीत कुमार दूसरी बोतल का चौथाई हिस्सा चढ़ा गया था। गरीब नवाज़ ने स्कॉच के तीन पैग पिए थे। नशे के मामले में उन सबकी हालत अब एक जैसी थी। मैं चूंकि ज्यादा पीने का आदी हूं, इसलिए मैं ज्यों-का-त्यों बैठा था। उनकी बातचीत से मैंने अंदाजा लगाया कि वे चारों उस नई लड़की पर बहुत बुरी तरह मर मिटे थे जो मम्मी ने कहीं से पैदा की थी। इस अमूल्य मोती का नाम फिलिस था। पूने में कोई हेयर ड्रेसिंग सैलून था, जहां वह नौकरी करती थी। उसके साथ आमतौर पर एक हिजड़ा-सा लड़का रहा करता था। लड़की की उम्र चौदह-पंद्रह बरस के करीब थी। गरीब नवाज़ तो यहां तक उस पहर गर्म था कि वह हैदराबाद में अपने हिस्से की जायदाद बेचकर भी उस पर दांव लगाने के लिए तैयार था। चड्ढा के पास तुरप का सिर्फ पत्ता था, अपनी खूबसूरती। वनकतरे का ख्याल था कि उसकी पेटी सुन वह जरूर शीशे में उत्तर आएगी और रंजीत कुमार जोर-जबरदस्ती को ही कारगर समझता था... लेकिन सब आखिर में यही सोचते थे कि देखिए, मम्मी किस पर मेहरबानी करती है। इससे मालूम होता था कि उस प्लेटिनम ब्लौंड फिलिस को वह स्त्री, जिसे मैंने चड्ढा के साथ तांगे में देखा था, किसी के भी हवाले कर सकती थी।

फिलिस की बातें करते-करते चड्ढे ने अचानक अपनी घड़ी देखी और मुझसे कहा– "जहन्नुम में जाए ये छोकरी, चलो यार...भाभी वहां कवाब हो

रही होंगी... लेकिन मुसीबत यह है कि मैं वहां भी कहीं सेंटीमेंटल न हो जाऊं... खैर, तुम मुझे संभाल लेना।'' अपने गिलास की कुछ आखिरी बूंदें गले में टपकाकर उसने नौकर को आवाज दी— ''ममियों के मुल्क मिस्र के शहज़ादे।''

ममियों के मुल्क मिस्र का शहज़ादा इस तरह आंखें मलता हुआ वहां आया, जैसे उसे सदियों के बाद खोदकर बाहर निकाला गया हो। चड्ढा ने उसके मुंह पर रम के छींटे मारे और कहा— ''दो अदद तांगे लाओ... जो मिस्र के रथ मालूम हों।''

तांगे आ गए। हम सब उन पर लदकर प्रभात नगर के लिए चल पड़े। मेरा पुराना फिल्मों का साथी हरीश घर पर मौजूद था। इतनी दूरी पर रहने के बावजूद उसने मेरी बीवी की खातिरदारी में कोई कसर नहीं उठा रखी थी। चड्ढा ने आंख के इशारे से उसे सारा मामला समझा दिया था, इसलिए फायदेमंद साबित हुआ। मेरी बीवी ने अपना गुस्सा जाहिर नहीं किया। उसका वक्त वहां कुछ अच्छा ही बीता था। हरीश ने, जो औरत के मिजाज का अच्छा जानकार था, बड़ी मजेदार बातें कीं और आखिर में मेरी बीवी से इल्तजा की कि वह उसकी शूटिंग देखने चले, जो उस दिन होने वाली थी। मेरी बीवी ने पूछा— ''कोई गाना फिल्मा रहे हैं आप?''

हरीश ने जवाब दिया— ''जी नहीं कल का प्रोग्राम है— मेरा ख्याल है आप कल चलिएगा।''

हरीश की बीवी शूटिंग देख-देखकर और दिखा-दिखाकर तंग आई हुई थी। उसने जल्द मेरी बीवी से कहा— ''हां कल ठीक रहेगा।'' फिर सबकी ओर देखकर बोली— ''आज सफर की थकान भी है।''

हम सबने सुकून की सांस ली। हरीश ने फिर कुछ देर तक मजेदार बातें कीं, आखिर में मुझसे कहा— ''चलो मेरे साथ।'' फिर मेरे तीन साथियों की ओर देखा— ''इनको छोड़ो... सेठ साहब तुम्हारी कहानी सुनना चाहते हैं।''

मैंने अपनी बीवी की ओर देखा और हरीश से कहा— ''इनसे इजाजत ले लो।''

मेरी भोली-भाली बीवी जाल में फंस चुकी थी। उसने हरीश से कहा— ''मैंने बम्बई से चलते वक्त कहा भी था कि अपना डॉक्यूमेंट केस साथ ले चलिए, लेकिन इन्होंने कहा कोई जरूरत नहीं। अब ये कहानी क्या सुनाएंगे?''

हरीश ने कहा— ''जुबानी सुना देगा।'' फिर उसने मेरी ओर यों देखा, जैसे कह रहे हों कि जल्दी हां कहो।

मंटो की इक्कीस कहानियां

मैंने धीमे से कहा— "हां, ऐसा हो सकता है।"

चड्ढा ने उस ड्रामे में आखिरी टच दिया— "तो भई, हम चलते हैं।" और वे तीनों नमस्ते-नमस्ते करके चले गए। थोड़ी देर के बाद मैं और हरीश निकले। प्रभात नगर के बाहर तांगे खड़े थे। चड्ढा ने हमें देखा और जोर का नारा लगाया— "राजा हरिश्चंद्र की जय!"

शाम की महफिल जमी मम्मी के घर।

यह भी कॉटेज था - शक्ल-सूरत और बनावट में सईद कॉटेज जैसी, मगर बहुत साफ-सुथरी, जिससे मम्मी के सलीके का पता चलता था। फर्नीचर मामूली था, लेकिन जो चीज हवा थी, सजी हुई थी। मैंने सोचा था कि मम्मी के घर कोई वेश्यालय होगा, लेकिन उस घर की किसी चीज से भी नजरों को ऐसा शक नहीं होता था। वह वैसा ही शरीफाना था जैसा कि एक मध्यम वर्ग के ईसाई का होता है लेकिन मम्मी की उम्र के मुकाबले में वह कुछ जवान-सा दिखाई देता था। उस पर वह मेकअप नहीं था, जो मैंने मम्मी की झुर्रियों वाले चेहरे पर देखा था। जब मम्मी ड्राइंगरूम में आई तो मैंने सोचा कि इर्द-गिर्द की जितनी चीजें हैं, वे आज की नहीं बरसों पुरानी हैं, केवल मम्मी आगे निकलकर बूढ़ी हो गई हैं और वे वैसी पड़ी रही हैं— उनकी जो उम्र थी, वह वहीं की वहीं रही है... लेकिन जब मैंने उसके गहरे और शोख मेकअप की ओर देखा तो दिल में न जाने क्यों, यह इच्छा पैदा हुई कि वह भी अपने इर्द-गिर्द के माहौल की तरह पूरी तरह जवान बन जाए।

चड्ढा ने उससे मेरा परिचय कराया, जो बहुत संक्षिप्त था और फिर संक्षेप में ही उसने मुझसे मम्मी के बारे में यह कहा— "यह मम्मी है... दी ग्रेट मम्मी...!"

मम्मी अपनी तारीफ सुनकर मुस्करा दी और मेरी तरफ देखकर उसने चड्ढा से अंग्रेज़ी में कहा— "तुमने जो चाय मंगवाई थी वह जल्दी में बनी थी, वह शायद इन्हें पसंद न आई हो।" फिर उसने मेरी ओर मुड़कर कहा— "मिस्टर मंटो, मैं बहुत शर्मिंदा हूं। असल में सारा कुसूर तुम्हारे दोस्त चड्ढा का है, जो मेरा बेहद बिगड़ा हुआ लड़का है।"

मैंने उचित लफ़्ज़ों में चाय की तारीफ की और उसका शुक्रिया अदा किया। मम्मी ने मुझे बेकार की तारीफ न करने के लिए कहा और फिर चड्ढा से बोली— "रात का खाना तैयार है... यह मैंने इसलिए किया कि तुम ऐन वक्त मेरे सिर पर सवार हो जाओगे...।"

चड्ढा ने मम्मी को गले से लगा लिया— "यू आर ए ज्यूल मम्मी ! यह खाना अब हम खाएंगे।"

मम्मी ने चौंककर पूछा– ''क्यों...? नहीं हरगिज नहीं।'' चड्ढा ने उसे बताया– ''मिसेज़ मंटो को हम प्रभात नगर छोड़ आए हैं।''

मम्मी चिल्लाई– ''खुदा तुम्हें गारत करे... यह तुमने क्या किया!'' चड्ढा खिलखिलाकर हंसा– ''आज पार्टी जो होने वाली थी।''

''वह तो मैंने मिस्टर मंटो को देखते ही अपने दिल में कैंसिल कर दी थी।'' मम्मी ने अपना सिगरेट सुलगाया।

चड्ढा का दिल डूब गया– ''खुदा अब तुम्हें गारत करे... और यह सब प्लान हमने इस पार्टी के लिए बनाया था।'' वह कुर्सी पर रंजीदा-होकर बैठ गया और कमरे के जर्रे-जर्रे से मुखातिब होकर कहने लगा– ''लो, सारे सपने मलियामेट हो गए... प्लेटिनम ब्लौंड... औंधे सांप के नन्हे-नन्हे खपरों जैसे रंग वाली...।'' एकदम उठकर उसने मम्मी को बांहों से पकड़ लिया– ''कैंसिल की थी ना... लो, उस पर सुआद (सही का निशान) बना देता हूं।'' और उसने मम्मी के दिल की जगह पर उंगली से बहुत बड़ा साद दिया और ऊंची आवाज में पुकारा– ''हुर्रे !''

मम्मी संबंधित लोगों को इत्तिला भेज चुकी थी कि पार्टी कैंसिल हो चुकी है, लेकिन मैंने महसूस किया कि वह चड्ढा का दिल तोड़ना नहीं चाहती थी। इसलिए उसने बड़े लाड़ से उसके गाल थपथपाए और कहा– ''तुम फिक्र न करो, मैं अभी इंतजाम करती हूं।''

वह इंतज़ाम करने बाहर चली गई। चड्ढा ने खुशी का एक और नारा लगाया और वनकतरे से कहा– ''जनरल वनकतरे, जाओ हैडक्वार्टर से सारी तोपें ले आओ।''

वनकतरे ने सैल्यूट किया और हुक्मउदूली के लिए चला गया। सईद कॉटेज बिलकुल पास था। दस मिनट के अंदर-अंदर वह बोतलें लेकर वापिस आ गया। उसके साथ चड्ढा का नौकर था। चड्ढा ने देखा तो उसका स्वागत किया– ''आओ, आओ मेरे कोहकाफ़ के शहज़ादे... वह... वह सांप के खपरों जैसे रंग के बातों वाली छोकरी आ रही है... तुम भी किस्मत-आजमाई कर लेना।''

रंजीत कुमार और गरीब नवाज़ को चड्ढा का इस तरह का निमंत्रण अच्छा न लगा। दोनों ने मुझसे कहा कि यह चड्ढा की बहुत बेहूदगी है। इस बेहूदगी को उन्होंने बहुत महसूस किया था। चड्ढा नियमानुसार अपनी हांकता रहा और वे चुपचाप एक कोने में बैठ आहिस्ता-आहिस्ता रम पीकर एक-दूसरे से अपने सुख-दुःख की बातें करते रहे।

मैं मम्मी के बारे में सोचता रहा। ड्राइंगरूम में गरीब नवाज़, रंजीत कुमार और चड्ढा बैठे थे। ऐसा लगता था कि छोटे-छोटे बच्चे बैठे हैं और इनकी मां बाहर खिलौने लेने गई है। ये सब इंतजार में हैं। चड्ढा संतुष्ट था कि सबसे अच्छा खिलौना उसे मिलेगा, इसलिए कि वह अपनी मां का चहेता है। बाकी दो का दुःख चूंकि एक जैसा था, इसलिए वे एक-दूसरे के खैरख्वाह बन गये... शराब इस माहौल में दूध मालूम होती थी और वह प्लेटिनम ब्लौंड... उसकी कल्पना दिमाग में एक छोटी-सी गुड़िया के रूप में आती थी... हर माहौल का अपना एक खास संगीत होता है। उस वक्त जो संगीत मेरे दिल के कानों तक पहुंच रहा था, उसमें कोई सुर उत्तेजक नहीं था। हर चीज मां ओर उसके बच्चों के आपसी संबंधों की तरह जाहिर थी।

मैंने जब उसको तांगे में चड्ढा के साथ देखा तो मुझे धक्का-सा लगा था। मुझे अफसोस हुआ कि मेरे दिल में दोनों के बारे में ख्याल पैदा हुए; लेकिन यह जी मुझे बार-बार सता रही थी कि वह इतना गहरा मेकअप क्यों करती है, जो उसकी झुर्रियों की तौहीन है। उस ममता की तौहीन है, जो उसके दिल में चड्ढा, गरीब नवाज़ और वनकतरे के लिए मौजूद है... और खुदा जाने और किस-किसके लिए...।''

बातों-बातों में मैंने चड्ढा से पूछा– ''यार यह बताओ कि तुम्हारी मम्मी इतना शोख मेकअप क्यों करती है?''

''इसलिए कि दुनिया हर शोख चीज को पसंद करती है– तुम्हारे और मेरे जैसे उल्लू इस दुनिया में बहुत कम बसते हैं, जो मद्धिम रंग पसंद करते हैं। जो जवानी को बचपन के रूप में नहीं देखना चाहते और... जो बुढ़ापे पर जवानी की टीप-टॉप पसंद नहीं करते... हम जो खुद को कलाकार कहते हैं, उल्लू के पट्ठे हैं। मैं तुम्हें एक दिलचस्प घटना सुनाता हूं... बैसाखी का मेला था... तुम्हारे अमृतसर में.... रामबाग के उस बाज़ार में जहां टकैइया (वेश्याएं) रहती थीं– जाट-गुर्जर रहते थे... एक तंदुरुस्त जवान ने... खालिस दूध और मक्खन पर पले जवान ने जिसकी नई जूती उसकी लाठी पर बाजीगरी कर रही थी, ऊपर एक कोठे की ओर देखा, जहां एक टकई के तेल में भीगी हुई जुल्फें उसके माथे पर बड़े बदसूरत ढंग से जमी हुई थीं। उसने अपने साथी से कहा– ''असीं ते पिण्ड विच मझई।'' आखिरी लफ्ज़ चड्ढा ने न जाने क्यों गोल कर दिया। हालांकि वह किसी तरह की शिष्टता का कायल नहीं था। फिर वह खिलखिलाकर हंसने लगा और मेरे गिलास में रम डालकर बोला– ''उस जाट के लिए वह चुड़ैल ही उस वक्त कोहकाफ की परी थी... और उसके गांव की हसीन और तंदुरुस्त मुटियारें

बेडौल भैंस... हम सब चुग़द हैं... दर्मियाने दर्जे के... इसलिए कि इस दुनिया में कोई चीज अव्वल दर्जे की नहीं... तीसरे दर्जे की है या दर्मियाने दर्जे की, लेकिन...लेकिन फिलिस ख़ासुलख़ास दर्जे की चीज हैं... वह सांप के खपरा...।''

वनकतरे ने अपना गिलास उठाकर चड्ढा के सिर पर उंडेल दिया– ''खपरे...खपरे... तुम्हारा भेजा फिर गया है।''

चड्ढा ने माथे से रम की टपकती बूंदें चाटनी शुरू कर दीं और वनकतरे से कहा– ''ले, अब सुना... तेरा बाप साला तुझसे कितनी मुहब्बत करता था... मेरा दिल अब काफी ठंडा हो गया है।''

वनकतरे बहुत गंभीर होकर मुझसे बोला– '' बाई गॉड, वह मुझसे बहुत मुहब्बत करता था... मैं फिफ्टीन ईयर का था कि उसने मेरी शादी बना दी।''

चड्ढा जोर से हंसा– ''तुम्हें कार्टून बना दिया उस साले ने... खुद उसे बहिश्त में भी केसरियल की पेटी दे कि वहां भी उसे बजा-बजाकर वह तुम्हारी शादी के लिए कोई खूबसूरत हूर ढूंढता रहे और तुम्हारी खूबसूरत बीवी की ऐसी-तैसी... इस वक्त फिलिस की बात करो... उससे ज्यादा और खूबसूरत नहीं हो सकता।'' चड्ढा ने गरीब नवाज़ और रंजीत की ओर देखा जो कोने में बैठे फिलिस के हुस्न पर अपनी राय एक-दूसरे से जाहिर करने वाले थे– ''गन पाउडर प्लांट के बानियो... सुन लो, तुम्हारी कोई साजिश कामयाब नहीं हो सकती... मैदान चड्ढा के हाथ में रहेगा... क्यों वेल्ज़ के शहज़ादे?''

वेल्ज़ का शहज़ादा रम की खाली होती हुई बोतल की तरह हसरत भरी नजरों से देख रहा था। चड्ढा ने कहकहा लगाया और उसको आधा गिलास भरकर दे दिया– ''गरीब नवाज़ और रंजीत कुमार एक-दूसरे से फिलिस के बारे में घुल-मिलकर बातें तो कर रहे थे, लेकिन अपने दिमाग में उसको हासिल करने के लिए प्रोग्राम अलग-अलग बना रहे थे। यह उनकी बातचीत के अंदाज से प्रकट होता था।''

ड्राइंगरूम में अब बिजली के बल्व जल रहे थे, क्योंकि शाम गहरी हो चली थी। चड्ढा बम्बई की फिल्म इण्डस्ट्री की ताजी ख़बरें सुना रहा था कि बाहर बरामदे में मम्मी की तेज आवाज सुनाई दी। चड्ढा ने नारा लगाया और बाहर चला गया। गरीब नवाज़ ने रंजीत कुमार की ओर अर्थपूर्ण नजरों से देखा। फिर दोनों दरवाजे की ओर देखने लगे।

मम्मी चहकती हुई अंदर दाखिल हुई। उसके साथ चार-पांच ऐंग्लो-इंडियन लड़कियां थीं। कई तरह के नख-शिख और कद-काठ की– पोली, डोली,

मंटो की इक्कीस कहानियां

किटी, एलिमा और थैलिमा... और वह हिजड़ा-सा लड़का... उसे सिसी कहकर पुकारता था। फिलिस सबसे पीछे आई और वह भी चड्ढा के साथ। उसकी एक बांह प्लेटीनम ब्लौंड की पतली कमर के पीछे लगी थी। मैंने गरीब नवाज़ और रंजीत कुमार की प्रतिक्रिया नोट की। उनको चड्ढा की यह दिखावटी विजयी हरकत पसंद न आई थी।

लड़कियों के अंदर आते ही शोर मच गया। एकदम इतनी अंग्रेज़ी बरसी कि वनकतरे मेट्रीक्यूलेट के इतिहास में कई बार फेल हुआ। लेकिन उसने कोई परवाह न की और बराबर बोलता रहा। जब किसी ने उसका नोटिस न लिया तो वह एलिमा की बड़ी बहन थैलिमा के साथ एक सोफे पर अलग बैठ गया और पूछने लगा कि उसने हिन्दुस्तानी डांस के और कितने नये सीखे हैं– वह इधर 'धा नी ता कत ता थ ई थई' की वन, टू, थ्री बना-बनाकर उसको तोड़े बता रहा था, उधर चड्ढा बाकी लड़कियों के झुरमुट में अंग्रेज़ी के नंगे-नंगे मजाक सुना रहा था जो उसे हजारों की संख्या में ज़वानी याद थे। मम्मी सोडे की बोतलें और खाने-पीने का सामान मंगवा रही थी। रंजीत कुमार सिगरेट के कश लगाकर टकटकी बांधे फिलिस की ओर देख रहा था और गरीब नवाज़ मम्मी से बार-बार कहता था कि रुपये कम हों तो वह उससे ले ले।

स्कॉच खुली और पहला दौर शुरू हुआ। फिलिस को जब शामिल होने के लिए कहा गया तो उसने अपने प्लेटीनम बालों का एक हल्का-सा झटका देकर मना कर दिया कि वह ह्विस्की नहीं पिया करती।

सबने मिन्नत-खुशामद की, लेकिन वह न मानी। चड्ढा ने इस पर अफसोस जाहिर किया तो मम्मी ने एक हल्का-सा पैग तैयार करके गिलास को फिलिस के होंठों से लगाते हुए बड़े दुलार से कहा– ''बहादुर लड़की बनो और पी जाओ।''

फिलिस इंकार न कर सकी। चड्ढा खुश हो गया और उसने इसी खुशी में बीस-पच्चीस और नंगे मजाक सुना दिए। सब मजे लेते रहे। मैंने सोचा, आदमी ने नग्नता से तंग आकर कपड़े पहनने शुरू किए होंगे। यही वजह है कि अब वह कपड़ों से उकताकर कभी-कभी नग्नता की ओर दौड़ने लगता है। शिष्टता की प्रतिक्रिया निस्संदेह अशिष्टता है। इसका एक दिलचस्प पहलू भी है। आदमी को इससे निरंतर एकरसता के कष्ट से कुछ लम्हों के लिए छुटकारा मिल जाता है।

मैंने मम्मी की ओर देखा जो उन जवान लड़कियों से घुल-मिलकर चड्ढा के नंगे-नंगे मजाक सुनकर हंस रही थी और कहकहे लगा रही थी।

उसके चेहरे पर बड़ा वाहियात मेकअप था। उसके नीचे उसकी झुर्रियां साफ नजर आ रही थीं। मगर वह भी खुश थी...। मैंने सोचा, आखिर लोग क्यों पलायन को बुरा समझते हैं... वह पलायन, जो मेरी आंखों के सामने था। उसका बाहरी रूप सुंदर न था, लेकिन भीतर बहुत सुंदर था... उस पर कोई बनाव-श्रृंगार न था। कोई गाजा, कोई उबटन नहीं था।

पोली थी, वह एक कोने में रंजीत कुमार के साथ खड़ी अपने नये फ्रॉक के बारे में बातचीत कर रही थी और उसे बता रही थी कि सिर्फ अपनी होशियारी से उसने बड़े सस्ते दामों पर उम्दा चीज तैयार करा ली है। दो टुकड़े थे, जो बिलकुल बेकार मालूम पड़ते थे, मगर अब वे एक सुंदर पोशाक में बदल गए थे और रंजीत कुमार बड़ी संजीदगी के साथ उसको दो नये ड्रेस बनाकर देने का वायदा कर रहा था, हालांकि उसे फिल्म कंपनी से इतने रुपये इकट्ठे मिलने की कोई उम्मीद न थी।

डॉली थी, वह गरीब नवाज़ से कुछ कर्ज मांगने की कोशिश कर रही थी और यकीन दिला रही थी कि दफ्तर से तनख्वाह मिलने पर वह यह कर्ज आखिर अदा कर देगी। गरीब नवाज़ को पूरी तरह मालूम था कि वह यह रुपया नियमानुसार कभी वापिस नहीं देगी; लेकिन वह उसके वायदे पर एतबार किए जा रहा था। थैलिमा वनकतरे से तांडव नाच के बड़े मुश्किल तोड़े सीखने की कोशिश कर रही थी। वनकतरे को मालूम था कि सारी उम्र उसके पैर कभी उसके भाव अदा नहीं कर सकेंगे, लेकिन वह उसको बजाए जा रहा था। थैलिमा भी अच्छी तरह जानती थी कि वह बेकार अपना और वनकतरे का वक्त बर्बाद कर रही है, मगर वह बड़ी लगन और तन्मयता से सबक याद कर रही थी। एलिमा और किटी दोनों पिए जा रही थीं और आपस में किसी ऐसे आदमी की बातचीत कर रही थीं, जिसने पिछली रेस में खुदा जाने कब का बदला लेने के लिए गलत टिप दी थी। और चड्ढा फिलिस के खपरे ऐसे रंग के बालों को पिघले हुए सोने के रंग की स्कॉच में मिला-मिलाकर पी रहा था। फिलिस का हिजड़ा-सा दोस्त बार-बार जेब से कंघी निकालता था और अपने बाल संवारता था। मम्मी कभी इससे बात करती थी, कभी उससे; कभी सोडा खुलवाती कभी टूटे हुए गिलास के टुकड़े उठवाती... उसकी नजर सब पर थी, उस बिल्ली की तरह, देखने में अपनी आंखें बंद किए सुस्ता रही होती है, लेकिन उसको मालूम होता है कि उसके पांचों बच्चे कहां-कहां हैं और क्या-क्या शरारत कर रहे हैं।

इस दिलचस्प तस्वीर में कौन-सी रंग रेखा गलत थी...? मम्मी का वह भड़कीला शोख मेकअप भी ऐसा मालूम होता था कि उस तस्वीर का एक जरूरी हिस्सा है।

ग़ालिब ने कहा है-

> कै़दे-हयात-ओ-बंद-ए-गम, अस्ल में दोनों एक हैं,
> मौत से पहले आदमी गम से निज़ात पाए क्यों?

कै़दे-हयात और बंद-ए-गम जब असल में एक ही हैं तो यह जरूरी है कि आदमी मौत से पहले थोड़ी देर के लिए निज़ात हासिल करने की कोशिश न करे? इस निज़ात के लिए कौन यमराज का इंतज़ार करे... क्यों आदमी थोड़े-से लम्हों के लिए अपने को धोखा देने के दिलचस्प खेल में हिस्सा ले...।

मम्मी हर किसी की तारीफ करना जानती थी। उसके सीने में ऐसा दिल था, जिसमें सबके लिए प्यार था। मैंने सोचा, शायद इसलिए उसने अपने चेहरे पर रंग मल लिया है कि लोगों को उसकी असलियत का इल्म न हो... उसमें शायद इतनी जिस्मानी ताकत नहीं थी कि वह हर किसी की मां बन सकती और इसलिए उसने अपने प्यार और स्नेह के लिए कुछ शख़्स चुन लिये थे और बाकी सारी दुनिया को छोड़ दिया था।

मम्मी को मालूम नहीं था कि चड्ढा एक तगड़ा पेग फिलिस को पिला चुका था। चोरी-छिपे नहीं, सबके सामने; मगर मम्मी उस समय बावर्चीखाने में पटैटो चिप्स तल रही थी...अब फिलिस नशेक में थी, और जिस तरह उसके पॉलिस किए हुए फौलाद के रंग के बाल धीरे-धीरे लहराते थे, उसी तरह वह स्वयं भी लहरा रही थी।

रात के बाहर बज रहे थे। वनकतरे थैलिमा को तोड़ें सिखा-सिखाकर थक जाने के बाद अब बता रहा था कि उसका बाप साला उससे बहुत मुहब्बत करता था। बचपन में ही उसने उसकी शादी बना दी थी। उसकी वाइफ़ बहुत ब्यूटीफुल है... और गरीब नवाज़ डोली को कर्ज देकर भूल भी चुका था। रंजीत कुमार पोली को अपने साथ कहीं बाहर ले गया था। एलिमा और किटी दोनों दुनिया-भर की बातें करके अब थक गई थीं और आराम करना चाहती थीं- तिपाई के इर्द-गिर्द फिलिस, उसका हिजड़ा-सा दोस्त और मम्मी बैठे थे। चड्ढा अब जज़्बाती नहीं था, फिलिस उसकी बगल में बैठी थी, जिसने पहली बार शराब का स्वाद चखा था- उसको हासिल करने का इरादा उसकी आंखों में साफ मौजूद था। मम्मी इससे ग़ाफ़िल नहीं थी।

थोड़ी देर बाद फिलिस का हिजड़ा-सा दोस्त उठकर सोफे पर जा लेटा और अपने बालों में कंघी करते-करते सो गया। गरीब नवाज़ और डौली उठकर कहीं चले गए। एलिमा और किटी ने आपस में किसी मार्ग्रेट के बारे में बातें करते हुए मम्मी से विदा ली और चली गईं...। वनकतरे ने आखिरी

बार अपनी बीवी की खूबसूरती की तारीफ की और फिलिस की ओर ललचाई नजरों से देखा, फिर थैलिमा की ओर, जो उसके पास बैठी थी, और फिर वह उसकी बांह पकड़कर चांद दिखाने के लिए बाहर मैदान में ले गया।

एकदम जाने क्या हुआ कि चड्ढा और मम्मी में गरमागरम बातें शुरू हो गईं। चड्ढा की जुबान लड़खड़ा रही थी। वह एक पुत्र की तरह मम्मी से बदजुबानी करने लगा। फिलिस ने एक हद तक बीच-बचाव करने की कोशिश की, लेकिन चड्ढा हवा के घोड़े पर सवार था। वह फिलिस को अपने साथ सईदा कॉटेज ले जाना चाहता था और मम्मी इसके खिलाफ थी। वह उसको बहुत देर तक समझाती रही कि वह इरादे से बाज़ आए, लेकिन वह उसके लिए तैयार न होता था और बार-बार मम्मी से कह रहा था— ''तुम पागल हो गई हो... बूढ़ी दलाल... फिलिस मेरी है... पूछ लो इससे।''

मम्मी ने बहुत देर तक उसकी गालियां सुनीं, आखिर में बड़े समझाने वाले अदांज़ में उससे कहा— ''चड्ढा माई सन... तुम क्यों नहीं समझते... शी इज़ यंग चेरी यंग...।''

उसकी आवाज में कंपकपाहट थी, एक इल्तिजा थी, एक ताड़ना था, एक बड़ी डरावनी तस्वीर थी, लेकिन चड्ढा बिलकुल न समझा। उस समय उसके सामने सिर्फ फिलिस और उसको हासिल करना भर था। मैंने फिलिस की ओर देखा और पहली बार इस बात को महसूस किया कि वह सचमुच बहुत छोटी उम्र की थी, मुश्किल से पंद्रह बरस की... उसका सफेद चेहरा चांदी के रंग के बादलों में घिरा हुआ बारिश की पहली बूंद की तरह कंपकंपा रहा था।

चड्ढा ने उसे बांह से पकड़कर अपनी ओर खींचा और फिल्मों के हीरो के अदांज़ से अपनी छाती से लगाकर भींच लिया। मम्मी एकदम लाल होकर चिल्लाई— ''चड्ढा... छोड़ दो... फॉर गॉड से... छोड़ दो इसे।''

जब चड्ढा ने चौड़े सीने से फिलिस को अलग न किया तो मम्मी ने उनके मुंह पर एक जोरदार चांटा मारा और चिल्लाई— ''गेट आउट... 'गेट आउट...!''

चड्ढा भौंचक्का रह गया। फिलिस को अलग करके उसने धक्का दिया और मम्मी की ओर आग बरसाने वाली नजरों से देखता हुआ बाहर चला गया। मैंने भी उठकर विदा ली और चड्ढा के पीछे चल दिया।

सईदा कॉटेज पहुंचकर मैंने देखा कि वह पतलून, कमीज़ और बूटों समेत पलंग पर सीधे मुंह पड़ा था। मैंने उससे कोई बातचीत न की और दूसरे कमरे में जाकर बड़ी मेज़ पर सो गया।

मंटो की इक्कीस कहानियां

सुबह देर से उठा। घड़ी में दस बज रहे थे। चड्ढा सुबह-ही-सुबह उठकर चला गया था। कहां, यह किसी को मालूम नहीं था; लेकिन जब मैं गुसलखाने से बाहर निकल रहा था तो मैंने उसकी आवाज सुनी, जो गैरेज से बाहर आ रही थी। मैं रुक गया। वह किसी से कह रहा था- ''वह लाजबाज औरत है... दुआ करो कि उसकी उम्र को पहुंचकर तुम भी वैसी ही ग्रेट हो जाओ।''

उसकी आवाज में अजीब तरह की कड़वाहट थी। पता नहीं उसका रुख अपनी ही ओर था या उस शख्स की ओर, जिससे वह मुखातिब था। मैंने ज्यादा देर तक वहां रुके रहना ठीक न समझा और अंदर चला गया। आधे घंटे तक उसका इंतजार किया जब वह न आया तो प्रभात नगर चला गया।

मेरी बीवी का मिज़ाज ठीक था- हरीश घर में नहीं था। हरीश की बीवी ने उसके बारे में पूछा तो मैंने कह दिया- ''वह अभी स्टूडियो में सो रहा है।''

पूने में काफी तफरीह हो गई थी, इसलिए मैंने हरीश की बीवी से जाने की इज़ाजत मांगी। शिष्टाचार के नाते उसने हमें रुकने के लिए कहा, लेकिन मैं सईदा कॉटेज में ही फैसला करके चला गया था कि रात की घटना मेरी मानसिक जुगाली के लिए बहुत काफी है।

हम चल दिए। जो कुछ हुआ था, मैंने बीवी को सब कुछ बता दिया। उसका कहना था कि फिलिस उसकी कोई रिश्तेदार होगी या वह उसे किसी अच्छी आसामी को पेश करना चाहती होगी, तभी उसने चड्ढा से लड़ाई की... मैं चुप रहा। समर्थन किया, न विरोध।

कई दिन गुजरने पर चड्ढा का खत आया, जिसमें उस रात की घटना का जिक्र सरसरी तौर पर था और उसने अपने बारे में यह कहा था कि– ''मैं उस दिन जानवर बन गया था- लानत हो मुझ पर।''

तीन महीने बाद मुझे एक जरूरी काम से पूना जाना पड़ा। सीधा सईदा कॉटेज पहुंचा। चड्ढा मौजूद नहीं था। गरीब नवाज़ से उस समय मुलाकात हुई जब वह गैरेज से निकलकर शीरी के नन्हे बच्चे को प्यार कर रहा था। वह बड़े तपाक से मिला। थोड़ी देर बाद रंजीत कुमार आ गया, कछुए की चाल चलता और चुपचाप बैठ गया। मैं अगर उससे कुछ पूछता था तो वह बड़ा मुख्तसर उत्तर देता था। बातों-बातों में उससे मालूम हुआ कि चड्ढा उस रात के बाद मम्मी के पास नहीं गया और न कभी वह यहां आया। फिलिस को दूसरे दिन ही अपने मां-बाप के पास भिजवा दिया था। वह उस हिजड़ा जैसे लड़के के साथ घर से भागकर आई हुई थी...। रंजीत कुमार

को यकीन था कि अगर वह कुछ दिन और पूना में रहती तो वह जरूर उसे ले उड़ता। गरीब नवाज़ का ऐसा कोई दावा नहीं था। केवल इतना अफसोस था कि वह चली गई।

चड्ढा के बारे में पता चला कि दो-तीन दिन से उसकी तबियत ठीक नहीं है, बुखार रहता है, वह किसी डॉक्टर से राय नहीं लेता— सारा दिन इधर-उधर घूमता रहता है। गरीबनवाज़ ने जब मुझे ये बातें बतानी शुरू कीं तो रंजीत कुमार उठकर चला गया। मैंने सलाखों वाली कोठरी में देखा, उसका रुख गैरेज की ओर था।

मैं गरीब नवाज़ से गैरेज वाली शीरी के बारे में कुछ पूछताछ करने के बारे में सोच ही रहा था कि वनकतरे बड़ा घबराया हुआ कमरे में दाखिल हुआ। उससे मालूम हुआ कि चड्ढा को तेज बुखार था। वह उस तांगे में वहां ला रहा था कि वह रास्ते में ही बेहोश हो गया... और मैं तथा गरीब नवाज़ बाहर दौड़े। तांगे वाला वहां बेहोश चड्ढा को संभाले हुए था। हम सबने मिलकर उसे उठाया और कमरे में पहुंचकर बिस्तर पर लिटा दिया। मैंने उसके माथे पर हाथ रखकर देखा, सचमुच बहुत तेज बुखार था। एक सौ छ: डिग्री से कम न होगा।

मैंने गरीब नवाज़ से कहा— ''फौरन डॉक्टर को बुलाना चाहिए।'' उसने वनकतरे से मशविरा किया और 'अभी आता हूं' कहकर बाहर चला गया। जब वापिस आया तो उसके साथ मम्मी थी, जो हांफ रही थी। अंदर घुसते ही उसने चड्ढा की ओर देखा और लगभग चीखकर पूछा— ''क्या हुआ मेरे बेटे को?''

वनकतरे ने जब उसे बताया कि चड्ढा कई दिन से बीमार था तो मम्मी ने बड़े दुःख और गुस्से से कहा— ''तुम कैसे लोग हो— मुझे ख़बर क्यों न की?'' फिर उसने गरीब नवाज़, मुझे और वनकतरे को अलग-अलग हिदायतें दीं— एक को चड्ढा के पांव सहलाने की, दूसरे को बर्फ लाने की और तीसरे को पंखा करने की। चड्ढा की हालत देखकर उसकी अपनी हालत बिगड़ गई लेकिन उसने हौसले से काम लिया और डॉक्टर को बुलाने चली गई।

मालूम नहीं, रंजीत कुमार को गैरेज में कैसे पता चला। मम्मी के जाने के फौरन बाद घबराया हुआ आया। उसके पूछने पर वनकतरे ने चड्ढा के बेहोश होने की घटना का वर्णन कर दिया और यह भी बता दिया कि मम्मी डॉक्टर के पास गई हैं। यह सुनकर रंजीत कुमार की बेचैनी किसी हद तक दूर हो गई।

मैंने देखा कि वे तीनों बहुत संतुष्ट थे, मानो चड्ढा की सेहत की सारी जिम्मेदारी मम्मी ने अपने ऊपर ले ली हो।

उसकी हिदायत के अनुसार चड्ढा के पांव सहलाए जा रहे थे, सिर पर बर्फ की पट्टियां रखी जा रही थीं। मम्मी जब डॉक्टर को लेकर आई तो वह कुछ-कुछ होश में आ चुका था। डॉक्टर ने मुआयने में काफी देर लगाई। उसके चेहरे से मालूम होता था कि एक चड्ढा की जिंदगी खतरे में है। मुआयने के बाद डॉक्टर ने मम्मी को इशारा किया और वे कमरे से बाहर चले गए– मैंने सलाखों वाली खिड़की में से देखा, गैरेज का टाट पर्दा हिल रहा था।

थोड़ी देर बाद मम्मी आई। गरीब नवाज़, वनकतरे और रंजीत कुमार से उसने एक-एक करके कहा कि घबराने की बात नहीं। चड्ढा अब आंखें खोलकर सुन रहा था। मम्मी को उसने हैरत की नजर से नहीं देखा था, लेकिन वह उलझन-सी जरूर महसूस कर रहा था। कुछ लम्हों के बाद जब वह समझ गया कि मम्मी क्यों और कैसे आई तो उसने मम्मी का हाथ अपने हाथ में लिया और दबाकर कहा– ''मम्मी, यू आर ग्रेट!''

मम्मी उसके पास पलंग पर बैठ गई। वह ममता की साक्षात् मूर्ति थी। उसने चड्ढा के तपते हुए माथे पर हाथ फेरा और मुस्कराते हुए केवल इतना कहा– ''मेरे बेटे... मेरे गरीब बेटे!''

चड्ढा की आंखों में आंसू आ गए, लेकिन जल्द ही उसने सोखने की कोशिश की और कहा– ''नहीं, तुम्हारा बेटा अव्वल दर्जे का स्काउण्ड्रल है... जाओ, अपने मृत पति की पिस्तौल लाओ और उसकी छाती पर दाग दो।''

मम्मी ने चड्ढा के गाल पर धीरे से तमाचा मारा– ''बेकार की बातें न करो।'' फिर वह चुस्त-चालाक नर्स की तरह उठी और हम सबकी ओर मुड़कर कहा– ''लड़कों, चड्ढा बीमार है और इसको हॉस्पिटल ले जाना है– समझे?''

सब समझ गए। गरीब नवाज़ ने तुरंत टैक्सी का बंदोबस्त कर दिया। चड्ढा को उठाकर उसमें डाला गया। वह बहुत कहता रहा कि ऐसी कौन-सी आफत आ गई है जो मुझे अस्पताल के सुपुर्द किया जा रहा है, लेकिन मम्मी यही कहती रही कि बात कुछ भी नहीं, अस्पताल में जरा आराम रहता है। चड्ढा बहुत ज़िद्दी था, लेकिन इस समय वह मम्मी की किसी बात से इंकार नहीं कर सकता था।

चड्ढा अस्पताल में दाखिल हो गया। मम्मी ने अकेले में मुझे बताया कि मर्ज बहुत खतरनाक है– यानी प्लेग। यह सुनकर मेरे होश उड़ गए। खुद

मम्मी बहुत परेशान थी, लेकिन उसको उम्मीद थी कि यह बला टल जाएगी और चड्ढा बहुत जल्द ठीक हो जाएगा।

इलाज होता रहा। प्राइवेट अस्पताल था। डॉक्टरों ने चड्ढा का इलाज बहुत ध्यान से किया, लेकिन कई पेचीदगियां पैदा हो गईं। उसकी त्वचा जगह-जगह से फटने लगी और बुखार बढ़ता गया। आखिर में डॉक्टरों ने राय दी कि उसे बम्बई (अब मुम्बई) ले जाया जाए लेकिन मम्मी न मानी। उसने चड्ढा को उसी हालत में उठाया और अपने घर गई।

मैं ज्यादा दिन पूना में नहीं रुक सकता था। वापिस बम्बई (अब मुम्बई) आया तो मैंने टेलीफोन के ज़रिये कई बार उसका हाल मालूम किया। मेरा ख्याल था कि वह किसी तरह भी जिंदा न बच सकेगा, लेकिन मुझे मालूम हुआ कि धीरे-धीरे उसकी हालत संभल रही है। एक मुकदमे के सिलसिले में मुझे लाहौर जाना पड़ा। वहां से पंद्रह दिन के बाद लौटा तो मेरी बीवी ने चड्ढा का खत दिया, जिसमें केवल यह लिखा था– ''महामाया मम्मी ने अपने कपूत को मौत के मुंह से बचा लिया है।''

उन थोड़े-से लफ्ज़ों में बहुत कुछ लिखा था... भावनाओं का एक पूरा समुद्र था। मैंने अपनी बीवी से इसका जिक्र बड़ी भावुकता से किया तो उसने प्रभावित होकर केवल इतना कहा– ''ऐसी औरतें अक्सर खिदमतगुज़ार होती हैं।''

मैंने चड्ढा को दो-तीन खत लिखे जिनका कोई जवाब न आया। बाद में मालूम हुआ कि मम्मी ने उसको आब-ओ-हवा बदलने के लिए अपनी एक सहेली के पास लोनावाला भिजवा दिया था। चड्ढा मुश्किल से वहां एक हफ्ता रहा और उकता कर चला आया। जिस दिन वह पूना पहुंचा, इत्तफाक से मैं वहां था। प्लेग के ज़बरदस्त हमले की वजह से चड्ढा बहुत कमजोर हो गया, लेकिन उसका गुलपाड़ा करने वाला मिजाज आज भी वैसा ही था। अपनी बीमारी का जिक्र उसने इस तरह किया जैसे आदमी साइकिल की मामूली घटना का करता है। अब जबकि वह बच गया था, अपनी खतरनाक बीमारी के बारे में विस्तार से बात करना वह बेकार समझता था।

सईदा कॉटेज में चड्ढा की गैर मौजूदगी के दिनों में छोटी-छोटी तब्दीलियां हुई थीं। अकील और शकील कहीं चले गए थे क्योंकि उन्हें अपनी निजी फिल्म कंपनी कायम करने के लिए सईदा कॉटेज का माहौल अनुकूल नहीं लगता था। उसकी जगह एक बंगाली म्यूज़िक डायरेक्टर आ गया था। उसका नाम सेन था। उसके साथ लाहौर से भागा हुआ एक लड़का रामसिंह रहता था। सईदा कॉटेज में रहने वाले सब-के-सब लोग उससे काम

लेते थे। तबियत का बहुत शरीफ और सबका सेवक था। चड्ढा के पास वह उस वक्त आया था, जब वह मम्मी के कहने पर लोनावाला जा रहा था। उसने गरीबनवाज़ और रंजीत कुमार से कह दिया था कि उसे सईदा कॉटेज में रख लिया जाए। सेन के कमरे में चूंकि जगह खाली थी, इसलिए उसने वहीं अपना डेरा जमा लिया था।

रंजीत कुमार को कंपनी की नई फिल्म में बतौर हीरो चुन लिया गया था और उसके साथ वादा किया गया कि अगर फिल्म कामयाब हुई तो उसको दूसरी फिल्म डायरेक्ट करने का मौका दिया जाएगा। चड्ढा अपनी दो बरस की पेंडिंग तनख्वाह में से डेढ़ हजार रुपया एक साथ हासिल करने में कामयाब हो गया, इसलिए उसने रंजीत कुमार से कहा था– ''मेरी जान, अगर कुछ वसूल करना चाहते हो तो मेरी तरह प्लेग से मुकाबला हो जाए... हीरो और डायरेक्टर बनने से तो, मेरा ख्याल है यह कहीं अच्छा है।''

गरीब नवाज़ कुछ ही दिन पहले हैदराबाद होकर आया था, इसलिए सईदा कॉटेज थोड़ी सम्पन्न थी। मैंने देखा, गैरेज के बाहर अलगनी पर ऐसी कमीज़ें और सलवारें लटक रही थीं, जिनका कपड़ा अच्छा और कीमती था। शीरीं के बच्चे के पास नये खिलौने थे।

मुझे पूना में पंद्रह दिन रहना पड़ा। मेरा पुराना फिल्मों का साथी अब नई फिल्म की हीरोइन से मुहब्बत में मुबतला होने की कोशिश कर रहा था, लेकिन डरता था, क्योंकि यह हीरोइन पंजाबी थी और उसका पति बड़ी-बड़ी मूंछों वाला हट्टा-कट्टा मुश्टण्डा था। चड्ढा ने सलाह दी थी– ''कुछ परवाह न करो उस साले की... जिस पंजाबी एक्ट्रेस का पति बड़ी-बड़ी मूंछें वाला पहलवान हो, वह इश्क के मैदान में जरूर चारों खाने चित्त गिर सकता है, बस इतना करो कि सौ रुपये फी गाली के हिसाब से मुझसे दस-बीस हैवी वेट की गालियां सीख लो। ये तुम्हारी खास मुश्किलों में बहुत काम आया करेंगी।''

हरीश एक बोतल फी गाली के हिसाब से छ: गालियां पंजाब के खास लहजे में याद कर चुका था, लेकिन अभी तक उसे अपने इश्क के रास्ते में कोई ऐसी खास मुश्किल नहीं आई थी, जो वह उनके असर को परख सकता।

मम्मी के घर नियमानुसार महफ़िलें जमती थीं। पोली, डोली, किटी, एलिमा, थैलिमा आदि सब आती थीं। वनकतरे पहले की तरह थैलिमा को कथकली और पाण्डव नाच की ता थई और था नी ना कत वन टू थ्री बना-बनाकर बताता था, और वह उसे सीखने की पूरी कोशिश करती थी।

गरीब नवाज़ उसी तरह कर्ज़ दे रहा था और रंजीत कुमार जिसको अपनी कंपनी की नई फिल्म में हीरो का चांस मिल रहा था, उनमें से किसी भी एक को बाहर खुली हवा में ले जाता था– चड्ढा के नंगे-नंगे मज़ाक सुनकर उसी तरह कहकहे लगते थे– एक सिर्फ वह नहीं थी... वह जिसके बालों के रंग के लिए सही उपमा ढूंढने में चड्ढा ने काफी समय लगाया था। लेकिन इन महफिलों में चड्ढा की निगाहें उसे ढूंढती नहीं थीं। फिर भी कभी-कभी जब चड्ढा की नज़रें मम्मी की नज़रों से टकराकर झुक जाती थीं। तो मैं महसूस करता था कि उसको अपनी उस रात की दीवानगी का अफसोस है। ऐसा अफसोस, जिसकी याद से उसको तकलीफ़ होती है। इसलिए चौथे पैग के बाद किसी वक्त इस तरह का एक फिकरा उसकी ज़ुबान से निकल जाता – ''चड्ढा यू आर ए डम्ड ब्रूट!''

यह सुनकर मम्मी होंठों-ही-होंठों में मुस्करा देती, जैसे वह उस मुस्कराहट की मिठास में लपेट-लपेटकर कह रही हो– ''डोंट टॉक रॉट!''

वनकतरे से पहले ही की तरह उसकी चख-चख चलती थीं। नशे में आकर जब भी वह अपने बाप की तारीफ में या अपनी बीवी की खूबसूरती के बारे में हमें कुछ कहने लगता तो वह उसकी बात बहुत बड़े गंडासे से काट डालता। वह बेचारा चुप हो जाता और अपना मैट्रीक्यूलेशन का सर्टिफिकेट तह करके जेब में डाल लेता।

मम्मी, वही मम्मी थी... पोली की मम्मी, डोली की मम्मी, चड्ढा की मम्मी, रंजीत कुमार की मम्मी। सोडे की बोतलों, खाने-पीने की चीजों और महफ़िल जमाने के दूसरे साज़-ओ-सामान के इंतज़ार में वह वैसे ही प्यार से, दिलचस्पी से हिस्सा लेती थी। उसके चेहरे का मेकअप वैसा ही वाहियात होता था। उसके कपड़े उसी तरह भड़कीले थे। सुर्खी की तहों से उसकी झुर्रियां उसी तरह झांकती थीं, लेकिन अब मुझे ये पाक दिखाई देती थीं। इतनी पाक कि प्लेग के कीड़े उन तक नहीं पहुंच सकते थे। डरकर, सिमटकर वे भाग गए थे... चड्ढा के शरीर से निकल भागे थे, क्योंकि उस पर उन झुर्रियों की छत्रछाया थी– उन पाक झुर्रियों की, जो हर वक्त बहुत ही वाहियात रंगों में लिथड़ी रहती थीं।

वनकतरे की खूबसूरत बीवी का जब गर्भपात हुआ था तो मम्मी की ही मदद से उसकी जान बची थी। थैलिमा जब हिन्दुस्तानी नाच सीखने के शौक में एक मारवाड़ी कत्थक के हत्थे चढ़ गई और उसके सौदे में एक दिन उसे जब मालूम हुआ कि उसने एक खतरनाक रोग खरीद लिया है तो मम्मी ने उसको बहुत डांटा था और उससे कोई ताल्लुक न रखने का पक्का

मंटो की इक्कीस कहानियां

इरादा कर लिया था। लेकिन फिर उसकी आंखों में आंसू देखकर उसका दिल पसीज गया था। उसने उसी दिन शाम को अपने बेटों को सारी बात सुना दी थी और उनसे इल्तिज़ा की थी कि वे थैलिमा का इलाज कराएं। किटी को एक पहेली हल करने के सिलसिले में पांच सौ रुपये का इनाम मिला था तो मम्मी ने उसे मजबूर किया था कि कम-से-कम आधे रुपये गरीब नवाज़ को दे दे, क्योंकि उस गरीब के हाथ तंग हैं। उसने मेरे पंद्रह दिन के वास में कई बार मिसेज़ के बारे में पूछा था और चिंता ज़ाहिर की थी कि पहले बच्चे की मौत को इतना बरस हो गए हैं, दूसरा बच्चा क्यों नहीं हुआ। रंजीत कुमार के साथ वह ज्यादा घुल-मिलकर बात नहीं करती थी। ऐसा मालूम होता था कि उसकी दिखावटी तबियत उसको अच्छी नहीं लगती थी। मेरे सामने भी एक-दो बार उसकी चर्चा कर चुकी थी। म्यूज़िक डायरेक्टर सेन से वह नफरत करती थी। चड्ढा उसको अपने साथ लाता था तो वह उससे कहती थी– ''ऐसे ज़लील आदमी को यहां मत लाया करो।'' चड्ढा उससे पूछता तो वह बड़ी संजीदगी से जवाब देती– ''मुझे यह आदमी ऊपरी-ऊपरी-सा मालूम होता है– जंचता नहीं मेरी नजरों में।'' यह सुनकर चड्ढा हंस देता था।

मम्मी की महफ़िलों की प्यार-भरी गर्मी लिये मैं वापस बम्बई (अब मुम्बई) चला गया। इन महफ़िलों में शराब की मस्ती थी, सेक्स था, लेकिन कोई उलझाव नहीं था। हर चीज गर्भवती औरत के पेट की तरह ज़ाहिर थी। उसी तरह उभरी हुई, देखने में उसी तरह की कुबढ़ और दुविधा में डालने वाली, लेकिन असल में बड़ी सही, शिष्ट और अपनी जगह पर कायम।

दूसरे दिन सुबह के अखबारों में पढ़ा कि सईदा कॉटेज में बंगाली म्यूज़िक डायरेक्टर सेन मारा गया। उसका कत्ल करने वाला कोई रामसिंह है, जिसकी आयु चौदह-पंद्रह साल के लगभग बताई जाती है। मैंने उसी वक्त पूना टेलीफोन किया, लेकिन फोन पर कोई न मिल सका।

एक हफ्ते के बाद चड्ढा का खत आया, जिसमें उस कत्ल का ब्योरा था। रात को सब सोये हुए थे कि अचानक चड्ढा के पलंग पर कोई गिरा। वह हड़बड़ाकर उठा। बिजली जलाई तो देखा, सेन है, खून में लथपथ। चड्ढा अभी अच्छी तरह अपने होश-हवास संभाल भी न पाया कि दरवाज़े में रामसिंह दिखाई दिया। उसके हाथ में छुरी थी। जल्द ही गरीब नवाज़ और रंजीत कुमार भी आ गए। सारी सईद कॉटेज जग गई। रंजीत कुमार और गरीब नवाज़ ने रामसिंह को पकड़ लिया और छुरी उसके हाथ से छीन ली। चड्ढा ने सेन को अपने पलंग पर लिटाया और उसके घावों के बारे में कुछ

पूछने ही वाला था कि उसने आखिरी हिचकी ली और ठंडा हो गया।

रामसिंह गरीब नवाज़ और रंजीत कुमार की जकड़ में था, मगर वे दोनों कांप रहे थे। सेन मर गया तो रामसिंह ने चड्ढा से पूछा– ''भाषाजी... मर गया?''

चड्ढा ने 'हां' में उत्तर दिया, तो रामसिंह ने रंजीत कुमार और गरीब नवाज़ से कहा– ''मुझे छोड़ दीजिए, मैं भागूंगा नहीं।''

चड्ढा की समझ में नहीं आता था कि वह क्या करे। उसने तुरंत नौकर भेजकर मम्मी को बुलवाया। मम्मी आई तो सब बेफिक्र हो गए कि मामला सुलझ जाएगा। उसने रामसिंह को छुड़वा दिया और थोड़ी देर के बाद अपने साथ थाने ले गई और उसका बयान दर्ज करा दिया। इसके बाद चड्ढा और उसके साथी कई दिन तक बड़े परेशान रहे। पुलिस की पूछताछ, बयान, फिर अदालत में मुकदमे की पैरवी। मम्मी इस बीच बहुत दौड़-धूप करती रही थी। चड्ढा को यकीन था कि रामसिंह बरी कर दिया।

अदालत में उसका वही बयान था जो उसने थाने में दिया था। मम्मी ने उससे कहा था– ''बेटा, घबराओ नहीं, जो कुछ है सच-सच बता दो।'' और उसने सारी बातें ज्यों-की-त्यों बयान कर दी थीं कि सेन ने उसे प्लेबैक सिंगर बना देने का लालच दिया था। खुद उसे भी संगीत से बहुत लगाव था और सेन बड़ा अच्छा गाने वाला था। यह इस चक्कर में आकर उसकी हैवानी ख्वाहिशें पूरी करता रहा, लेकिन उसको इससे बहुत नफरत थी। उसका दिल बार-बार उसे लानत-मलामल करता था। आखिर में वह इतना तंग आ गया था कि उसने सेन से कह दिया कि उसने फिर उसे मजबूर किया तो वह उसे जान से मार डालेगा। उस घटना की रात को यही हुआ। अदालत में उसने वही बयान दिया। मम्मी मौजूद थी। आंखों-ही-आंखों में वह रामसिंह को दिलासा दे रही थी कि घबराओ नहीं, जो सच है, कह दो, सच की हमेशा जीत होती है। इसमें कोई शक नहीं कि तुम्हारे हाथों ने खून किया है, लेकिन एक बड़ी मनहूस चीज का, हैवान का, एक अमानुष का। रामसिंह ने बड़ी सादगी और बड़े भोलेपन से सारी घटनाओं का वर्णन किया। मजिस्ट्रेट इतना प्रभावित हुआ कि उसने रामसिंह को बरी का दिया।

चड्ढा ने कहा– ''इस झूठे जमाने में यह सच की एक अनोखी जीत है और इसका श्रेय मेरी बूढ़ी मम्मी को है।''

चड्ढा ने मुझे उस जलसे में बुलाया था जो रामसिंह की रिहाई की खुशी में सईदा कॉटेज वालों ने किया था। लेकिन मैं व्यस्तता की वजह से शामिल नहीं हो सका।

मंटो की इक्कीस कहानियां

शकील और अकील दोनों सईदा कॉटेज में वापस आ गए थे। बाहर का माहौल भी उनकी निजी फिल्म कंपनी की बुनियाद डालने के लिए रास नहीं आया था।

अब वे फिर अपनी पुरानी फिल्म कंपनी में किसी असिस्टेंट के असिस्टेंट हो गए थे। उन दोनों के पास उस रकम में से कुछ सैकड़े बाकी बचे हुए थे जो उन्होंने निजी फिल्म कंपनी की बुनियाद डालने के लिए जुटाई थी। चड्ढा के मशविरे पर उन्होंने यह सब रुपया जलसे को कामयाब बनाने के लिए दे दिया। चड्ढा ने हमसे कहा था– ''अब मैं चार पैग पीकर दुआ करूंगा कि वह तुम्हारी निजी फिल्म कंपनी फौरन खड़ी कर दे।''

चड्ढा का कहना था कि उस जलसे से वनकतरे ने शराब पीकर अपनी अदालत के खिलाफ अपने बाप की तारीफ न की और न ही अपनी खूबसूरत बीवी का जिक्र किया। गरीब नवाज़ ने किटी की उस वक्त की जरूरत को पूरा करने के लिए दो सौ रुपये कर्ज दिए और रंजीत कुमार से उसने कहा– ''तुम इन बेचारी लड़कियों को यों झांसे न दिया करो... हो सकता है कि तुम्हारी नीयत साफ हो, लेकिन लेने के मामले में इनकी नीयत इतनी साफ नहीं होती– कुछ-न-कुछ दे दिया करो।''

मम्मी ने उस जलसे में रामसिंह को बहुत प्यार किया और सबको मशविरा दिया कि उसे घर वापिस जाने के लिए कहा जाए। इसलिए वही फैसला हुआ और दूसरे दिन गरीब नवाज़ ने उसके टिकट का बंदोबस्त कर दिया। शीरी ने सफर के लिए उसको खाना पकाकर दिया। स्टेशन पर सब उसे छोड़ने गए। ट्रेन चली तो वे देर तक हाथ हिलाते रहे।

ये छोटी-छोटी बातें मुझे जलसे के दिन बाद मालूम हुईं, जब मुझे एक जरूरी काम से पूना जाना पड़ा। सईदा कॉटेज में कोई तब्दीली नहीं हुई थी। ऐसा मालूम होता था कि वह ऐसा पड़ाव है, जिसका रंग-रूप हजारों काफिलों के ठहरने से भी नहीं बदलता। वह कुछ ऐसी जगह थी, जो अपने खालीपन को खुद ही भर लेती थी। मैं जिस दिन वहां पहुंचा, शीरनी (एक मीठा व्यंजन) बंट रही थी। शीरी के एक और लड़का हुआ था। वनकतरे के हाथ में ग्लैक्सी का डिब्बा था। उन दिनों यह बड़ी मुश्किल से हासिल होता था। अपने बच्चे के लिए उसने कहीं से दो हासिल किए थे। उनमें से एक वह शीरी के नए जन्मे बच्चे के लिए ले आया था। चड्ढा ने आखिरी दो लड्डू उसके मुंह में ठूंसे और कहा– ''तू ग्लैक्सो का डिब्बा ले आया। .. बड़ा कमाल किया है तूने... अपने साले बाप और अपनी साली बीवी को देखना, हरगिज कोई काम न करना।''

वनकतरे ने बड़े भोलेपन के साथ कहा– ''साले, में कोई पियेड़ा हूं...? यह तो दारू बोला करती है... जैसे बाई गॉड, मेरी बीवी बड़ी हैंडसम है।''

चड्ढा ने इतनी जोर से कहकहा लगाया कि वनकतरे को और कुछ कहने का अवसर न मिला। उसके बाद चड्ढा, गरीब नवाज़ और रंजीत कुमार मेरी ओर मुड़े और उस कहानी की बातें शुरू हो गईं जो मैं अपनी पुरानी फिल्मों के साथी के ज़रिये से वहां के एक प्रोड्यूसर के लिए रहा था। फिर कुछ देर शीरी के नये जन्मे बच्चे का नाम रखा जाता रहा। सैकड़ों नाम रखे गए, लेकिन चड्ढा को कोई पसंद न आया। आखिर में मैंने कहा कि जन्मस्थान यानी सईदा कॉटेज के नाम पर लड़के का नाम मसरूद होना चाहिए। चड्ढा को पसंद नहीं था, लेकिन अस्थायी तौर से उसने मंजूर कर लिया। इस बीच महसूस किया कि चड्ढा, गरीब नवाज़ और रंजीत कुमार तीनों की तबियत कुछ बुझी-बुझी-सी थी। मैंने सोचा, शायद इसकी वजह पतझड़ का मौसम हो, जब आदमी बिना वजह ही थकावट-सी महसूस करने लगता है। शीरी का नया बच्चा भी इस ढीलेपन की वजह हो सकता था, लेकिन यह कोई ठोस वजह थी... लेकिन मैंने पूरी तरह महसूस किया कि वे सब उदास थे, ऊपर से हंसते-बोलते थे, लेकिन अंदर-ही-अंदर घुट रहे थे।

मैं प्रभात नगर में अपने पुराने फिल्मों के साथी के घर में कहानी लिखता रहा। यह व्यस्तता पूरे सात दिन तक जारी रही। मुझे बार-बार ख्याल आता था कि इस बीच में चड्ढा ने कोई रुकावट क्यों नहीं डाली। वनकतरे भी कहीं गायब था। रंजीत कुमार से मेरे कोई खास ताल्लुकात नहीं थे, जो वह मेरे पास इतनी दूर आता। गरीब नवाज़ के बारे में मैंने सोचा था कि शायद हैदराबाद चला गया हो। और मेरा पुराना फिल्मों का साथी अपनी नई फिल्म की हीरोइन से, उसके घर में, उसके बड़ी-बड़ी मूंछों वाले पति की मौजूदगी में, इश्क लड़ाने का पक्का इरादा का रहा था।

मैं अपनी कहानी के एक बड़े दिलचस्प हिस्से की पटकथा तैयार कर रहा था कि चड्ढा आ टपका और कमरे में घुसते ही उसने मुझसे पूछा– ''इस बकवास का तुमने कुछ वसूल किया है?''

उसका इशारा मेरी कहानी की ओर था, जिसके मानदेय की दूसरी किस्त मैंने दो दिन पहले वसूल की थी– ''हां, दो हजार परसों लिया है।''

''कहां है?'' यह कहते हुए चड्ढा मेरे कोट की ओर बढ़ा।

''मेरी जेब में।''

चड्ढा ने मेरी जेब में हाथ डाला। सौ-सौ के चार नोट निकाले और मुझसे कहा– ''आज शाम को मम्मी के यहां पहुंच जाना–एक पार्टी है।''

मंटो की इक्कीस कहानियां

मैं उस पार्टी के बारे में उससे कुछ-कुछ पूछने वाला था कि वह चला गया। वह ढीलापन और उदासीनता, जो मैंने कुछ दिन पहले उसमें महसूस की थी, वैसी की वैसी थी। वह कुछ बेचैन भी था। मैंने उसके बारे में सोचना चाहा, लेकिन दिमाग तैयार न हुआ। वह कहानी के दिलचस्प हिस्से की पटकथा में बुरी तरह फंसा हुआ था।

अपने पुराने फिल्मों के साथी की बीवी से अपनी बीवी की बातें करके शाम को पांच बजे के करीब मैं वहां चलकर सात बजे सईदा कॉटेज पहुंचा। गेट के बाहर अरगनी पर गीले-गीले कपड़े पोतड़े लटक रहे थे और नल के पास अकील और शकील शीरी के बड़े लड़के के साथ खेल रहे थे। गैरेज का टाट का पर्दा हटा हुआ था और शीरी उनसे शायद बातें कर रही थी। मुझे देखकर वे झेंप गए। मैंने चड्ढा के बारे में पूछा तो अकील ने कहा कि वह मम्मी के घर मिल जाएगा।

मैं वहां पहुंचा तो देखा, एक शोर मचा हुआ था। सब नाच रहे थे। गरीब नवाज़ पोली के साथ, रंजीत कुमार किटी और एलिमा के साथ और वनकतरे थैलिमा के साथ। वह उसको कथकली की मुद्राएं बता रहा था। चड्ढा मम्मी को गोद में उठाए इधर-उधर कूद रहा था। सब नशे में थे। एक तूफान मचा हुआ था। मैं अंदर पहुंचा तो सबसे पहले चड्ढा ने नारा लगाया। उसके बाद देशी-विदेशी आवाज़ों का एक गोला-सा फटा, जिसकी गूंज देर तक कानों में सरसराती रही। मम्मी बड़े तपाक से मिली– ऐसे तपाक से जो बेतकल्लुफी की हद तक बढ़ा हुआ था। मेरा हाथ उसने अपने हाथ में लेकर कहा– ''किस मी डियर।'' लेकिन उसने खुद ही मेरा एक गाल चूम लिया और घसीटकर नाचने वालों के झुरमुट में ले गई। चड्ढा ने एकदम पुकारा– ''बंद करो, अब शराब का दौर चलेगा।'' फिर उसने नौकर को आवाज दी– ''स्कॉटलैण्ड के शहज़ादे! व्हिस्की की नई बोतल लाओ!'' स्कॉडलैण्ड का शहज़ादा नई बोतल ले आया। नशे में धुत्त था, खोलने लगा तो हाथ से गिरी और चकनाचूर हो गई। मम्मी ने उसको डांटना चाहा तो चड्ढा ने रोक दिया– ''एक तो बोतल टूटी है मम्मी, जाने दो, यहां तो दिल टूटे हुए हैं।''

महफ़िल एकदम सूनी हो गई, लेकिन तुरंत ही चड्ढा ने उस उदासीनता को अपने कहकहों में छिन्न-भिन्न कर दिया। नई बोतल आई। हर गिलास में बड़ा तगड़ा पैग डाला गया। इसके बाद चड्ढा ने उखड़ी-उखड़ी-सी तकरीर देना शुरू की– ''लेडीज एण्ड जेण्टलमैन... आप सब जहन्नुम में जाएं... मंटो हमारे बीच मौजूद है, जो अपने-आपको बहुत बड़ा अफ़सानानिगार समझता है। इंसानी फितरत की, वह क्या कहते हैं, गहरी-से-गहरी गहराइयों

में उतर जाता है... मगर मैं कहता हूं कि बकवास है... कुएं में उतरने वाले...।'' उसने इधर-उधर देखा— ''अफ़सोस है कि यहां कोई हिन्दुस्तानी नहीं, एक हैदराबादी है जो का को गा कहता है और जिससे दस बरस पीछे मुलाकात हुई तो कहेगा कि परसों आपसे मिला था... लानत हो उसके निज़ाम हैदराबाद पर, जिसके पास कई लाख टन सोना है, करोड़ों जवाहरात हैं, लेकिन एक मम्मी नहीं... हां... वह कुंए में उतरने वाले... मैंने क्या कहा था कि सब बकवास है? पंजाबी में जिन्हें टोवें कहते हैं... वे गोता लगाने वाले, वे इसके मुकाबले में इंसानी-फितरत को कई अच्छे दर्जे अच्छा समझते हैं? इसलिए मैं कहता हूं...।''

सबने ज़िंदाबाद का नारा लगाया। चड्ढा चिल्लाया— ''यह सब साज़िश है— इस मंटो की साज़िश है, नहीं तो मैंने हर हिटलर की तरह मुर्दाबाद के नारे का इशारा किया था... तुम सब मुर्दाबाद... लेकिन पहले मैं...मैं...।'' वह जज़्बाती हो गया। मैं जिसने उस रात उस सांप के खपरों ऐसे रंग वाले बालों की एक लड़की के लिए अपनी मम्मी को नाराज़ कर दिया था। मैं खुद को न जाने कहां का डान जुआन समझता था... लेकिन नहीं उसको पाना कोई मुश्किल काम नहीं था। मुझे अपनी जवानी की कसम, एक ही चुम्बन में उस प्लेटीनम ब्लौंड के कुंवारेपन का सारा रस मैं अपने इन मोटे-मोटे होंठों से चूस सकता था... लेकिन यह एक ग़लत काम था। वह कम उम्र थी, इतनी कम उम्र, इतनी कमजोर, करैक्टरलेस... इतनी... उसने मेरी ओर एक सवालिया नजर से देखा— ''बताओ यार, उसे उर्दू, फारसी या अरबी में क्या कहेंगे... करैक्टरलेस... लेडीज़ एण्ड जेंटलमैन... वह इतनी छोटी, इतनी कमजोर और इतनी मासूम थी कि उस रात पाप में शामिल होकर या तो वह सारी उम्र पछताती रहती या उसे बिलकुल भूल जाती... मुझे इसका दुःख होता... अच्छा हुआ कि मम्मी ने उसी वक्त मेरा हुक्का-पानी बंद कर दिया... मैं अब अपनी बकवास बंद करता हूं। मैंने असल में बहुत लम्बा-चौड़ा लेक्चर करने का इरादा किया था, लेकिन मुझसे कुछ बोला नहीं जाता... मैं एक पैग और पीता हूं।''

उसने एक पैग और पिया। लेक्चर के बीच में सब चुप थे। उसके बाद भी चुप रहे। मम्मी न मालूम क्या सोच रही थी। गंजे और सुर्खी की तहों के नीचे झुर्रियां भी ऐसी दिखाई देती थीं कि वे भी किसी गहरी फिक्र में डूबी हुई हैं। बोलने के बाद चड्ढा जैसा खाली-सा हो गया। इधर-उधर घूम रहा था, जैसे कोई चीज खाने के लिए ऐसा कोना ढूंढ रहा हो, जो उसके दिमाग में अच्छी तरह कायम रहे। मैंने उसे एक बार पूछा— ''क्या बात है चड्ढा?''

मंटो की इक्कीस कहानियां

उसने कहकहा लगाकर जवाब दिया– "कुछ नहीं... बात यह है कि आज ह्विस्की मेरे दिमाग के चूतड़ों पर जमाकर लात नहीं मार रही।" उसका कहकहा खोखला था।

वनकतरे ने थैलिमा को उठाकर मुझे अपने पास बिठा लिया और इधर-उधर की बातें करने के बाद अपने बाप की तारीफ शुरू कर दी। वह बड़ा गुनी आदमी था। ऐसा हारमोनियम बजाता था कि लोग अवाक् रहे जाते थे। फिर उसने अपनी बीवी की खूबसूरती का जिक्र किया और बताया कि बचपन में ही उसके बाप ने यह लड़की चुनकर उससे ब्याह दी थी। बंगाली म्यूजिक डायरेक्टर सेन की बात चली तो उसने कहा– " मिस्टर मंटो, वह एकदम हलकट आदमी था... कहता था मैं खान साहब अब्दुल करीम का चेला हूं... झूठ, बिलकुल झूठ... वह तो बंगाल के किसी भड़वे का चेला था...।"

घड़ी ने दो बजाए। चड्ढा ने किटी को धक्का देकर एक ओर गिराया और बढ़कर वनकतरे के कद्दू जैसे सिर पर धप्पा मारकर कहा– "बकवास बंद कर बे... उठ... और कुछ गा... लेकिन खबरदार, अगर तूने कोई पक्का राग गाया।"

वनकतरे ने तुरंत गाना शुरू कर दिया। आवाज अच्छी नहीं थी। मुर्कियों की बारीकियां उसके गले से निकलती थीं; लेकिन जो कुछ गाता था, पूरी मस्ती से गाता था। मालकोश में उसने दो-तीन फिल्मी गान सुनाए, जिससे माहौल बहुत उदास हो गया। मम्मी और चड्ढा एक-दूसरे को देखते थे और नजरें किसी और तरफ हटा लेते थे...। गरीब नवाज़ इतना प्रभावित हुआ कि उसकी आंखों में आंसू आ गए। चड्ढा ने जोर का कहकहा लगाया और कहा – "हैदराबाद वालों की आंखों का मसाना बहुत कमजोर होता है– मौके-बेमौके टपकने लगता है।"

गरीब नवाज़ ने अपने आंसू पोंछे और एलिमा के साथ नाचना शुरू कर दिया। वनकतरे ने ग्रामोफोन के तवे पर रिकॉर्ड रखकर सुई लगा दी। घिसी हुई ट्यून बजने लगी। चड्ढा ने मम्मी को फिर गोद में उठा लिया और कूद-कूदकर शोर मचाने लगा। उसका गला बैठ गया था, उन मीरासियों की तरह, जो शादी-ब्याह के मौके पर ऊंचे सुरों में गा-गाकर अपनी आवाज को बर्बाद कर लेते हैं।

उस उछल-कूद और चीख-दहाड़ में चार बज गए। मम्मी एकदम चुप हो गई। फिर उसने चड्ढा की ओर मुड़कर कहा– "बस, अब खत्म!"

चड्ढा ने बोतल से मुंह लगाया और उसे खाली करके एक ओर फेंक

दिया और मुझसे कहा– ''चलो मंटो, चलें।''

मैंने उठकर मम्मी से इज़ाजत लेनी चाही कि चड्ढा ने मुझे अपनी ओर खींच लिया– ''आज कोई विदाई नहीं लेगा।''

हम दोनों बाहर निकल रहे थे कि मैंने वनकतरे के रोने की आवाज सुनी। मैंने चड्ढा से कहा– ''ठहरो, देखें क्या बात है।'' मगर वह मुझे धकेलकर आगे ले गया– ''उस साले की आंखों का मसाना भी कमजोर है।''

मम्मी के घर सईदा कॉटेज बिलकुल निकट थी। रास्ते में चड्ढा ने कोई बात न की। सोने से पहले मैंने उससे इस अजीब पार्टी के बारे में जानना चाहा तो उसने कहा– ''मुझे नींद आ रही है।'' और बिस्तर पर लेट गया।

सुबह उठकर मैं गुसलखाने में गया। बाहर निकला तो देखा कि गरीब नवाज़ गैरेज के टाट के साथ लगा खड़ा है और रो रहा है। मुझे देखकर वह आंसू पोंछता वहां से हट गया। मैंने पास जाकर उससे रोने की वजह पूछी तो उसने कहा– ''मम्मी चली गई।''

''कहां?''

''मालूम नहीं।'' यह कहकर गरीब नवाज़ सड़क की ओर चला गया।

चड्ढा बिस्तर पर लेट गया था। ऐसा मालूम होता था कि वह एक लम्हे के लिए भी नहीं सोया था। मैंने उससे मम्मी के बारे पूछा तो उसने मुस्कराकर कहा– ''चली गई, सबुह की गाड़ी से उसे पूना छोड़ा था।''

मैंने पूछा– ''लेकिन क्यों?''

चड्ढा की आवाज में कड़वाहट आ गई– ''हुकूमत को उसकी अदाएं पसंद नहीं थीं– उसका रंग-ढंग पसंद नहीं था। उसके घर की महफ़िलें उसकी नजरों में आपत्तिजनक थीं। इसलिए कि पुलिस उससे प्यार और ममता को भ्रष्टाचार के रूप में लेना चाहती थी... वे उसे मां कहकर उससे दलाल का काम लेना चाहते थे... एक अरसे से उसके एक केस की छानबीन हो रही थी। आखिर सरकार पुलिस की छानबीन से सहमत हो गई और उसको 'तड़ीपार' कर दिया। इस शहर से निकाल दिया... वह अगर वेश्या थी या दलाल थी– उसकी मौजूदगी अगर समाज के लिए हानिकारक थी तो उसका खात्मा कर देना चाहिए था... घूरे की गदंगी से यह क्यों कहा गया कि तुम यहां से चली जाओ और जहां चाहो ढेर हो सकती हो? चड्ढा ने बड़े जोर से कहकहा लगाया और थोड़ी देर चुप रहा। फिर उसने बड़ी भावुक आवाज में कहा– ''मुझे दुःख है मंटो कि उस गंदी तरंग को मेरे दिल-ओ-दिमाग से निकाल दिया था– लेकिन मुझे अफसोस नहीं होना

चाहिए– वह पूना से चली गई– मुझ जैसे जवानों में ऐसी गलत और गंदी तरंगें वहां भी पैदा होंगी जहां वह अपना घर बनाएगी... मैं अपनी मम्मी उनके सुपुर्द करता हूं... ज़िंदाबाद मम्मी... ज़िंदाबाद... चलो, गरीब नवाज़ को ढूंढें। रो-रोकर उसने अपना बुरा हाल कर लिया होगा... हैदराबादियों की आंखों का मसाना बहुत कमजोर होता है– मौके-बेमौके टपकने लगता है।

मैंने देखा चड्ढा की आंखों में आंसू इस तरह तैर रहे थे जिस तरह कत्ल हुए लोगों की लाशें।

21

ब्लाउज़

कुछ दिनों से मोमिन बहुत बेचैन था। उसका वजूद कच्चे फोड़े-सा बन गया था। काम करते वक्त, बातें करते वक्त, यहां तक कि सोचते वक्त भी, उसे अजीब किस्म का दर्द महसूस होता था– ऐसा दर्द जिसको वह बयान करना चाहता भी, तो न कर सकता।

कभी-कभी, बैठे-बैठे, वह एकदम चौंक पड़ता। धुंधले-धुंधले ख्यालात, जो आम हालातों में बेआवाज बुलबुलों की तरह पैदा होकर मिटा जाया करते हैं, मोमिन के दिमाग में बड़े शोर के साथ पैदा होते और शोर के साथ ही फटते। उसके दिल-ओ-दिमाग के नर्म-नाजुक पदों पर हर वक्त, जैसे कंटीले पैरों वाली चींटियां-सी रेंगती रहती थीं। एक अजीब किस्म का खिंचाव उसके अंगों में पैदा हो गया था, जिसकी वजह से उसे बहुत तकलीफ़ होती थी। इस तकलीफ़ की शिद्दत जब बढ़ जाती तो उसके जी में आता कि अपने आपको एक बड़ी-सी ओखली में डाल दे और किसी से कहे– "मुझे कूटना शुरू कर दो।"

बावर्चीखाने में, गर्म मसाला कूटते वक्त, जब लोहे से लोहा टकराता और धमक से छात में एक गूंज सी दौड़ जाती तो मोमिन के नंगे पैरों को यह कंपकंपी भली लगती। पैरों से होती हुई यह कंपकंपी, उसकी तनी हुई पिंडलियों और रानों में दौड़ती हुई उसके दिल तक पहुंच जाती, जो तेज़ हवा में रखे हुए दीये की लौ-सा कांपने लगता।

मोमिन की उम्र पंद्रह बरस की थी। शायद सोलहवां भी लगा हो। उसे अपनी उम्र के बारे में भी अंदाजा नहीं था। वह एक सेहतमंद व तंदुरुस्त लड़का था, जिसका बचपन तेजी से जवानी के मैदान की तरफ भाग रहा था। इस दौड़ ने जिससे मोमिन बिलकुल अनजान था, उसके खून की हर बूंद में सनसनी पैदा कर दी थी। वह उसका मतलब समझने की कोशिश करता, पर नाकाम रहता।

उसके जिस्म में कई तब्दीलियां पैदा हो रही थीं। गर्दन, जो पहले पतली थी, अब मोटी हो गई थी। बांहों के पुट्ठों में ऐंठन-सी पैदा हो गई थी। कंठ निकल रहा था। छाती पर मांस की तह मोटी हो गई थी और अब कुछ दिनों से उसकी छातियों में गोलियां-सी पड़ गई थीं। जगह उभर आई थी। जैसे किसी ने एक-एक बंटा अंदर दाखिल कर दिया हो। उन उभारों को हाथ लगाने पर मोमिन को बहुत दर्द महसूस होता था। कभी-कभी, काम करने के दौरान जब उसका हाथ गोलियों से छू जाता तो वह तड़प उठता। कमीज़ के मोटे और खुरदुरे कपड़े से भी उसको तकलीफ़देह सरसराहट महसूस होती थी।

गुसलखाने में नहाते वक्त या बावर्चीखाने में, जब कोई और मौजूद न हो, मोमिन अपनी कमीज़ के बटन खोलकर उन गोलियों को गौर से देखता, हाथों से मसलता, दर्द होता, टीसें उठतीं। सारा जिस्म फलों से लदे हुए दरख्तों की तरह, जिसे जोर से हिला दिया गया हो, कांप-कांप जाता, इसके बावजूद, वह दर्द पैदा करने वाले इस खेल में मशगूल रहता। कभी-कभी ज्यादा दबाने पर वे गोलियां पिचक जातीं और उसके मुंह से एक लेसदार लुआब निकल आता। उसको देखकर, उसका चेहरा कान की लवों तक सुर्ख हो जाता। वह यह समझता कि उससे कोई गुनाह हो गया है।

गुनाह और सबाब के बारे में मोमिन की जानकारी बहुत महदूद थी। हर वह काम, जो एक इंसान दूसरे इंसान के सामने न कर सकता हो, उसके ख्याल के मुताबिक गुनाह था। इसीलिए जब शर्म के मारे उसका चेहरा कान की लवों तक सुर्ख हो जाता तो वह झट अपनी कमीज़ के बटन बंद कर लेता और मन में फैसला करता कि आइंदा ऐसी फिजूल हरकत कभी न करेगा। लेकिन इस इरादे के बावजूद, दूसरे या तीसरे दिन, तनहाई में वह फिर उस खेल में मशगूल हो जाता।

मोमिन से सब घर वाले खुश थे। बड़ा मेहनती लड़का था। जब हर काम वक्त पर कर देता था तो किसी को शिकायत का मौका कैसे मिलता? डिप्टी साहब के यहां उसे काम करते हुए सिर्फ तीन महीने हुए थे, लेकिन इस थोड़े-से अर्से में, उसने घर के हर आदमी को अपने मेहनत मिज़ाज से मुतासिर कर लिया था। छ: रुपये महीने पर नौकर हुआ था, पर दूसरे महीने ही उसकी तनख्वाह में दो रुपये बढ़ा दिए गए थे। वह उस घर में बहुत खुश था, इसलिए कि यहां उसकी कद्र की जाती थी। पर अब कुछ दिनों से वह बेकरार था। एक अजीब किस्म की आवारगी उसके दिमाग में पैदा हो गयी थी। उसका जी चाहता था कि सारा दिन, बेमतलब बाजारों में घूमता फिरे या किसी सुनसान जगह पर लेटा रहे।

अब काम में उसका जी न लगता था। लेकिन इस बेदिली के होते हुए भी, वह अपने काम में काहिली नहीं बरतता था। यही वजह थी कि घर में कोई भी, उसकी इस मानसिक उथल-पुथल से वाकिफ न था। रज़िया थी, सो वह दिन भर बाजा बजाने, नयी-नयी फिल्मी धुनें सीखने और रिसालें पढ़ने में मशगूल रहती थी, उसने कभी मोमिन की निगरानी ही न की थी। शकीला अलबत्ता मोमिन से इधर-उधर के काम लेती थी और कभी-कभी उसे डांटती थी; पर अब कुछ दिनों से वह भी चंद ब्लाउज़ों के नमूने उतारने में बेतरह मशगूल थी। ये ब्लाउज़ उसकी एक सहेली के थे जिसे नयी-नयी काट के कपड़े पहनने का बेहद शौक था। शकीला उससे आठ ब्लाउज़ मांगकर लायी थी और कागज़ों पर उसके नमूने उतार रही थी। इसलिए उसने भी कुछ दिनों में मोमिन की तरफ ध्यान नहीं दिया था।

डिप्टी साहब की बीवी सख्तगीर औरत नहीं थी। घर में दो नौकर थे। यानी मोमिन के अलावा एक बुढ़िया भी थी, जो ज्यादार बावर्चीखाने का काम करती थी। मोमिन कभी-कभी उसका हाथ बंटा दिया करता था। डिप्टी साहब की बीवी ने, मुमकिन है, मोमिन की मुस्तैदी में कोई कमी देखी हो, पर उसने मोमिन से इसकी चर्चा नहीं की। और वह इंकलाब, जिसमें मोमिन का दिल-दिमाग और जिस्म गुजर रहा था, उससे तो डिप्टी साहब की बीवी बिलकुल अनजान थी। चूंकि उसका कोई लड़का नहीं था, इसलिए वह मोमिन के ज़हनी और जिस्मानी बदलावों को नहीं समझ सकती थी। और फिर मोमिन नौकर था– नौकरों के बारे में कौन सोचता है? बचपन से लेकर बुढ़ापे तक, वे तमाम मंजिलें पैदल प्राप्त कर जाते हैं और आस-पास के आदमियों तक ख़बर तक नहीं होती। मोमिन का भी बिलकुल यही हाल था। वह कुछ दिनों से मोड़ मुड़ता-मुड़ता, जिंदगी के ऐसे रास्ते पर आ निकला था जो ज्यादा लंबा तो नहीं था, पर खतरों से भरा था। इस रास्ते पर उसके कदम कभी तेज-तेज थे, कभी धीरे-धीरे। दरअसल, वह जानता नहीं था कि ऐसे रास्तों पर किस तरह चलना चाहिए। उन्हें जल्दी तय कर जाना चाहिए या कुछ वक्त लेकर, आहिस्ता-आहिस्ता, इधर-उधर की चीजों का सहारा लेकर, तय करना चाहिए।

मोमिन के नंगे पांव के नीचे आने वाली जवानी की गोल-गोल, चिकनी बट्टियां फिसल रही थीं। वह अपना संतुलन बनाए नहीं रख पा रहा था। इसीलिए बेहद बेचैन था। इसी बेचैनी की वजह से कई बार काम करते-करते चौंककर, वह अचानक किसी खूंटी को दोनों हाथों से पकड़ लेता और उसके साथ लटक जाता। फिर उसके मन में इच्छा होती कि टांगों से

मंटो की इक्कीस कहानियां

पकड़कर उसे कोई इतना खींचे कि वह एक महीन तान बन जाए। ये सब बातें उसके दिमाग के किसी ऐसे कोने में पैदा होती थीं कि वह ठीक तौर पर उनका मतलब नहीं समझ सकता था।

अनजाने तौर पर वह चाहता था– कुछ हो। क्या हो? वह कुछ हो। मेज़ पर करीने से चुनी हुई प्लेटें, एकदम उछलना शुरू कर दें। केतली पर रखा हुआ ढकना, पानी के एक ही उबाल से, ऊपर को उड़ जाए। नल की जस्ती नाली पर वह दबाव डाले तो वह दोहरी हो जाए और उसमें से पानी का एक फव्वारा-सा फूट पड़े। उसे एक ऐसी जबरदस्त अंगड़ाई आए कि सारे जोड़ अलग-अलग हो जाएं और उसमें एक ढीलापन पैदा हो जाए– कोई ऐसी बात हो जाए, जो उसने पहले कभी न देखी हो।

मोमिन बहुत बेचैन था।

रज़िया नयी फिल्मी धुनें सीखने में मशगूल थी और शकीला कागज़ों पर ब्लाउज़ों के नमूने उतार रही थी। जब उसने यह काम खत्म कर लिया तो वह नमूना, जो उन सबसे अच्छा था, सामने रखकर, अपने लिए ऊदी साटन का ब्लाउज़ बनाने लगी। अब रज़िया को भी, अपना बाजा और फिल्मी गानों की कॉपी छोड़कर, उस ओर ध्यान देना पड़ा।

शकीला हर काम बड़े ढंग और चाव से करती थी। जब सीने-पिराने बैठती तो उसकी बैठक बड़ी इत्मीनान-भरी होती थी। अपनी छोटी बहन, रज़िया की तरह वह अफरा-तफरी पसंद नहीं करती थी। एक-एक टांका सोच-समझकर, बड़े इत्मीनान से लगाती थी ताकि भूल की गुंजाइश न रहे। नाप-जोख भी उसकी बहुत सही थी। इसलिए कि पहले कागज काटकर, फिर कपड़ा काटती थी। यूं, वक्त तो ज्यादा खर्च होता, पर चीज बिलकुल फिट तैयार होती।

शकीला भरे-भरे जिस्म की सेहदमंद लड़की थी। हाथ-पांव गुदगुदे थे। गोश्त-भरी उंगलियों के आखिर में, हर जोड़ पर एक-एक नन्हा गड्ढा था। जब मशीन चलती थी तो ये नन्हे-नन्हे गड्ढे, हाथ की हरकत से कभी गायब हो जाते थे।

शकीला मशीन भी बड़ी इत्मीनान से चलाती थी। आहिस्ता-आहिस्ता, उसकी दो या तीन उंगलियां, बड़ी खूबसूरती के साथ मशीन की हत्थी घुमाती थीं। कलाई में एक हल्का-सा खम पैदा हो जाता था, गर्दन जरा उस तरफ को झुक जाती थी और बालों की एक लट, जिसे शायद अपने लिए कोई मुस्किल जगह न मिलती थी, नीचे फिसल आती थी। शकीला अपने काम में इतनी मशगूल रहती थी कि उसे हटाने या जमाने की कोशिश ही नहीं करती थी।

जब शकीला, ऊदी सामने फैलाकर, अपनी नाप का ब्लाउज़ काटने लगी तो उसे टेप की ज़रूरत हुई क्योंकि उसका अपना टेप, घिस-घिसाकर, बिलकुल टुकड़े-टुकड़े हो गया था। लोहे का गज़ मौजूद था, पर उससे कमर और छाती की नाप कैसे ली जा सकती थी, उसके अपने कई ब्लाउज़ मौजूद थे, लेकिन अब चूंकि पहले से कुछ मोटी हो गई थी, इसलिए सारी नाप दोबारा लेना चाहती थी।

कमीज़ उतारकर उसने मोमिन को आवाज़ दी। जब वह आया तो उसने कहा– ''जाओ मोमिन, दौड़कर छ: नंबर से कपड़े का गज़ ले आओ। कहना शकीला बीबी मांगती है।''

मोमिन की निगाहें शकीला की सफेद बनियान के साथ टकरायीं। वह कई बार शकीला बीबी को ऐसी बनियानों में देख चुका था। लेकिन आज उसे एक अजीब किस्म की झिझक महसूस हुई। उसने अपनी निगाहों का रुख दूसरी तरफ फेर लिया और घबराहट में कहा– ''कैसा गज़ बीबीजी?''

शकीला ने जवाब दिया– ''कपड़े का गज़! एक गज़ तो यह तुम्हारे सामने पड़ा है, यह लोहे का है। एक दूसरा गज़ भी होता है, कपड़े का। जाओ, छ: नंबर में जाओ और दौड़कर उनसे वह गज़ ले आओ। कहना, शकीला बीबी मांगती है।''

छ: नंबर का फ्लैट बिलकुल करीब था। मोमिन फौरन ही कपड़े का गज़ लेकर आ गया। शकीला ने यह गज़ उसके हाथ से ले लिया और कहा– ''यहां ठहर जाओ, इसे अभी वापिस ले जाना।'' फिर उसने अपनी बहन रज़िया से कहा– ''इन लोगों की कोई चीज अपने पास रख ली जाए तो वह बुढ़िया तगादे कर-करके, परेशान कर देती है...। इधर आओ, यह गज़ लो और यहां से मेरी माप लो।''

रज़िया ने शकीला की कमर और सीने का माप लेना शुरू किया तो उनके बीच कई बातें हुईं। मोमिन दरवाज़े की दहलीज़ में खड़ा, तकलीफ़देह खामोशी से, ये बातें सुनता रहा।

रज़िया, तुम खींचकर माप क्यों नहीं लेती? पिछली दफा भी यही हुआ। तुमने माप लिया और मेरे ब्लाउज़ का सत्यानाश हो गया। ऊपर के हिस्से पर अगर कपड़ा फिट न आए तो इधर-उधर बगलों में झोल पड़ जाते हैं।''

''कहां का लूं, कहां का न लूं...! तुम तो अजीब मुसीबत में डाल देती हो। यहां का माप लेना शुरू किया था तो तुमने कहा ज़रा और नीचे से लो... ज़रा छोटा-बड़ा हो गया तो कौन-सी आफत आ जाएगी।''

भई वाह... चीज के फिट होने में ही तो दूसरी खूबसूरती है। सुरैया को देखो, कैसे फिट कपड़े पहनती है। मजाल है, जो कहीं शिकन पड़े। कितने खूबसूरत मालूम होते हैं ऐसे कपड़े... अब तुम माप लो...।''

मंटो की इक्कीस कहानियां

यह कहकर शकीला ने सांस के ज़रिये अपना सीना फुलाना शुरू किया। जब अच्छी तरह फूल गया तो सांस रोककर, उसने घुटी-घुटी आवाज में कहा— ''लो अब जल्दी करो।''

जब शकीला के सीने की हवा निकली तो मोमिन को ऐसा लगा कि उसके अंदर रबड़ के गुब्बारे फट गए हैं। उसने घबराकर कहा— ''गज़ लाइए बीबी जी...दे आऊं।''

शकीला ने उसे झिड़क दिया— जरा ठहर जाओ।''

यह कहते समय, कपड़े का गज़ उसके नंगे बाजू से लिपट गया। जब शकीला ने उतारने की कोशिश की तो मोमिन को उसकी सफेद बगल में काले-काले बालों का एक गुच्छा नज़र आया। मोमिन की अपनी बंगलों में भी ऐसे ही बाल उग रहे थे, पर यह गुच्छा उसे बहुत भला मालूम हुआ। एक सनसनी-सी उसके सारे बदन में दौड़ गई। एक अजीब-सी इच्छा उसके मन में पैदा हुई कि ये काले-काले बाल उसकी मूंछें बन जाएं— बचपन से वह भुट्टों के काले और सुनहरे बाल निकालकर, अपनी मूंछें बनाया करता था। उसको अपने ऊपरी होंठों पर जमाते समय जो सरसराहट उसे महसूस हुई थी, उसी तरह की सरसराहट, इस इच्छा ने उसके ऊपरी होंठों और नाक में पैदा कर दी।''

शकीला का बाजू अब नीचे झुक गया था और बगल छिप गई थी, पर मोमिन अब भी काले-काले बालों का वह गुच्छा देख रहा था। उसकी तसव्वुर में शकीला का बाजू, देर तक वैसे ही उठा रहा और उसके काले बाल बगल में झांकते रहे।

थोड़ी देर बाद शकीला ने मोमिन को गज़ दे दिया और कहा— ''जाओ, वापिस दे आओ। कहना, बहुत-बहुत शुक्रिया अदा किया है।''

मोमिन गज़ वापिस देकर, बाहर सहन में बैठ गया। उसके दिल-ओ-दिमाग में धुंधले-धुंधले ख्याल पैदा हो रहे थे। देर तक वह उनका मतलब समझने की कोशिश करता रहा। जब कुछ समझ में न आया तो उसने अचानक अपना छोटा-सा ट्रंक खोला, जिसमें ईद के लिए नये कपड़े बनवाकर रखे थे।

जब ट्रंक का ढकना खुला और नये लट्ठे की बू उसकी नाक तक पहुंची तो उसके मन में ख्वाहिश हुई कि नहा-धोकर और नये कपड़े पहनकर, वह सीधा शकीला के पास जाए और उसे सलाम करे। उसकी लट्ठे की सलवार किसी तरह फड़-फड़ करेगी और उसकी रूमी टोपी... रूमी टोपी का ख्याल आते ही, मोमिन की निगाहों के सामने उसका फुंदना आ गया और फुंदना

फौरन ही उन काले बालों के गुच्छे में बदल गया जो उसने शकीला की बगल में देखा। उसने कपड़ों के नीचे से अपनी नयी रूमी टोपी निकाली और उसके नर्म और चटकीले फुंदने पर उसने अपना हाथ फेरना शुरू किया ही था कि अंदर से शकीला बीबी की आवाज़ आयी– "मोमिन!"

मोमिन ने टोपी ट्रंक में रखी, ढकना बंद किया और अंदर चला गया, जहां शकीला नमूने के मुताबिक ऊदी साटन के टुकड़े काट चुकी थी। उन चमकीले और फिसल-फिसल जाने वाले टुकड़ों को एक जगह रखकर, वह मोमिन से बोली– "मैंने तुम्हें इतनी आवाज़ें दीं। सो गए थे क्या?"

"मोमिन की जुबान लड़खड़ाने लगी– "नहीं...नहीं, बीबीजी।"

"तो क्या कर रहे थे?"

"कुछ...कुछ भी नहीं।"

" कुछ तो जरूर कर रहे होंगे?"

शकीला सवाल किए जा रही थी, पर उसका ध्यान असल में ब्लाउज़ की ओर था, जिसे अब उसे कच्चा करना था।

मोमिन ने खिसियानी हंसी के साथ जवाब दिया– "ट्रंक खोलकर, अपने नये कपड़े देख रहा था।"

शकीला खिलखिलाकर हंस पड़ी। रज़िया ने भी उसका साथ दिया।

शकीला को हंसते देखकर मोमिन को एक अजीब-सी तस्कीन महसूस हुई और इस तस्कीन ने उसके मन में यह ख्वाहिश पैदा कि वह कोई ऐसी बेवकूफाना हरकत करे, जिससे शकीला बीबी को और हंसने का मौका मिले। इसलिए लड़कियों की तरह झेंपकर और लहजे में शरमाहट पैदा करके, उसने कहा– "बड़ी बीबीजी से पैसे लेकर मैं रेशमी रूमाल भी लाऊंगा।"

शकीला ने हंसते हुए पूछा– "क्या करोगे उस रूमाल का?"

मोमिन ने झेंपकर जवाब दिया– "गले में बांध लूंगा, बीबीजी... बड़ा अच्छा लगेगा।"

यह सुनकर शकीला और रज़िया, दोनों देर तक हंसती रहीं।

"गले में बांधोगे तो याद रखना, उसी से फांसी दे दूंगी।" यह कहकर शकीला ने अपनी हंसी दबाने की कोशिश की और रज़िया से कहा– "कमबख्त ने मुझे काम ही भुला दिया। रज़िया, मैंने इसे क्यों बुलाया था?"

रज़िया जवाब न देकर, उस नयी फिल्मी धुन को गुनगुनाने लगी, जिसे वह दो दिन से सीख रही थी। इस बीच शकीला को खुद ही याद आ गया कि उसने मोमिन को क्यों बुलाया था– "देखो मोमिन, मैं तुम्हें यह बनियान

उतारकर देती हूं। दवाइयों की दुकान के पास जो एक नयी दुकान खुली है न– वही, जहां उस दिन तुम मेरे साथ गए थे। वहां जाओ और पूछकर आओ कि ऐसी छ: बनियानों का वह क्या लेगा... कहना हम पूरी छ: लेंगे, इसलिए कुछ रियायत जरूर करे...समझ लिया न?''

मोमिन ने जवाब दिया– ''जी हां।''

''अब तुम परे हट जाओ।''

मोमिन बाहर निकल कर दरवाजे की ओट में हो गया। कुछ लम्हों के बाद बनियान उसके पैरों के पास आ गिरा और अंदर से शकीला की आवाज आयी– '' कहना, हम इसी किस्म की, इसी डिज़ाइन की, बिलकुल यही चीज लेंगे। फर्क नहीं होना चाहिए।''

मोमिन ने ''बहुत अच्छा'' कहकर, बनियान उठा ली, जो पसीने के कारण कुछ गीली हो रही थी, जैसे उसे किसी ने भाप पर रखकर फौरन हटा लिया हो। बदन की बू भी उसमें बसी हुई थी। मीठी-मीठी गर्मी थी। ये सारी चीजें उसको बड़ी भली लगीं।

उस बनियान को, जो बिल्ली के बच्चे की तरह मुलायम थी, वह अपने हाथों से मसलता, बाहर चला गया। जब भाव-ताव पूछकर बाजार से लौटा तो शकीला उस ऊदे साटन के ब्लाउज़ की सिलाई शुरू कर चुकी थी, जो मोमिन की रूमी टोपी के फुंदने से कहीं ज्यादा चमकीला और लचकदार था।

यह ब्लाउज़ शायद ईद के लिए तैयार किया जा रहा था, क्योंकि ईद अब बिलकुल करीब आ गई थी। मोमिन को दिन में कई बार बुलाया गया। धागा लाने कि लिए, इस्तरी निकालने के लिए, सूई टूट गई तो नई सूई लाने के लिए। शाम के करीब जब शकीला ने बाकी काम दूसरे दिन के लिए रख दिया तो धागे के टुकड़े और ऊदे साटन की बेकार कतरनें उठाने के लिए भी उसे बुलाया गया।

मोमिन ने अच्छी तरह जगह साफ कर दी बाकी सब चीजें उठाकर बाहर फेंक दीं, मगर साटन की चमकीली कतरनें अपनी जेब में रख लीं... बिलकुल बेमतलब, क्योंकि उसे मालूम न था कि वह उनका क्या करेगा?

दूसरे दिन उसने जेब से कतरनें निकालीं और अकेले में बैठकर उनके धागे अलग करने लगा। देर तक वह इस खेल में लगा रहा, यहां तक कि धागों के छोटे-बड़े टुकड़ों का एक गुच्छा-सा बन गया। उसको हाथ में लेकर वह दबाता रहा, मसलता रहा– लेकिन उसकी कल्पना में शकीला की बगल थी, जिसमें उसने काले-काले बालों का एक छोटा-सा गुच्छ देखा था।

उस दिन भी उसे शकीला ने कई बार बुलाया– ऊदी साटन के ब्लाउज़ की हर शक्ल उसकी निगाहों के सामने आती रही। पहले जब उसे कच्चा किया गया था तो उस पर सफेद धागे के बड़े-बड़े टांके, जगह-जगह फैले हुए थे। फिर उस पर इस्तरी की गयी, जिससे उसकी सब सिलवटें दूर हो गयीं और चमक भी दूनी हो गयी। इसके बाद कच्ची हालत में ही शकीला ने उसे पहना, रज़िया को दिखाया। दूसरे कमरे में सिंगार-मेज के पास जाकर, आईने में खुद को हर पहलू से अच्छी तरह देखा। जब पूरी तरह इत्मीनान हो गया तो उसे उतारा। जहां-तहां तंग या खुला था, वहां निशान बनाए, उसकी सारी खामियां दूर कीं। एक बार फिर पहनकर देखा। जब बिलकुल फिट हो गया तो पक्की सिलाई शुरू की।

इधर साटन का यह ब्लाउज़ सिया जा रहा था, उधर मोमिन कि दिमाग में अजीब-ओ-गरीब ख्यालों के टांके-से उधड़ रहे थे। जब उसे कमरे में बुलाया जाता और उसकी निगाहें चमकीली साटन के ब्लाउज़ पर पड़तीं तो उसका जी चाहता कि वह हाथ से छूकर उसे देखे– सिर्फ छूकर ही नहीं, बल्कि उसकी मुलायम और रोयेंदार सतह पर दूर तक हाथ फेरता रहे– अपने खुरदुरे हाथ।

उसने उन साटन के टुकड़ों से उसकी कोमलता का अंदाजा कर लिया था। धागे, जो उसने उन टुकड़ों से निकाले थे, और भी ज्यादा मुलायम हो गए थे। जब उसने उसका गुच्छा बनाया तो दबाते वक्त उसे लगा था कि उनमें रबड़ की-सी लचक भी है। वह जब भी अंदर आकर ब्लाउज़ देखता, उसका ख्याल फौरन उन बालों की तरफ दौड़ जाता, जो उसने शकीला की बगल में देखे थे। काले-काले बाल। मोमिन सोचता था, क्या वे भी इस साटन की ही तरह मुलायम होंगे?

आखिरकार ब्लाउज़ तैयार हो गया। मोमिन कमरे के फर्श पर गीला कपड़ा फेर रहा था कि शकीला अंदर आयी। कमीज़ उतारकर उसने पलंग पर रखी। उसके नीचे उसी किस्म की सफेद बनियान थी, जिसका नमूना लेकर मोमिन भाव पूछने गया था– उसके ऊपर शकीला ने अपने हाथ का सिला हुआ ब्लाउज़ पहना। सामने के हुक लगाए और आईने के सामने खड़ी हो गयी।

मोमिन ने फर्श साफ करते-करते आईने की तरफ देखा। ब्लाउज़ में अब जान-सी पड़ गयी थी। एक-दो जगह पर वह इतना चमकता था कि मालूम होता था, साटन का रंग सफेद हो गया है – शकीला की पीठ मोमिन की तरफ थी, जिस पर रीढ़ की हड्डी का लम्बी झिरी ब्लाउज़ फिट होने के

कारण अपनी पूरी गहराई के साथ नुमायां थी। मोमिन से रहा न गया, इसलिए उसने कहा— ''बीबीजी, आपने दर्जियों को भी मात कर दिया है।''

शकीला अपनी तारीफ सुनकर खुश हुई, पर वह रज़िया की राय जानने के लिए बेचैन थी, इसलिए वह सिर्फ 'अच्छा है न?'' कहकर बाहर दौड़ गयी। मोमिन आईने की तरफ देखता रह गया, जिसमें ब्लाउज़ का काला और चमकीला अक्स देर तक मौजूद रहा।

रात को, जब वह फिर उस कमरे में सुराही रखने के लिए आया तो अपने खूंटी पर लकड़ी के हैंगर में उस ब्लाउज़ को देखा। कमरे में कोई मौजूद नहीं था। चुनांचे, आगे बढ़कर उसने पहले उसे ध्यान से देखा, फिर डरते-डरते उस पर हाथ फेरा, ऐसा करते हुए उसे यूं लगा कि कोई उसके जिस्म के मुलायम रोयें पर हौले-हौले, बिलकुल हवा के झोकों की तरह हाथ फेर रहा है।

रात को जब वह सोया तो उसने कई ऊटपटांग सपने देखे— डिप्टी साहब ने उसे पत्थर के कोयलों का एक बड़ा ढेर कूटने को कहा। जब उसने एक कोयला उठाया और उस पर हथौड़े की चोट लगायी तो वह नर्म-नर्म बालों का एक गुच्छा बन गया-ये काली खांड के महीन-महीन तार थे, जिनका गोला बना हुआ था। फिर से गोले, काले रंग के गुब्बारे बनकर, हवा में उड़ने लगे— बहुत ऊपर जाकर ये फटने लगे...। फिर आंधी आ गयी और मोमिन की रूमी टोपी का फुंदना कहीं गायब हो गया— वह फुंदने की तलाश में निकला— देखी और अनदेखी जगहों में घूमता रहा... नये लट्ठे की बू भी कहीं से आनी शुरू हुई।

फिर न जाने क्या हुआ...। एक काले साटन के ब्लाउज़ पर उसका हाथ पड़ा... कुछ देर तक वह किसी धड़कती हुई चीज पर अपना हाथ फेरता रहा। फिर वह एकाएक हड़बड़ाकर उठ बैठा। थोड़ी देर तक वह कुछ समझ न सका कि क्या हो रहा है? इसके बाद उसे डर, हैरानी और अनोखी टीस का एहसास हुआ। उसकी हालत उस वक्त अजीब-ओ-गरीब थी... पहले उसे एक तकलीफ़देह गर्मी-सी महसूस हुई। फिर कुछ लम्हों के बाद एक ठंडी-सी लहर उसके जिस्म पर रेंगने लगी।

www.ingramcontent.com/pod-product-compliance
Lightning Source LLC
Chambersburg PA
CBHW071213260626
47162CB00004B/1283